Cornelia Härtl stammt aus Süddeutschland. Bereits während ihres Betriebswirtschaftsstudiums begann sie, Fachartikel und Beiträge für Frauenzeitschriften zu schreiben. Inzwischen konzentriert sie sich auf Unterhaltungsliteratur und veröffentlich sowohl Krimis als auch gefühlvolle Romane. Sie lebt mit ihrem Mann südlich von Frankfurt.

CORNELIA HÄRTL

MORD
AUF FÖHR

EIN NORDSEEKRIMI

Erstausgabe Februar 2024

Copyright © 2024 dp Verlag, ein Imprint der
dp DIGITAL PUBLISHERS GmbH
Made in Stuttgart with ♥
Alle Rechte vorbehalten

Mord auf Föhr

ISBN 978-3-98778-765-2
E-Book-ISBN 978-3-98778-716-4
Hörbuch-ISBN 978-3-98778-748-5

Covergestaltung: Anne Gebhardt
Umschlaggestaltung: ARTC.ore Design
Unter Verwendung von Abbildungen von
shutterstock.com: © michaket, © Konstanttin, © Bernulius,
© dugdax, © Traveller70
Lektorat: Mona Dertinger
Satz: dp DIGITAL PUBLISHERS GmbH
Druck und Bindung: Books on Demand GmbH, Norderstedt

Prolog

Das Erste, was sie spürte, war der kühle glatte Boden, auf dem sie lag. Zunächst verstand sie nicht. Ihre Lider waren schwer wie Blei. Ihr Kopf schmerzte. Langsam öffnete sie die Augen. Licht fiel in dünne Streifen gefächert auf das Fischgrätmuster des Parketts. Mühsam hob sie den Oberkörper an. Blickte an sich hinab. Das enge dunkelgrüne Cocktailkleid war hochgerutscht. Die farblich passenden High Heels lagen neben ihr. Gerade so, als habe sie sie nach einer langen Nacht müde von den Füßen geschleudert. Aber sie befand sich nicht zu Hause und die Erinnerungen an den Vorabend verbargen sich hinter einem dunklen Schleier. Schwankend stand sie auf, schob sich das überschulterlange platinblonde Haar aus dem Gesicht. Suchend glitt ihr Blick durch den kahlen Raum. Da war niemand außer ihr. Von draußen war kein Laut zu hören. Sie beugte sich zu ihren Schuhen, als ihr übel wurde. Tief durchatmend kam sie hoch, blinzelte. Die Kontaktlinsen scheuerten an ihren Augen. Sie waren trocken, so wie ihr Gaumen. Ein muffiger Geschmack klebte an ihrer Zunge. Und noch etwas. Rotwein. Aber den trank sie doch für gewöhnlich gar nicht! In diesem Moment setzte schlagartig ihre Erinnerung ein. Sie keuchte auf,

5

presste die Hand auf den Mund. Drehte sich um sich selbst. Das flaue Gefühl in ihrem Magen nahm zu. Vlado! Wo war er? Wo waren überhaupt alle anderen? Der Butler, der sie am Abend zuvor in Empfang genommen hatte. Der Kellner, der ihr und ihrem Gastgeber das Essen serviert hatte. Ein fünfgängiges Menü. Dazu Champagner, Weißwein, Rotwein. Die Köchin, die das Lob ihres Arbeitgebers angenommen hatte und mit bescheidenem Lächeln in die Küche zurückgehuscht war. Der Kaffee. Das Wasser. Und dann – nichts mehr.

In ihrem Kopf drehte sich alles. Wie in einem Film, der viel zu schnell lief, spulte ihre Erinnerung plötzlich die letzten Monate ab. Wie sie sich in die blonde Xenia mit den grünen Augen verwandelt hatte. Wie behutsam sie ihrer Zielperson Vlado immer näher gekommen war. Bis sie kurz davorgestanden hatten, ihn und seinen Bruder und damit die Köpfe eines berüchtigten Clans der organisierten Kriminalität endlich zu fassen zu bekommen. Der gestrige Abend hatte der Einstieg in die nächste, die persönlichste Phase der ganzen Operation werden sollen. Sie hatte es sich gut überlegt. Es war die alte Geschichte – wie nahe durfte man einer Zielperson kommen? Sie schluckte schwer. Sie war bereit gewesen, diesen letzten Schritt zu tun. Vlado schien fasziniert von ihr, sie hatte geglaubt, das Spiel in der Hand zu haben. Jetzt musste sie sich eingestehen, dass das nicht der Fall gewesen war; sich fragen, was geschehen war.

Der Raum, in dem sie sich befand, war am Vorabend edel möbliert gewesen. Nun hingen nicht einmal mehr Gardinen an den Fenstern. Sie setzte einen Fuß vor den anderen. Öffnete die Tür. Befand sich im Eingangsbereich. Das schwarz-weiße Steinmosaik des Bodens war kühl unter ihren bloßen Füßen. Von der Decke hing ein Kristallleuchter. Sonst auch hier nichts. Musste sie an ihrem Verstand zweifeln? Wie konnte das sein?

Sie kehrte zurück ins Esszimmer. Ihre Handtasche, eine schmale Clutch, lag dort am Boden. Darin war nichts, was sie hätte enttarnen können. Das Handy war ihr abgenommen worden – nicht schlimm, es war auf ihre falsche Identität abgestimmt. Aber nun konnte sie nicht einmal telefonieren.

Jetzt erst wurde ihr die Tragweite der Ereignisse bewusst. Vlado war verschwunden. Quasi vor ihren Augen. Sie keuchte auf. Nahm endlich die Schuhe an sich, streifte sie über und rannte zum Eingang. Die Haustür war nicht verschlossen. Sie stürmte hinaus. Lief so schnell sie konnte die Auffahrt hinunter, riss das hohe schmiedeeiserne Tor auf und sah sich um. Kein Mensch zu sehen. Wie spät war es? Mittag, vermutete sie. Ein Porsche bog weiter vorne in die Straße ein und verschwand gleich darauf in der Zufahrt eines Anwesens ähnlich dem, vor dem sie stand. Sie musste dringend telefonieren. Ihr Blick fiel auf die Gründerzeitvilla nebenan. Was sollte sie sagen? Wie erklären, was geschehen war? Und wo zum Teufel befand sich eigentlich das Sicherungsteam? Doch die Frage, die alles überschattete, lautete: Wo war Vlado?

Kapitel 1

Heute (Berlin)

»... und damit bedanke ich mich bei euch allen. Ihr wart ein gutes Team.« Jo Weinheimer stand in einem der Besprechungsräume des BKA Berlin vor einem leeren Whiteboard. Mit den Fingerspitzen formte er ein Dreieck vor seiner Brust. Was er zu sagen hatte, brauchte nicht aufgeschrieben zu werden. Es würde sich auch so ins Gedächtnis seiner Leute einprägen. Im Raum standen und saßen in lockerer Runde knapp zwei Dutzend Beamtinnen und Beamte. Ihr Abteilungsleiter hatte ihnen gerade mitgeteilt, dass einer der meistgesuchten Kriminellen, ein Waffenschieber, an dem sie lange dran gewesen waren, endlich festgenommen worden war.

»Die Kollegen aus Bratislava konnten ihn, auch dank unserer Vorarbeit, gemeinsam mit seinem Bruder dingfest machen. Auf frischer Tat ertappen, sozusagen. Wir sehen gute Chancen, dass beiden der Prozess gemacht werden kann.«

Kari Lürsen lehnte an der gegenüberliegenden Wand. Die Hände in die Taschen ihrer Jeans geschoben hörte sie scheinbar unbewegt zu. Jo hatte sie bereits am Vorabend als Erste informiert, bevor er die morgendliche

Besprechung einberufen hatte. Sie hatte längst gewusst, was jetzt gerade für Begeisterung, Abklatschen und befreites Lachen im Raum sorgte, konnte sich selbst aber noch nicht so richtig freuen. Dass Vlado, der einst ihre Zielperson gewesen und ihr auf so spektakuläre Weise entwischt war, jetzt endlich dingfest gemacht hatte werden können, nahm eine ungeheure Last von ihrer Seele. Dennoch gab es etwas, das sie weiterhin bedrückte. Jo wandte sich ihr in diesem Moment direkt zu.

»Kari. Dir möchte ich ausdrücklich dafür danken, dass du so viele Monate einen guten Job gemacht, dich erfolgreich an deine Zielperson herangepirscht und Informationen besorgt hast, ohne die eine Festnahme jetzt nicht möglich gewesen wäre.« Kari schluckte hart. Das Wesentliche war bisher nicht gesagt worden. Jo blickte über die Köpfe der anderen Anwesenden. Einige senkten den Blick, als würden sie bereits ahnen, was kam. »Es gab durchaus Stimmen, die Kari damals, als Vlado ihr in München praktisch vor den Augen entwischte, kritisiert haben.« Kritisiert war gut! Kari wusste, dass es Geflüster gegeben hatte, sie habe mit dem Feind kooperiert. »Inzwischen wissen wir, dass es eine Panne gab. Das Back-up-Team der bayerischen Kollegen war damals nicht zur Stelle.« Jo unterstrich diese Aussage mit einer vielsagenden Handbewegung. *Schwamm drüber.* Man würde nie wieder darüber sprechen, jedenfalls nicht im größeren Kreis. Wenn es eine Aufarbeitung geben würde, dann intern in einer sehr viel kleineren Runde.

Kurz danach war die Versammlung aufgehoben. Etliche Teammitglieder kamen zu Kari, um ihr zu bestätigen, es habe nie Misstrauen ihr gegenüber gegeben. Erst als der Raum sich geleert hatte, blickte Kari zu Jo. Ihr Chef lächelte grimmig. »Sollte noch mal jemand etwas gegen dich sagen, kriegt er es mit mir persönlich zu tun.«

Sie stieß sich von der Wand ab und schlenderte zu ihm hinüber.

»Danke dafür, dass du es ausgesprochen hast.«

»War mir ein Vergnügen.« Er blickte zur offen stehenden Tür.

»Ich bin enorm erleichtert, dass Vlado gefasst wurde. Aber was ich immer noch nicht verstehe: Warum hat er mich leben lassen?« Kari strich sich über die Stirn. Deutlich standen wieder die Bilder vor ihr. Wie sie zu sich gekommen war, in der leeren Villa, auf dem Boden liegend. Nun war klar, was damals geschehen war.

An dem Tag, an dem alles gekippt war, hatte sie mit Vlado zu Abend gegessen. Ein Fünf-Gänge-Menü, von einem Diener serviert. Klassische Musik hatte ihre leichte Unterhaltung untermalt. Als ihr Gegenüber begann, vor ihren Augen zu verschwimmen und sie das Glas in ihrer Hand anstarrte, war es zu spät gewesen. Sie war am nächsten Tag in einem leeren Raum, einem leeren Haus erwacht. Man hatte eine Scharade vor einer eigens für sie präparierten Bühne aufgeführt. Schlimmer noch: das Grab, das im Garten gefunden wurde. Sie hatte Champagner getrunken, während man einen von Vlados Widersachern im Keller gefoltert und danach in Einzelteilen begraben hatte.

Lange war eines nicht klar gewesen: Wie hatten Vlado und seine Leute es geschafft, praktisch über Nacht spurlos zu verschwinden? Dies zumindest war inzwischen geklärt.

»Komm mit in mein Büro«, bat Jo sie knapp. Dort ließ er sich hinter seinem Schreibtisch, für seine Position überraschend aufgeräumt, nieder. Kari nahm in dem bequemen Besucherstuhl davor Platz. »Wir wissen nicht, was die Panne verursacht hat. Das Team, das dir Rückendeckung geben sollte, stand vor einem anderen und weit entfernten Haus. Aber das weißt du ja.« Sein Blick ruhte nachdenklich auf ihr. »Unmöglich herauszufinden, wo sich da eine falsche Information eingeklinkt hat.«

Kari knibbelte an der Haut um ihren Daumennagel herum. »Wusste Vlado, für wen ich arbeite? Immerhin bin ich noch am Leben.«

Jo schob das Kinn nach vorn und blickte aus dem Fenster. Der Hochsommer hatte Berlin jetzt, Mitte August, fest im Griff. Ein blauer, wolkenloser Himmel spannte sich über die Stadt. Die Luft war erdrückend, sobald man sich im Freien aufhielt.

»Willst du meine persönliche Meinung hören?« Er wartete Karis Antwort nicht ab. »Selbst wenn er es wusste, hätte es keinen Sinn gemacht, dich zu töten. Deine Erkenntnisse hatten wir bereits. Dass man dich hat leben lassen, verstehe ich eher als Beweis dafür, dass sich Vlado und sein Bruder für unantastbar hielten. Außerdem war ihm wohl klar, dass man dir gemeinsame Sache mit dem Feind unterstellen könnte. Etwas, das deine Reputation schmälern und damit auch den Wert deiner Informationen beeinträchtigen würde.«

Sie blickten sich an. Karis Schuldgefühle und die anschließende Suspendierung hatten an ihr gezehrt. Seit Ende Mai war sie wieder im Einsatz, wenngleich bislang nur am Schreibtisch sitzend. Jetzt endlich war sie rehabilitiert. Auf diesen Moment hatte sie so lange gewartet.

»Gehst du der Sache nach? Fehlinformation?« Die Haut am Daumen hatte sich gelöst, ein Tropfen Blut erschien. Jo schüttelte bedauernd den Kopf.

»Keine Anweisung. Du weißt ja, wie das ist. Man hat die Akte geschlossen. Jetzt sind erst einmal die Kollegen in Bratislava dran. Und wer bei uns damals wann was nicht oder falsch weitergegeben hat, werden wir nie erfahren. Menschliches Versagen, wenn du so willst.« Er sah sie aufmerksam an. Kari drückte ein Taschentuch auf die kleine Wunde am Daumen.

»Viel wichtiger: Fühlst du dich wieder fit?«

Fit genug für einen Außeneinsatz in der Zielfahndung sollte das wohl heißen. Ihre letzte Aufgabe, die im Zeugenschutz, hatte ihr die Rückkehr an ihre Berliner Dienststelle ermöglicht. Sie nickte, war selbst erstaunt, wie zögerlich das kam.

»Es gibt nämlich etwas, über das ich mit dir sprechen möchte.« Er öffnete eine Schublade seines Schreibtischs und holte eine schmale Akte heraus. Legte sie vor sich auf den Tisch und sah Kari an. »Es geht um einen Mord. Eine ältere Dame wurde umgebracht. Der Täter war ein damals 22-Jähriger, der am Tatort erwischt und festgenommen wurde. Er gestand und wurde verurteilt.«

Kari blickte ihren Chef verwirrt an.

»Ein aktueller Fall. Abgeschlossen und auch keiner für das BKA.«

»Du hast recht. Ein, sagen wir mal, normaler Mord. Die Kripo hat ihre Arbeit gemacht. Der Täter befindet sich in Haft. Sein Geständnis und die Fakten sprechen gegen ihn.«

»Ja, und was soll ich jetzt mit dieser Sache anfangen?« Kari rückte nervös auf ihrem Stuhl herum. Sie hatte keine Ahnung, wohin das alles führen sollte.

»Nachdem der junge Mann seine Haftstrafe angetreten hat, hat er sein Geständnis widerrufen. Wenn auch nur im Familienkreis. Ich erhielt einen Anruf«, sprach Jo weiter. »Von einer alten und guten Freundin. Emma Winterfort.«

Kari hob erstaunt den Blick. »Du bist mit der Ministerpräsidentin befreundet?«

Jo nickte nachdrücklich. »Wir kennen uns seit Kindheitstagen.«

»Was hat sie mit der Sache zu tun?«

»Timo Knaup, so heißt der junge Mann, ist ihr Neffe. Nicht, dass die Beziehung eng ist. Aber jetzt hat sich Emmas Schwester, die Mutter des Verurteilten, bei ihr gemeldet. Es muss ein tränenreiches Gespräch gewesen sein.« Jo seufzte leicht. »Der Neffe besteht darauf, unschuldig zu sein.«

Kari verdrehte unwillkürlich die Augen. Wie oft schon hatte sie eine solche Geschichte gehört? Manchen Menschen wurde erst klar, welche Konsequenzen ihr Tun hatte, wenn sie bereits mittendrin in diesen waren. Das Knastleben war härter, als einige ahnten.

Jo fuhr unbeeindruckt fort. »Emma bat mich, ihr zu helfen. Jemanden zu schicken, der oder die, sie spricht tatsächlich so gendermäßig«, jetzt war es an ihm, leicht die Augen zu verdrehen, »sich der Sache annimmt. Alles überprüft. *Mit frischem Blick drangeht.* Ich glaube, das waren ihre Worte.«

»Wie soll das denn gehen?«, fragte Kari. »Wir bieten doch keine Leiharbeit an.«

Jo schaute auf die Akte vor sich. »Ich habe ihr gesagt, ich habe eine Beamtin, die bestens für den Job geeignet ist. Die noch ein bisschen Resturlaub übrig hat. Ich dachte dabei an dich.«

Kari sah ihn fragend an.

»Du kennst dich aus.«

»Hä?« Kari lachte lautlos. »Ich kenne mich aus? Sprich bitte Klartext mit mir.« So gut sie mit Jo auskam, diese nebulösen Andeutungen machten sie gerade ziemlich ungeduldig.

Ohne ein weiteres Wort schob er ihr die Akte zu. Kari öffnete sie, las. Dann hob sie den Kopf.

»In Oevenum?«

Jo nickte. »Auf deiner Heimatinsel Föhr. Ja. Darum dachte ich an dich.«

»Du hast doch nicht zugesagt?« Kari runzelte verärgert die Stirn.

»Nein. Habe ich nicht. Ich habe gesagt, ich frage dich. Was ich hiermit tue.«

Sie senkte erneut den Kopf über die Akte. »Ziemlich dünn«, sagte sie dann.

Jo nickte. »Ist mir auch aufgefallen.« Er schwieg, während sie ein bisschen darin blätterte. Schließlich hob sie den Kopf.

»Wirkt, als habe man sich nach dem Geständnis des jungen Mannes schnell auf ihn als Täter festgelegt. Es wurden keine weiteren Spuren verfolgt.«

Jo nickte bedächtig. »Genau so sehe ich das auch.«

»Nicht gut.«

»Gar nicht gut. Aber verständlich.«

»Und ich soll nur dahin fahren und mich ein bisschen umhören? Ganz ... inoffiziell?«

»Inoffiziell ist der springende Punkt. Emma, die Ministerpräsidentin, kann nicht einfach die Arbeit der Polizei kritisieren. Daher musst du mit dem nötigen Fingerspitzengefühl vorgehen.«

»Du tust, als hätte ich bereits zugesagt«, brummte Kari und nahm die Akte an sich.

Jo lächelte verhalten.

»Nur mal so zur Info: Ab wann könnte ich denn Urlaub nehmen?«

Jo griff in seine Schreibtischschublade und zauberte einen Urlaubsantrag hervor. »Du musst nur noch hier unterschreiben.«

Kapitel 2

Nach ihrer Ankunft in Utersum stellte Kari ihr Gepäck in dem von ihrem Großvater Hein geerbten Haus ab, einer reetgedeckten Kate mit blauer Tür und ebensolchen Fenstern. Der Ort im Nordwesten der Insel war das kleinste staatlich anerkannte Nordseebad auf Föhr. Er war nicht nur bei ruhesuchenden Touristen, sondern aufgrund seines flach abfallenden Strandes und des langgestreckten Priels, in dem man sogar bei Ebbe baden konnte, auch bei Familien beliebt. Kari hatte, nach langen Jahren der Abwesenheit – ihr Lebensmittelpunkt lag inzwischen in Berlin – bei ihrer Rückkehr auf die Insel im vergangenen Februar fast schon erstaunt festgestellt, wie beschaulich es hier war. Nicht nur im Vergleich zu der lauten, hektischen Hauptstadt, die seit über zehn Jahren ihr Wohnort war. Jedenfalls dann, wenn sie nicht für ihren Arbeitgeber unter dem Deckmantel einer falschen Identität als Zielfahnderin irgendwo anders unterwegs war.

Heute führte ihr erster Weg Kari nach nebenan. Jette Beckum saß in ihrem Garten in einem etwas mitgenommen aussehenden Strandkorb. Neben ihr lag ein eingerolltes graues Fellknäuel, ihr Kater. Die ältere Frau wirkte erschöpf. Was angesichts des Wetters an diesem Tag kein Wunder war. Trotz der beständigen leichten Brise, die vom rund fünfhundert Meter entfernten Meer blies, war es selbst für August ungewöhnlich warm.

»Na, Lütte, wieder auf der Insel?«, begrüßte Jette ihren Gast, verscheuchte ein herumfliegendes Insekt und erhob sich ungewohnt ungelenk. »Warum hast du nicht angerufen? Ich hätte drüben bei dir durchgelüftet und dir eine Kleinigkeit zu essen hingestellt.« Jettes Garten gab so ziemlich alles her, was sie benötigte. Wenn Kari auf Föhr war, bekam sie immer wieder ein Schälchen Tomaten, Salat oder eine Handvoll Gemüse von der Nachbarin.

»Musste alles ganz schnell gehen. Hab erst gestern erfahren, dass ich heute hier bin. Bleib sitzen.« Kari zog sich einen der zwei wackligen Gartenstühle, die auf der Rasenfläche zwischen den Beeten standen, heran und setzte sich neben Jette, die sich zurück in den Strandkorb hatte plumpsen lassen.

»Hast du Urlaub?«

Kari schüttelte den Kopf. »Halb und halb. Etwas Berufliches, dem ich nachgehen soll.«

»Ach so. Ich dachte schon, du kommst wegen deinem Untermieter.« Der Blick aus Jettes klaren blauen Augen hatte etwas Listiges.

»Wegen Bent?« Schon allein die Erwähnung seines Namens führte bei Kari zu einer Beschleunigung ihres Herzschlags. »Nö.« Sie strich sich die halblangen haselnussbraunen Haare aus dem Gesicht. »Den habe ich schon ewig nicht mehr gesehen.« Genauer gesagt seit ihrer Abreise im Mai des Jahres.

»Er war ein paarmal hier.«

»Wahrscheinlich hat er nach seinem Wagen geschaut.« Ein Lamborghini, der aus guten Gründen nie ausgefahren wurde und in der früher von Hein, jetzt von Kari vermieteten Garage auf deren Grundstück stand. Direkt in Jettes Sichtfeld.

»Hat sich umgeschaut. Ich hatte das Gefühl, er wollte nachsehen, ob du zurück bist.« Die Ältere fuhr sich mit den Fingern durch den kurz geschnittenen schlohweißen Schopf. »Ist da was zwischen euch?«

Kari atmete hörbar aus. »Kann ich so nicht sagen«, antwortete sie langsam und ehrlich. »Er gefällt mir. Ich gefalle ihm.« Sie wäre gerne geblieben im Mai. Dann aber doch nicht.

»Was hält euch junge Leute denn davon ab, das Leben miteinander zu genießen?«

Kari lehnte sich zurück, legte den Knöchel ihres rechten Beines auf dem linken Knie ab und betrachtete versonnen Jettes Kater. Das Tier war erwacht. Es rekelte sich genüsslich, riss das Maul zu einem ausgiebigen Gähnen auf und zeigte einen zartrosa Gaumen und nadelspitze Zähne. Dann leckte es sich über die Schnauze und sah Kari an, als wolle es sie prüfen.

»Ich hatte Anfang des Jahres einen beruflichen Tiefschlag zu verkraften. War seelisch ziemlich angeknackst, mein Selbstbewusstsein ramponiert. Danach hatte ich immer das Gefühl, diese Sache müsse erst einmal beendet werden, bevor ich überhaupt auch nur darüber nachdenke, etwas zu beginnen, was mich vor Herausforderungen stellt.«

»So etwas wie eine Liaison?«

»Na ja, wir sagen heute eher Beziehung.« Kari lächelte schwach.

»Und was ist der berufliche Grund für dein Hiersein?«

»Hast du von dem Mord in Oevenum gehört? Eine 85-jährige Frau wurde überfallen, ausgeraubt und in ihrem Haus erdrosselt? Ist ungefähr eineinhalb Jahre her.«

Jette blinzelte beim Überlegen. »Ja«, sagte sie nach einer Weile des Nachdenkens. »Daran kann ich mich erinnern. Schlimme Geschichte.«

»Kanntest du das Opfer zufällig?«

Jette, die einstige Postbotin mit guten Verbindungen, schüttelte den Kopf. »Dort war ich nie eingesetzt.«

»Tja, dann werde ich mal hinfahren und mir ein Bild machen.«

»Brauchst du den Wagen?« Wann immer Kari sich auf Föhr aufhielt, konnte sie Jettes alten Volvo nutzen.

»Wenn es für dich in Ordnung ist?«

»Na klar, ich fahre nicht mehr. Der Schlüssel hängt sowieso bei dir drüben.«

Kari erhob sich und zupfte ihr T-Shirt zurecht. »Dann mache ich mich mal auf den Weg.«

»Kommst du heute Abend zum Essen? Ich koche uns was.« Jette war eine gute Köchin. Jedoch mit eigenen Regeln. Zucker und Salz suchte man bei ihr vergeblich.

Kari schüttelte lächelnd den Kopf.

»Heute nicht, dafür die Tage gerne.« Sie wusste nicht, wie lange sie überhaupt auf Föhr bleiben würde. Aber für ein Abendessen mit Jette würde auf jeden Fall Zeit sein. Jetzt musste sie erst einmal nach Oevenum.

Kapitel 3

Das Haus lag in einer der Querstraßen, die Dörpstrat und Buurnstrat verbanden. Kari stellte den Wagen auf dem Parkplatz an der Durchgangsstraße ab und ging, vorbei am Dorfplatz mit dem Brunnen, zu Fuß ein paar Meter zurück. Bertha Franzen, das Mordopfer, hatte in diesem Dorf ihr ganzes Leben verbracht. Der reetgedeckte, ockerfarbene Bau mit den weißen Sprossenfenstern und der graublauen Tür war von einem kaum kniehohen bepflanzten Friesenwall umgeben. Ein Natursteinweg führte vom offenen Zugang bis zur Haustür. Weder am Klingelschild noch am Briefkasten stand ein Name. Während Kari langsam an dem Gebäude entlangging, dabei in den umlaufenden Garten spähte, entdeckte sie ein Paar auf dem Nachbargrundstück. Die Frau brachte einen Korb Wäsche ins Haus. Der Mann bemerkte Kari und kam mit misstrauischer Miene näher. Er war groß, hager, grauhaarig und trug trotz des warmen Wetters eine hellbraune Strickjacke, die verkehrt geknöpft war, sodass ein Zipfel unten heraushing.

»Suchen Sie was?« Eine Altherrenstimme, etwas brüchig.

»Kannten Sie Frau Franzen?«, stellte sie eine Gegenfrage.

»Sind Sie von der Presse?« Das Gesicht des Mannes verschloss sich. Er wartete Karis Antwort nicht ab. »Der Fall ist abgeschlossen. Wir wissen nicht mehr, als wir damals der Polizei gesagt haben.«

»Wer wohnt denn jetzt hier?«, brachte Kari das Gespräch wieder in die richtige Richtung. Sie deutete auf Bertha Franzens Haus.

»Niemand«, lautete die kurze Antwort.

»Okay. Haben Sie vielleicht einen Schlüssel? Schauen Sie dort ab und zu nach dem Rechten?«

Der Mann schüttelte den Kopf. Er betrachtete sie voller Argwohn.

»Sonst jemand?« Der Rasen war gemäht, die Fenster waren sauber.

»Die Petersen. Wohnt auf der anderen Seite der Dörpstrat, Richtung Möhlenstieg.« Abrupt drehte er sich um und stapfte davon.

»Welche Hausnummer?«, rief Kari ihm hinterher.

»Da, wo die grässlichen Kunstwerke im Garten stehen.« *Rumms.* Die Tür war hinter ihm zugefallen. Kopfschüttelnd machte Kari sich auf den Weg.

Sie ging zur Hauptstraße zurück und folgte dem verwitterten Hinweisschild *Fußweg zum Möhlenstieg,* lief vorbei an gepflegten Häusern mit kurz geschorenem Rasen, niedrigen Obstbäumen und schmucken Gartenhütten. Sie erkannte das Haus von Frau Petersen sofort. Ein großzügiges Anwesen, umgeben von einem Staketenzaun, der von Wicken und anderen blühenden Pflanzen überwuchert war. Der ganze Garten war vollgestellt mit geschnitzten Holzfiguren. Kari betrachtete sie mit gemischten Gefühlen. Schön war anders.

Auf einem Holzschild neben dem weit offen stehenden Tor stand in geschwungenen Buchstaben *Göntje Petersen – Bildhauerin*. Auf Karis Klingeln hin erschien eine ungewöhnlich kleine Frau an der Tür. Ihre hellblonden Locken bildeten einen Kranz um ein rundliches Gesicht mit zartrosa Wangen. Sie mochte um die sechzig sein und blickte Kari aus hellblauen, klaren Augen fragend an.

»Sind Sie Frau Petersen?«

Die andere nickte. Kari stellte sich vor und zeigte ihren Ausweis.

»BKA?« Die Künstlerin hob eine mollige, ziemlich verschrammte Hand an die feucht glänzenden Lippen. »Warum das denn?«

»Es geht um das Haus der verstorbenen Bertha Franzen. Ich möchte mich dort gerne einmal umsehen. Sie kümmern sich doch um das Anwesen?«

Göntje Petersen blinzelte einen Moment so erschrocken, als habe Kari ihr einen unsittlichen Antrag gemacht.

»Kommen Sie herein«, sagte sie dann. Während sie einen langen Flur entlang durch das ganze Haus vor Kari her watschelte, schaute die sich um. Alles hier war blitzblank, sauber und ordentlich. Bis sie in den hinteren Raum kamen. Ein großer Wintergarten. In einer Ecke eine Sitzgarnitur aus Rattanmöbeln. Überall sonst Holz, Werkzeuge, Schmirgelpapier und Skulpturen in unterschiedlichen Stadien der Fertigung.

»Setzen Sie sich. Möchten Sie etwas trinken? Wasser, Zitronenlimo?«

»Danke, ich nehme gerne ein Wasser.«

Die Hausherrin verschwand. Gleich darauf klapperte Geschirr. Kari blickte in den vollgestellten Garten hinaus. Sie fragte sich, wer sich derlei Kunstwerke in die eigene Wohnung stellte. Grässliche Fratzen waren das, die besser in eine Geisterbahn gepasst hätten mit ihren angstverzerrten Gesichtern. Göntje Petersen kam mit einem Tablett zurück, auf dem ein Krug und zwei Gläser standen. Sie schenkte sich und ihrem Gast ein, bevor sie Kari gegenüber in einem Sessel Platz nahm.

»Warum möchten Sie das Haus besichtigen?«, fragte sie.

»Ich will mir ein Bild machen.«

»Die Sache ist doch abgeschlossen«, gab Karis Gegenüber zu bedenken.

»Das ist richtig. Der Täter wurde verurteilt. Dennoch gibt es ein paar Dinge, die einen zweiten Blick wert sind«, fabulierte Kari ins Blaue hinein. Himmel! Sie konnte nur hoffen, dass diese Frau nicht weiter fragen und einfach ihre Autorität anerkennen würde.

»Ach so«, murmelte die tatsächlich, sichtlich überfordert mit der Situation.

»Haben Sie denn überhaupt einen Schlüssel?«, wollte Kari wissen.

»Ja. Ja, den habe ich.« Göntje Petersen richtete sich zu voller Größe von vermutlich einem Meter fünfzig auf.

»Weil Sie mit Frau Franzen bekannt waren? Befreundet?«

»Nein!« Die Petersen schüttelte vehement den Kopf, wobei ihre Locken heftig wippten. »Wir waren keine Freundinnen. Ich habe für sie gearbeitet.«

»Ich dachte, Sie sind Künstlerin?«

»Ja. Das bin ich. Hier auf der Insel überall bekannt.«
Jetzt nickte Karis Gegenüber hoheitsvoll. Gerade so, als
habe sie Kari eine Audienz gewährt. Doch kaum waren
die Worte ausgesprochen, verdunkelte sich ihre Miene.
Betrübt blickte sie in ihren verunstalteten Garten hinaus. »Leider wirft die Kunst nicht alles ab, was ich zum
Leben benötige.«

Unwillkürlich blickte Kari sich um. Frau Petersens
Heim war geräumig. Es wirkte gepflegt. Die Besitzerin
hatte anscheinend ihre Gedanken gelesen.

»Das Haus habe ich von meinem Vater geerbt.« Nach
dieser Aussage nahm sie ihr Glas auf und trank es in
wenigen gierigen Schlucken leer.

»Welcher Art war denn Ihre berufliche Beziehung zu
Frau Franzen?«

Göntje Petersen hob ihren Blick leicht. »Ich habe ihr
den Haushalt geführt. Geputzt, manchmal gekocht.
Mich um den Garten gekümmert.« Jetzt stahl sich ein
Lächeln auf ihre Lippen. »Die arme Bertha konnte am
Ende kaum noch etwas alleine machen. Sie war auf
Hilfe angewiesen und so hat sich mein Arbeitsspekt-
rum nach und nach erweitert.«

»Schön«, sagte Kari etwas lahm. »Wo arbeiten Sie
jetzt?«

»Jetzt?«, fragte Frau Petersen, als sei sie plötzlich
schwerhörig geworden.

»Ja, jetzt. Frau Franzen ist ja verstorben. Und wenn
ich Sie richtig verstanden habe, brauchen Sie das Geld.
Zusätzlich zu den Einnahmen aus Ihrer Kunst.« Kari
schaffte es, den letzten Satz mit großem Ernst zu sagen.
Göntje Petersen zuckte dennoch zusammen und Kari

fragte sich, ob sie zu direkt gewesen war. Aber ihr Gegenüber hatte sich bereits gefangen.

»Bin seit Anfang des Jahres in Rente«, erklärte sie. Im selben Moment erhob sie sich überraschend schnell und blickte jetzt auf die immer noch sitzende Kari herunter. »Wollen Sie, dass ich mitkomme? Ich kenne mich aus im Haus.«

Kari überlegte kurz, verneinte dann. »Ich will das erst einmal auf mich wirken lassen. Ich melde mich gerne, wenn ich Ihre Hilfe doch noch brauche.« Sie erhob sich ebenfalls.

»Wieso? Wie oft wollen Sie denn ins Haus?«

»Das weiß ich im Moment noch nicht.« Kari trat einen Schritt zurück und blickte Frau Petersen auffordernd an. Die seufzte tief, stiefelte dann aber hinaus und bedeutete Kari, ihr nachzukommen. Vom Schlüsselbrett, das hinter der Eingangstür im Flur hing, nahm sie einen Bund und hielt ihn in die Höhe.

»Hiermit deaktivieren Sie die Alarmanlage, hiermit schließt man die Haustür, der hier ist für den hinteren Eingang.« Zu jeder Ausführung tippte ihr Finger auf den entsprechenden Schlüssel. Dann drückte sie Kari den Bund in die Hand und öffnete schwungvoll die Tür. »Sie bringen mir alles zurück, sobald sie durch sind?«

»Natürlich«, versicherte ihr Kari und machte sich auf den Weg.

Das Haus war dunkel und kühl und roch schwach säuerlich. Etwas, das Kari nicht identifizieren konnte, das sie jedoch mit Alter und zu wenig frischer Luft in Verbindung brachte. Langsam ging sie durch die

Räume im Erdgeschoss. Ein schmaler Flur, ein Abstell-
raum, in dem Putzutensilien samt Staubsauger untergebracht waren. Eine kleine längliche Küche mit völlig
aus der Mode gekommener Einrichtung in dunkler
Holzoptik. Ein Wohnzimmer in ähnlichem Stil eingerichtet mit einem Esstisch und vier Stühlen, einer hohen Vitrine, einer Couchgarnitur und einem Lowboard.
Einer der Sessel war noch immer darauf ausgerichtet,
daher nahm Kari an, dass dort mal ein Fernseher gestanden hatte. An den Wänden einfache Drucke mit so
unterschiedlichen Motiven, als sei sich die Bewohnerin
nicht sicher gewesen, was ihr wirklich gefiel. Im Ober-
geschoss zwei Schlafzimmer. Eines war komplett leer.
Die ausgeblichene und teilweise abgefallene Tapete
schien aus den Fünfzigerjahren zu stammen. Efeu
rankte sich um eine rosa blühende Pflanze. Auf dem
Holzboden lag eine dicke Staubschicht. Das zweite Zimmer erwies sich als wesentlich sauberer. Ein Bett, ein
Nachttisch, ein Holzstuhl, ein massiver Kleider-
schrank. Sie öffnete ihn. Ein schwacher Lavendelduft
schlug ihr entgegen. Sie hatte sofort ein Bild vor sich:
eine in die Jahre gekommene Frau, die ihre wenigen
Kleidungsstücke sorgfältig aufbewahrte. Aufbewahrt
hatte, denn hier hingen nur noch ein paar Kleiderbügel
an einer Metallstange. Kari strich mit den Fingern darüber und genoss das klackernde Geräusch, als sie zu-
sammenstießen. Es war so still in diesem Haus! Im Badezimmer ein Waschbecken, eine Dusche, ein einfa-
cher Spiegel. Grüne Kacheln, schon etwas matt. Sämtliche Räume waren so niedrig, dass sie auf Kari mit ihren
eins siebenundsiebzig erdrückend wirkten. Sie versuchte, sich ein Bild von der ehemaligen Bewohnerin

zu machen. Karg war das erste Wort, das ihr dazu ein-
fiel. Nichts von dem, was sich in den Räumen befand,
konnte man auch nur annähernd gemütlich oder persönlich nennen. Dennoch wirkte alles, bis auf das eine
Zimmer oben, als würde immer noch regelmäßig geputzt. Sie stieg ins Erdgeschoss hinab. Selbst der höl-
zerne Handlauf war staubfrei. Auf halber Treppe blieb
sie stehen, blickte zurück zu der geschlossenen Tür des
einen Schlafzimmers. Dort war offensichtlich seit dem
Tod von Bertha Franzen nicht sauber gemacht worden.
Eventuell auch in der Zeit vorher nicht? Merkwürdig.
Andererseits – der Raum war komplett leer. Warum
sich also die Mühe machen? Kari setzte ihren Rund-
gang im Wohnzimmer fort. Im oberen, verglasten Teil
der Vitrine standen Bücher. Sagen des klassischen Al-
tertums. Ein Bildband über Amrum. Zwei Biografien
über Kaiserin Elisabeth, die alle als Sisi kannten. Ein
Sachbuch über die Föhrer Tracht, an die Kari sich noch
dunkel erinnerte. Keine Romane oder weitere Lektüre,
die Auskunft über die Lesegewohnheiten der Verstorbenen geben konnte. Im unteren Teil fand sich endlich
etwas, das persönlich war. Ein schmales Adressbuch,
das wenige Einträge aufwies. Kari fotografierte jede
Seite und legte das Buch zurück. Daneben stand ein Fotoalbum. Kari nahm es heraus und ließ sich damit vorsichtig auf das Sofa sinken. Das Album war schwer, der
Einband aus geprägtem Kunstleder. Die einzelnen Seiten waren durch halb transparentes Spinnenpapier getrennt. Sie schlug das Buch auf. Die ersten Fotos zeigten
ein kleines Mädchen auf dem Schoß einer Frau, sicher
ihrer Mutter. Dahinter stand, die Hand auf die Schulter
seiner Gattin gelegt, ein ernst dreinblickender Mann.

Alle drei Personen schauten völlig unbewegt in die Kamera. Darunter hatte jemand geschrieben: *2. Geburtstag unserer Bertha*. Die blaue Tinte war verblasst, die Schrift weich geschwungen. Auf den folgenden Seiten war das Aufwachsen von Bertha Franzen dokumentiert. Bis zu ihrem achtzehnten Lebensjahr gab es kein Foto von ihr, auf dem sie lächelte. Stets blickte eine schmale Gestalt mit eingefallenen Wangen und großen dunklen Augen in die Kamera. Dann brach die Fotodokumentation der Kindheit und Jugend von Bertha ab. Sie umfasste insgesamt erstaunlicherweise lediglich fünf Seiten. Nach einem Blatt, das leer gelassen worden war, ging es etliche Jahre später weiter. Bertha mochte nun Mitte zwanzig sein. Sie trug das Haar streng nach hinten gekämmt. Jetzt wirkte sie fast üppig, mit runden Wangen und ebensolchen Formen. Unverändert waren die dunklen Sachen, mit denen sie schon als Kind und Heranwachsende gekleidet gewesen war. Auf dem ersten Foto hatte sie eine blendend weiße Schürze darüber gezogen. Auf dem nächsten dazu eine Schutzhaube, wie man sie in Großküchen trug. Tatsächlich gaben dieses Bild und ein weiteres, ein Gruppenfoto inmitten anderer junger Frauen in ähnlicher Aufmachung, Auskunft über Bertha Franzens beruflichen Werdegang. Sie hatte eine Ausbildung zur Köchin absolviert. Es folgten einige Farbfotos aus den 1960er- und 1970er-Jahren, die inzwischen einen deutlichen Gelbstich hatten. Interessant waren nur zwei davon. Bertha mit einer Freundin auf einer Faschingsfeier. *Köln, 1966 mit Margot* stand darunter, mit Kuli in steiler Schrift geschrieben. Und Bertha in einem Liegestuhl, voll bekleidet, mit einem weißen Schlapphut auf dem Kopf. Aufgenommen 1970 in Rimini, ebenfalls mit Margot, die wesentlich unternehmungslustiger wirkte. Kari schüttelte leicht den Kopf. Vier Jahre lagen zwischen den beiden Aufnahmen. So, als habe sich zwischendurch nichts von Bedeutung ereignet. Kari blätterte weiter und zog die Brauen hoch. Erstaunlicherweise war das nächste Foto eines, auf dem die Verstorbene lächelte. Ja, sie schien sogar ein wenig fröhlich zu sein. Auf den beiden darauffolgenden Ablichtungen fehlte ein Teil. Als sei jemand abgeschnitten worden. Kari pfiff leicht durch die Zähne. Ein Mann? Ein Verehrer, von dem sich Bertha Franzen getrennt hatte? Warum hatte sie die Fotos dennoch aufgehoben? Kari starrte eine Weile darauf. Dann formte sich eine Vermutung. Bertha sah hier anders aus. Wieder schmaler im Gesicht und am Körper. Dabei ganz bei sich, mit einem selbstbewussten Blick. Fast schon herausfordernd. Irgendetwas hatte sich verändert. Bertha wirkte attraktiv auf den Bildern. Kari blätterte weiter. Zwei Fotos zeigten die Verstorbene Anfang der 1970er, glücklich lachend mit einem Kleinkind. *Ich als Patentante* stand unter einem. Danach, 1981, ein gestellt wirkendes Foto von Bertha mit einem Schlüssel in der Hand vor dem Haus. So, als nähme sie es jetzt in Besitz. Beim Umblättern entfuhr Kari unwillkürlich ein erstaunter Laut. Bertha Franzen, inzwischen in ihren späten Vierzigern, posierte in den Räumen und im Garten. Sie wirkte ernst und auf eine trotzige Art stolz und Kari fragte sich, wer die Aufnahmen gemacht hatte. Noch etwas fiel ihr auf. Bertha trug auf den Fotos eine Reihe teuer aussehender Schmuckstücke. Eine dreireihige Perlenkette. Eine Goldkette mit einem kirschkerngroßen Smaragd. Ein schweres Armband aus Gelbgold. Den Schmuck hatte sie nirgendwo im Haus gesehen. Sie würde Göntje Petersen danach fragen.

Kari war fast am Ende des Albums angelangt, als ein sanftes *Dingdong* von der Haustür erklang. Überrascht stellte sie die Fotos zurück und ging zur Tür. Draußen stand ein grauhaariger Mann mit akkurat geschnittenem Schnurrbart und einer gemütlichen Figur.

»Ja bitte?« Kari blickte ihn fragend an.

»Peter Hansen«, stellte er sich vor. »Polizei Wyk.«

Kapitel 4

Kari streckte den Kopf durch die Eingangstür nach draußen und blickte nach rechts. Der Nachbar in der falsch geknöpften Strickjacke versuchte vergeblich, schnell genug aus ihrem Sichtfeld zu verschwinden. Seine neben ihm stehende Frau hingegen blieb wie angewurzelt stehen und schaute mit großen Augen zu ihr herüber. Kari atmete tief durch.

»Kann ich mal Ihren Ausweis sehen?«

Herr Hansen hob amüsiert die Hände. »Habe ich nicht mehr. Bin seit einem Jahr pensioniert. Kann ich trotzdem kurz mit Ihnen sprechen?«

»Kommen Sie rein.« Sie unterstrich ihre Einladung mit einer entsprechenden Geste. »Anbieten kann ich Ihnen nichts. Ich bin selbst nur zu Besuch hier.« Sie schmunzelte bei ihren Worten. Er ebenso.

»Habe ich bereits gehört. Die Kahlenbergs nebenan«, er begleitete seine Worte mit einer leichten Kopfbewegung in Richtung des Nachbarhauses, »sind sehr aufmerksam. Besonders seit der Sache mit Bertha.« Er räusperte sich, bevor er fortfuhr. »Ich nehme an, Göntje hat Ihnen die Schlüssel zum Haus überlassen?«

»Stimmt.«

»Können Sie sich denn ausweisen?«

»Muss ich das?«

Er schüttelte den Kopf. »Selbstverständlich nicht. Ich bin ja nicht mehr im Dienst. Aber die Nachbarschaft wäre beruhigter, wenn ich ihnen sagen könnte, dass alles seine Ordnung hat mit Ihrem Besuch hier.« Kari nickte knapp und zückte ihren Dienstausweis. »BKA?« Herr Hansen trat beunruhigt einen halben Schritt zurück. »Was hat das denn zu bedeuten?«

Kari betrachtete den Mann. Sein offener Blick wirkte vertrauenerweckend, sein Auftreten seriös. Das konnte täuschen, wie sie sehr wohl wusste. Andererseits kannte man sich auf der Insel gut genug. Hätte er sie bezüglich seiner Identität angelogen, würde er in Nullkommanichts auffliegen.

»Nichts hat das zu bedeuten. Jedenfalls im Moment nicht. Ich beleuchte den Fall Bertha Franzen einfach noch einmal. Könnte sein, dass er mit einer anderen unserer Ermittlungen in Zusammenhang steht.« Das stimmte nicht, war aber mit Jo genau so abgesprochen. »Darum bitte ich Sie um höchste Diskretion.«

»Ach so. Natürlich.« Hansen wirkte erleichtert. »Es ist nämlich so, dass ich derjenige war, der damals als Erster gerufen wurde. Ich kannte das Opfer flüchtig und die Sache geht mir immer noch nach. Gut, dass wir den Mörder so schnell gefasst haben.«

»Kannten Sie ihn ebenfalls? Den Täter?«, wollte Kari wissen. In Hansens Augen trat ein wachsamer Ausdruck. »Der kam nicht von hier.«

»Verstehe«, antwortete Kari. »Er hat ja auch gleich gestanden.«

»Noch am Tatort. Ja.« Hansen rieb sich die Nasenwurzel, als würde ihm das beim Nachdenken helfen.

»Bei Ihnen also?«

»Bei mir und meinem damaligen Kollegen.«

»Wer hat Sie denn alarmiert?«

»Die Nachbarn.« Sein Kopf zeigte erneut in die Richtung des Mannes mit der Strickjacke. »Die Kahlenbergs hatten merkwürdige Geräusche gehört. Einen Schrei.«

»Und da ruft man gleich die Polizei?« In Berlin würde sich kein Mensch darum scheren.

»Tja. Ältere Herrschaften. Hier ist man wachsam.«

»Als Sie kamen, war die Frau tot und der mutmaßliche Mörder noch im Haus?«

»Was heißt denn mutmaßlich? Der wurde doch verurteilt.«

»Stimmt. Er war also noch da?«

»Als wir ankamen, hockte er im Flur direkt bei der Leiche. In der Diele herrschte Unordnung. Die Handtasche von Bertha lag neben dem Täter, das offene Portemonnaie ebenso. Das Geld fanden wir in seinen Taschen. Es waren nicht mehr als hundert Euro.« Sein Blick trübte sich. »Ein Menschenleben für ein bisschen Kohle. Ich habe mich nie dran gewöhnt. Der junge Mann war dann sofort geständig.«

Er hob die Hände, als wollte er sagen, dass da keine Fragen mehr offengeblieben waren.

»Hatte er auch Schmuck gestohlen?«

»Schmuck?« Hansen schüttelte den Kopf. »Wie kommen Sie denn darauf?«

»Ach, nur so. Frauen haben ja meistens etwas im Haus.«

»Frau Franzen eher nicht. War nicht wirklich betucht. Kam vermutlich gerade so über die Runden mit ihrer Rente. Das Anwesen hatte sie von ihren Eltern geerbt. Wie so viele hier. Es kann sich ja kaum noch einer von uns hier leisten, eines zu kaufen oder zu bauen. Die Immobilienpreise schnellen stetig in die Höhe.« Er schniefte kurz. »Aber noch mal zu Ihnen, junge Frau.« Er musterte Kari streng. »Wenn Sie etwas suchen, das unsere Arbeit damals in ein schlechtes Licht rückt, wäre ich nicht erfreut.«

Das war jetzt genau die Situation, in die sie auf keinen Fall hatte kommen wollen.

»Nein«, erklärte Kari daher hastig. »Wie gesagt, es geht um etwas anderes.« Sie musterten sich schweigend gegenseitig. Dann seufzte der pensionierte Polizist.

»Gut. Ich sage jetzt dem Nachbarn zur Linken Bescheid, dass Sie keine Einbrecherin sind. Und auch keiner von diesen Immobilienhaien, die auf unserer schönen Insel nach Schnäppchen suchen.«

»Wo Sie das gerade sagen: Wer hat denn das Haus geerbt? Ich meine, es ist ja doch ungewöhnlich, dass es seit eineinhalb Jahren leer steht.«

»Geerbt? Das weiß ich nicht. Da müssten Sie beim Nachlassgericht nachfragen. Falls die Ihnen Auskunft geben. Sie sind ja nicht direkt mit dem Fall betraut.« Ein listiger Ausdruck war in seine Augen getreten. »Aber wenn Sie mich fragen: Frau Franzen hatte keine Angehörigen. War ein Einzelkind. Nie verheiratet. Wenn, dann müsste es eine ganz entfernte Verwandtschaft sein. Kann schon sein, dass man noch nach jemandem sucht.« Seine Handbewegung zeigte, was er davon hielt. Nichts. Man würde niemanden finden, der erbberechtigt war. Eine der Familien, deren Stammbaum einfach endete.

»Danke«, sagte Kari und drückte dem Mann kräftig die Hand. Dann fiel ihr noch etwas ein.

»Die Nachbarn auf der anderen Seite, haben die damals auch etwas mitbekommen?« Es war unwahrscheinlich, weil das Haus weiter entfernt lag als das der Kahlenbergs, aber fragen musste sie.

Hansen schüttelte den Kopf. »Die Familie war zum Tatzeitpunkt im Urlaub.«

»Danke«, sagte Kari.

»Sollten Sie an einem weiteren Gespräch mit mir Interesse haben, rufen Sie mich an.« Er diktierte ihr eine vierstellige Telefonnummer und verabschiedete sich. Als er gegangen war, drehte Kari sich nachdenklich um sich selbst. Für heute hatte sie genug gesehen. Sie beschloss, das Fotoalbum mit ihrem Handy abzulichten. Und danach würde sie Jo eine Nachricht schicken. Sie brauchte das Testament von Bertha Franzen und das möglichst, ohne Aufsehen zu erregen.

Nach ihrer Rückkehr aus Oevenum erledigte Kari ein paar Einkäufe im Supermarkt in Utersum und machte sich danach daran, die Kate sauberzumachen. Sie lüftete ausgiebig, wischte die dünne Staubschicht von den Möbeln, ließ das Wasser laufen, bis es klar war, und schaltete den Kühlschrank ein. Sinnend blieb sie einen Moment lang vor dem leise summenden Gerät stehen. Bei ihrem letzten Aufenthalt auf Föhr waren so viele Dinge geschehen, die sie während der vergangenen Monate so gut es ging aus ihrem Gedächtnis verbannt hatte. Es war eine gefährliche Mission im Zeugenschutz gewesen, die sie erledigt hatte. Auch für sie persönlich riskant. Sie dachte an den Killer, der ihr hier, in diesem

Haus, aufgelauert hatte. Ein kalter Schauer lief ihr über den Rücken. Gerade beim Gedanken daran, was diese Begegnung ausgelöst hatte, kochten widerstreitende Gefühle in ihr auf. Die Gespräche mit ihrer Mutter Trine, die völlig überraschend aufgetaucht war, stellten dabei den erfreulichen Teil dieser Erinnerungen dar. Den Rest musste sie abhaken. Schließlich wollte sie es nicht von anderen Menschen oder Ereignissen abhängig machen, ob sie sich weiterhin in diesem Haus wohlfühlen konnte.

Nachdem die Arbeit getan war und sie sich einen Kaffee gekocht hatte, ging Kari durch den Hintereingang der Küche hinaus in den Garten. Die Akte von Timo Knaup, dem Mann, der für Bertha Franzens Tod verantwortlich sein sollte, nahm sie mit. Das Gras war akkurat geschnitten, was ihrer Nachbarin Jette Beckum zu verdanken war. Es war erstaunlich, was die inzwischen über Siebzigjährige für eine Energie an den Tag legte. Nicht nur bei der Bewirtschaftung ihres eigenen Obst- und Gemüsegartens. Sie schien unermüdlich. Hätte Kari sie gebeten, sich nicht mehr um ihr Haus und den Garten zu kümmern, wäre ihre Nachbarin zutiefst gekränkt gewesen. Kari warf einen Blick nach nebenan. Aber ausnahmsweise war von Jette nichts zu sehen. Sie wischte Blätter und Sand von der Platte eines Kunststofftisches und ließ sich in einen etwas wackligen Gartenstuhl fallen. Dann nippte sie an ihrem Kaffee und zog sich die Akte heran. Timo Knaup war zum Zeitpunkt der Tat zweiundzwanzig Jahre alt gewesen. Er hatte einen Wohnsitz in Hamburg. Bereits vor dem

Mord an Bertha Franzen war der junge Mann mehrfach straffällig geworden. Ladendiebstahl. Einbruch.
Eine Kneipenschlägerei. Alles war lange vor der Tat auf
Föhr geschehen und jedes Mal war Timo mit einer Ver-
warnung oder einer geringen Bewährungsstrafe da-
vongekommen. Die Sozialprognose schien immer posi-
tiv, die Reue stets groß. Was hatte Timo nach Föhr ver-
schlagen? Wann war er auf die Insel gekommen, wo
hatte er gewohnt? Wie sein späteres Opfer getroffen?
Sie würde all das herausfinden und auch mit Timo
Knaup persönlich sprechen müssen. Sobald das möglich war, denn zurzeit lag er nach einem Selbstmordversuch auf der Krankenstation einer Justizvollzugsanstalt – welcher, hatte man ihr noch nicht gesagt – und
war nicht ansprechbar. Kari zog ihren Notizblock
heran und notierte sich die ersten Fragen. Dann blätterte sie weiter. Und wurde immer ratloser. Schließlich
klappte sie die Akte zu, ging ins Haus zurück, bereitete
sich einen Toast mit Käse, trank dazu ein Glas Wasser
und beschloss, früh schlafen zu gehen. Obwohl der
Drang in ihr, eine bestimmte Kneipe aufzusuchen,
schier übermächtig war. Gleichzeitig wusste sie, dass
viel Arbeit vor ihr lag. Sie betrachtete ihren vollge-
schriebenen Notizzettel. Öffnete die Fotos auf ihrem
Handy, die sie im Haus von Bertha Franzen gemacht
hatte. *Was war die Tote für ein Mensch?*, fragte sie sich
unwillkürlich. Sie scrollte zu den wenigen Notizen, die
im Adressbuch der Verstorbenen gestanden hatten.
Das schien über Jahre, vielleicht sogar über Jahrzehnte
hinweg geführt worden zu sein. Etliche Einträge waren
dick durchgestrichen. Übrig geblieben waren lediglich
wenige Nummern, darunter die ihres Hausarztes und

die von Göntje Petersen. Und die eines Notars. Kari hatte kaum Hoffnung, dass der ihr etwas über das Testament verraten würde. Sie brauchte nicht auf die Uhr zu sehen, um zu wissen, dass es für einen Anruf in der Kanzlei zu spät war. Erfahrungsgemäß erwies es sich sowieso als besser, direkt vorzusprechen. Das war erst der Anfang. Es gab Fragen, die selbst nach zweimaliger Durchsicht der Akte offengeblieben waren.

Kapitel 5

Der Mann, der an diesem frühen Morgen am Strand von Utersum direkt am Wasser stand, hatte die Hände in die Hosentaschen geschoben und schaute regungslos zum Horizont. Der braun gescheckte Deutsch-Drahthaar neben ihm tat es ihm gleich.

Als Kari neben die beiden trat, fiepte der Hund.

»Moin Olga«, sagte Kari leise und kraulte das Tier am Kopf. Olgas Schwanz wedelte den leicht morgenfeuchten Sand auf. »Moin Ove«, fuhr sie fort. Der Angesprochene blickte lediglich kurz aus den Augenwinkeln zu ihr. Er sagte nichts, aber das war nicht ungewöhnlich. Ove war Autist. Sehr begabt in allen Dingen, die mit Elektronik und der virtuellen Welt zu tun hatten. Mehr wusste Kari nicht über ihn. Olga hatte sich beruhigt. Sie schaute fragend zwischen Kari und Ove hin und her, bevor sie sich wieder der Betrachtung des Horizonts widmete. Kari wusste nicht, was Ove dazu bewog, jeden Morgen am Meer zu stehen. Er wirkte, als warte er auf etwas. Worauf, das wusste wohl niemand.

Ein Dunstschleier verlieh dem Himmel ein milchiges Aussehen. Der leichte Wind trug den Geruch von See und Salz mit sich. Auf den dunkel glitzernden Wellen tanzte der Kopf eines Schwimmers. Der kam schnell näher. Einer der wenigen, die hier bereits am frühen

Morgen sportlich unterwegs waren. Bewundernd glitt ihr Blick über die sich geschmeidig bewegenden Arme, die in einem gleichmäßigen Takt das Wasser durchpflügten. Erst als der Mann das Ufer fast erreicht hatte und sich aufrichtete, erkannte sie ihn. Unwillkürlich entfuhr ihr ein überraschter Ton. Bent Sörensen stieg aus dem Wasser. Mit einer lässigen Bewegung strich er sich die schwarzen Haare aus dem Gesicht. Sie waren länger geworden während der Zeit, in der sie sich nicht gesehen hatten. Oder wirkte es nur so, weil sie nass waren? Kari konnte den Blick nicht abwenden. Er hatte sie bisher nicht bemerkt. Ging zu einem Strandkorb, griff nach dem dort liegenden Badetuch und begann sich trockenzurubbeln. Jede Bewegung brachte die schlanken Muskeln seines Körpers zur Geltung. Er sah aus wie jemand, der regelmäßig Sport trieb. Rudern, Tennis, Schwimmen. So etwas in der Art. Kari wurde sich bewusst, dass sie keine Ahnung hatte, ob das zutraf. Bent war einer der rätselhaftesten Menschen, die sie kannte. Als der letzte Tropfen Wasser abgetrocknet war, schlüpfte er in eine Jeans, zog sich ein kurzärmeliges, kariertes Hemd über und rollte das Handtuch zusammen. Der Impuls, zu ihm hinüberzugehen war so stark, dass Kari bereits einen Schritt in seine Richtung getan hatte. Da blickte er auf. Über eine Distanz von vielleicht zehn Metern hinweg sahen sie sich an. Karis Herz pochte heftig, als ihre Blicke sich trafen. Sie wollte etwas sagen, zu ihm rufen. Da drehte er sich abrupt um und ging davon. Ihr war, als habe man sie mit Eiswasser übergossen.

»Aber«, entfuhr es ihr und sie hob die Hand. Er konnte es nicht mehr sehen, schaute nicht ein einziges Mal zurück. Im Gegensatz zu Olga. Ove war, wie üblich ohne Gruß, ebenfalls davon gegangen. Er stapfte am Meeressaum entlang, sein Hund folgte ihm, nicht ohne einen Blick zurück auf Kari zu werfen – als habe das Tier Mitleid mit ihr.

Nach der Begegnung am Strand war Kari zur Kate zurückgekehrt. Ihre Wangen glühten, als habe man ihr eine Ohrfeige gegeben. Genau so fühlte sie sich. Bent war verärgert, das konnte sie sogar verstehen. Sie waren sich nahegekommen, ohne den letzten Schritt zu tun. Ein beidseitiges Versprechen, das nicht eingelöst worden war. Dann war Kari abgereist. Hatte nichts mehr von sich hören lassen. Aus Gründen, die sie ihm gern persönlich erklärt hätte. Noch schien dafür nicht der richtige Zeitpunkt gekommen. Missmutig packte sie Notizblock, Stift, Handy, Hausschlüssel und eine kleine Flasche Wasser in ihre geräumige Ledertasche und machte sich auf den Weg nach Wyk.

Die Kanzlei des Notars, dessen Namen und Telefonnummer sie in Bertha Franzens Adressbuch gefunden hatte, lag an der Badestraße. Kari parkte den Wagen und ging die letzten paar Meter zu Fuß. Die Stadt wirkte leicht verschlafen, doch inzwischen hatte die Sonne an Kraft gewonnen und der Himmel war klar.

»Der Herr Notar ist noch nicht im Büro. Möchten Sie warten?« Die Empfangsmitarbeiterin wirkte freundlich und aufgeräumt. Selbst als Kari sagte, sie habe keinen Termin vereinbart, aber es dauere nicht lange, hatte sie nicht versucht sie abzuwimmeln. Sie bot ihr sogar einen Kaffee an, den Kari dankbar entgegennahm. Herr Gutjahr kam ungefähr zwanzig Minuten später. Ein jovialer, älterer Herr in dreiteiligem Anzug, fast völlig kahl und in den Duft eines altmodischen Rasierwassers – *Old Spice*, erkannte Kari – gehüllt, betrat er seine Kanzlei. Nach einer halblaut geführten Unterhaltung mit seiner Mitarbeiterin bat er Kari direkt in das angrenzende Büro.

Während er etwas umständlich seine Aktentasche verstaute, um danach hinter dem Schreibtisch Platz zu nehmen, fragte er, worum es ginge. Als der Name Bertha Franzen fiel, hob Herr Gutjahr den Blick.

»Sie wissen sicher, dass ich Ihnen zum Inhalt eines Testaments nichts sagen kann. Entgegen der landläufigen Meinung nehmen wir zwar den letzten Willen entgegen, beraten unsere Klienten. Danach geht alles an das Nachlassgericht. Wir behalten keine Kopien, keine Notizen. Nichts.« Er lächelte freundlich. Hinter Kari wurde die Tür geöffnet, Herr Gutjahr bekam seinen Kaffee serviert. Als die Mitarbeiterin den Raum verlassen hatte, ließ sich der Notar in seinen Stuhl zurückfallen und rieb sich die Stirn.

»BKA, sagen Sie?« Kari nickte und schob ihm ihren Dienstausweis zu. Er warf einen flüchtigen Blick darauf, bevor er fortfuhr. »Wie schon gesagt, der Inhalt des Testaments ist vertraulich und mir auch nicht mehr im Detail bekannt. Was ich Ihnen sagen kann, ist Folgendes: Bertha Franzen hatte ihren Nachlass schon viele Jahre vor ihrem Tod geregelt. Sie hat, in Ermangelung naher Verwandtschaft, eine Person aus ihrem Bekanntenkreis für das Alleinerbe eingesetzt. Vorausgesetzt, dass in der Zwischenzeit kein aktuellerer letzter Wille aufgesetzt wurde, hat das immer noch Bestand.«

»Hätten Sie das nicht mitbekommen?«

Er schüttelte mit leisem Lächeln den Kopf. »Man kann jederzeit das eigene Testament ändern. Ob mit oder ohne Notar. Es zählt immer das neueste Dokument.«

Kari nagte an ihrer Unterlippe. Eine Person aus Bertha Franzens Bekanntenkreis. Nach allem, was sie in deren Haus vorgefunden hatte, war der nicht besonders groß gewesen. Ohne dass sie ihn danach gefragt hatte, fügte der Notar hinzu, dass er sich weder an den Namen noch das Geschlecht der erbberechtigten Person erinnere. Das Telefon auf dem Schreibtisch klingelte. Herr Gutjahr hob bedauernd die kleinen, weich aussehenden Hände. »Ich darf Sie jetzt verabschieden. Ein Klient wartet.« Er erhob sich, als sie aufstand und deutete einen altmodischen Diener an.

Kari bedankte sich und verließ die Kanzlei. Sie hatte mehr erfahren als ursprünglich gedacht.

Als sie kurz darauf durch den Ortskern von Wyk lief, fiel ihr Blick auf ein Juweliergeschäft. Kurz entschlossen ging sie hinein.

Kapitel 6

Die Juwelierin wiegte unschlüssig den Kopf. »Schwer zu sagen.« Sie betrachtete die Fotos, die Kari ihr auf ihrem Handy zeigte. »Die Fotografien sind qualitativ nicht besonders gut.« Einige zudem schwarz-weiß.

»Da kann ich nur raten.« Sie tippte eines der Bilder an. Vergrößerte die dreireihige Perlenkette. Bertha hatte sie zu einem hochgeschlossenen dunklen Kleid getragen. »Wenn die echt ist und gut gepflegt wurde, ist sie einiges wert.« Wie viel genau, blieb unklar. Dafür bekam Kari eine kleine Einführung in die Kunst, Schmuck richtig zu lagern. Perlen, beispielsweise, waren empfindlich und sollten in einem weichen Stoffbeutel oder einer gepolsterten Schmuckbox aufbewahrt werden. Ganz besonders wichtig war es, sie getrennt von Diamanten und Edelsteinen zu verwahren, die in der Lage waren andere Schmuckstücke zu zerkratzen. All das, so die Fachfrau, schlug sich irgendwann auf den Verkaufswert nieder. »Eine direkte Begutachtung ist daher unerlässlich, um eine seriöse Schätzung darüber abzugeben, was die Sachen heute wert sind.«

»Schade«, murmelte Kari. Denn die Frage, was Bertha Franzens Schmuck wert gewesen war und wo er sich jetzt befand, blieb dadurch offen.

»Angeboten hat man Ihnen wohl keines dieser Schmuckstücke?«

Die Juwelierin lächelte und deutete auf die überschaubare Auslage in den Glasvitrinen. »Wir verkaufen nur Neuware. Aber ich kann Ihnen einen Kollegen nennen, der auch Secondhand offeriert.« Sie zog Zettel und Stift aus einer Schublade unter ihrer Kasse und schrieb den Namen und die Anschrift auf.

»Viel Glück«, wünschte sie Kari, als diese das Geschäft verließ – und im selben Moment, in dem sie die Straße betrat, wie angewurzelt stehenblieb.

Die Frau, die neben Bent Sörensen ging, war einen Kopf kleiner als er, blond und zierlich. Die beiden hatten die Gesichter einander zugewandt. Er hatte etwas gesagt und sie lachte. Es wirkte vertraut. Bent sah Kari nicht, und noch bevor sie entschieden hatte, ob sie sich bemerkbar machen sollte oder nicht, war das Paar aus ihrem Sichtfeld verschwunden. Kari atmete tief durch. Die morgendliche Begegnung mit Bent saß ihr noch in den Knochen. Die Art, wie er sie angesehen hatte. Kühl und unbewegt. Gerade so, als seien sie Fremde. Sie biss sich auf die Lippe. Wenn sie ehrlich sich selbst gegenüber war, konnte sie ihn verstehen. Sie war vor Monaten von der Insel und aus seinem Leben verschwunden, hatte sich nicht bei ihm gemeldet. Konnte sie ihm verdenken, dass er mit ihr, mit der so rätselhaften wie uneindeutigen Sache zwischen ihnen abgeschlossen hatte? Ja, dachte sie, ich kann ihn verstehen. Um sich gleich darauf, fast schon wütend, zu fragen, warum es ihm dennoch nicht möglich gewesen war, sie wenigstens zu grüßen, ihr irgendein Zeichen des Erkennens zu senden. Jemand rempelte sie an, entschuldigte sich murmelnd, ohne den Blick vom Display seines Handys zu lösen, und sie bemerkte, dass sie mitten auf der Straße stand. Sie ging ein paar Schritte, widerstand dem Drang, Bent und seiner Begleiterin zu folgen, die in Richtung Hafen gegangen waren. Stattdessen zückte sie ihr Handy, gab die Anschrift des Schmuck-Antiquariats ein, die die Juwelierin ihr gegeben hatte, und stellte fest, dass sie einen Spaziergang von rund zwanzig Minuten vor sich hatte. Einen Teil der Strecke konnte sie an der Promenade entlanggehen, daher schlug sie den Weg zum Wasser ein. Als sie eine knappe halbe Stunde später am Geschäft eintraf, hatte sie bezüglich Bent eine Entscheidung gefällt. Jetzt aber verlangten ihre Fragen zum Schmuck von Bertha Franzen ihre Aufmerksamkeit.

Der Mann hinter dem Tresen war vermutlich um die fünfzig. Hochgewachsen, gepflegt, das graue Haar kurz geschnitten. Er trug eine teuer aussehende, kamelhaarfarbene Hose, darüber ein cremefarbenes Hemd und farblich passende breite Hosenträger, die am Rücken gekreuzt waren. Das Geschäft war von überschaubarer Größe, alles strahlte in hellem, poliertem Braun und Goldtönen. Der Mann löste den Blick von der Vitrine, in der er gerade etwas arrangiert hatte, und wandte sich ihr mit einem freundlichen Verkäuferlächeln zu. Ihre Frage, ob er der Besitzer sei, beantwortete er mit ja, er sei Jonas Riewerts. Als sie ihr Anliegen erklärte, rückte er seine schmale Hornbrille zurecht und nahm das Handy entgegen, das sie ihm reichte.

»Hm«, sagte er, während er durch die Galerie scrollte. Dann noch einmal »Hm« und schließlich gab er ihr das Gerät zurück.

»Mögen Sie einen Tee?«, wollte er wissen. Jetzt war es an Kari, erstaunt zu gucken. Er lächelte und sie stellte fest, dass ihr der Blick seiner hellblauen Augen nicht unangenehm war.

»Warum nicht«, antwortete sie und fuhr sich übers Haar, das der Wind auf ihrem Weg hierher gehörig durcheinandergewirbelt hatte. »Aber lieber wäre es mir, wenn Sie mir etwas über den Schmuck sagen könnten.«

Er seufzte kaum hörbar, bevor er sie mit einer Handbewegung zu dem hohen Verkaufstresen bat. Dort befand sich nichts weiter als eine große Registrierkasse.

»Es redet sich leichter bei einem Tee«, sagte er schlicht, bevor er durch einen bogenförmigen Durchlass in einem hinter dem Verkaufsraum gelegenen Raum verschwand. Kari blickte sich um. Die Bereiche für Neu- und Secondhandware waren fast gleich groß. Es schien auf der Insel also einen Markt für gebrauchten Schmuck zu geben. Herr Riewerts kam mit zwei winzigen Teegläsern wieder, die er auf einem orientalisch aussehenden Kupfertablett balancierte.

»Grüner Tee *Seelenspiel*, genau das Richtige für diese Tageszeit.« Lächelnd hob er das Glas an die Lippen und Kari tat es ihm gleich. Beide schmeckten einige Augenblicke dem Aroma von Mirabellen und Kräutern nach, bevor Kari das Gespräch wieder aufnahm.

»Kennen Sie diesen Schmuck?«

»Bitte erzählen Sie mir doch, warum Sie sich dafür interessieren.«

Kari hatte nicht den Eindruck erwecken wollen, dass womöglich eine Straftat hinter ihrem Interesse stand. Aus diesem Grund hatte sie dem Juwelier bisher ihren Dienstausweis nicht gezeigt.

»BKA?«, fragte er erstaunt, als sie es nun doch tat.

»Wir prüfen gerade, ob es bei einem länger zurückliegenden Verbrechen hier auf Föhr eine Verbindung zu einem aktuellen Fall gibt«, entgegnete Kari. »Das ist kein Grund zur Beunruhigung.« Sie lächelte aufmunternd und trank einen Schluck Tee.

Herr Riewerts setzte seine Tasse ab. Er wirkte nicht, als habe ihn Karis letzter Satz beruhigt. »Ich prüfe natürlich anhand der zugänglichen Datenbanken, ob es sich bei dem, was mir angeboten wird, um Diebesgut handeln könnte. Und ich nehme die Daten derjenigen auf, denen ich etwas abkaufe.«

»Das heißt, Sie haben eines dieser Stück gekauft?« Kari witterte bereits Antworten. Bis eben hätte sie selbst nicht sagen können, was es mit Bertha Franzens Schmuck auf sich hatte. Denn natürlich hätte sie ihn durchaus bereits zu Lebzeiten verkaufen oder verschenken können.

»Nein.« Herr Riewerts schüttelte den Kopf. »Das kam für mein Geschäft nicht infrage. Schöne Stücke, gepflegt, aber einige der Fassungen und Verschlüsse waren nicht mehr ganz in Ordnung und alles war zu altmodisch für mich. Ich habe zwar Secondhandschmuck im Angebot, aber die Wiederverkaufsmöglichkeiten auf der Insel sind für derlei aus der Mode gekommene Sachen zu wenige. Die Perlenkette hätte ich vielleicht genommen. Aber den Rest nicht.«

In Kari machte sich Enttäuschung breit. Sie blickte wortlos auf ein Foto.

»Granat«, sagte Jonas Riewerts in ihre Gedanken hinein. »Ein schönes Collier, aber nicht wirklich wertvoll. Soweit ich weiß, wurden dennoch alle Stücke angekauft.«

»Das heißt, die Person, die Ihnen das alles angeboten hat, hatte einen weiteren Käufer in petto?«

Er nickte ernst. »Habe ich ihr selbst genannt. Ein Kollege vom Festland.«

»Können Sie mir die Adresse geben?«, fragte Kari eifrig.

»Wozu?« Ein amüsiertes Funkeln war in seine Augen getreten.

Kari atmete tief und hörbar aus und straffte ihren Rücken. »Weil ich herausfinden muss, wann das war und wer den Schmuck zum Kauf angeboten hat.«

Sein Blick wanderte zu Karis Jackentasche. Dorthin, wo sich ihr Dienstausweis befand. Er zögerte kurz, bevor er antwortete.

»Das kann ich Ihnen auch so sagen. Ich kenne die Person. Allerdings wäre es mir gar nicht recht, wenn ich mit einer Sache in Verbindung gebracht würde, die meinem Geschäft schadet.« Seine Stimme war ernst geworden. »Oder wenn man mir mangelnde Diskretion vorwerfen würde.«

Kari blies die Wangen auf. »Bisher gibt es keinen Hinweis auf ein Verbrechen. Wie gesagt, ich gehe nur ein paar Dingen nach. Im besten Fall muss ich unser Gespräch gar nicht erwähnen.«

»Aha.« Er fragte erfreulicherweise nicht nach, wie dieser beste Fall wohl aussehen könnte.

»Also, wer war diesbezüglich bei Ihnen?«

Jonas Riewerts nahm das Teeglas wieder auf, blickte hinein, trank es leer, stellte es ab und sah Kari tief in die Augen.

»Ihren Namen habe ich vergessen«, meinte er und Kari musste sich beherrschen, um keinen ungeduldigen Ton auszustoßen. »Aber ich weiß, wer sie ist.«

Nur heraus damit, bat Kari innerlich, weil den Juwelier jetzt gerade wieder ein Anflug von Diskretion zu überkommen schien. Eine Diskretion, die in diesem Moment überhaupt nicht angebracht war.

»Wer?«, fragte sie knapp.

Er wandte den Blick ab, stierte in die Tiefen seines Geschäfts hinein und geruhte endlich, ihr zu antworten.

»Diese Künstlerin. Sie schnitzt unsägliche Holzskulpturen.« Er fuhr sich mit den Fingern leicht über die gerunzelte Stirn. »Meine Frau hat eine davon gekauft. Jetzt steht sie in unserem Garten. Ich nenne sie, wegen ihres Aussehens und der Qualen, die sie mir bereitet, immer den Marterpfahl.«

Kapitel 7

Göntje Petersen! Darauf hätte sie natürlich auch kommen können. Die Künstlerin hatte Zugang zu Bertha Franzens Haus gehabt. Besaß immer noch den Schlüssel. Hatte sie sich nach dem Tod ihrer Arbeitgeberin alles geschnappt, was nicht niet- und nagelfest war? Oder sich schon zu deren Lebzeiten bereichert? War sie ertappt worden?

Karis Prämisse bei den geheimen Ermittlungen war es, von Timo Knaups Unschuld auszugehen. So betrachtet suchte sie also nach dem wahren Mörder. Oder der Mörderin. Göntje Petersen rückte auf einen Schlag direkt in Karis Fokus. Wenn Bertha etwas von Göntjes Diebstählen mitbekommen hatte, die beiden Frauen in Streit und dieser außer Kontrolle geraten war, hätte die kleine Göntje die wesentlich größere Bertha erdrosseln können? Kari dachte an die starken Hände der Künstlerin. Geübt, mit scharfen Werkzeugen und schwerem Holz umzugehen. Wie viel Kraft brauchte man wohl, um diese Art von Bildhauerei zu betreiben? Ja, sie war überzeugt, hinter der gemütlich wirkenden Fassade war Göntje Petersen eine recht robuste und kräftige Person.

Herr Riewerts war sich nicht mehr gänzlich sicher gewesen, ob ihm der Schmuck innerhalb der letzten eineinhalb Jahre oder vorher angeboten worden war. Hatte Göntje womöglich in Berthas Auftrag gehandelt? Oder sich nach deren Tod bereichert? Kari musste unbedingt in Erfahrung bringen, wann der Juwelier auf dem Festland den Schmuck gekauft hatte. Herr Riewerts wollte das bei seinem Kollegen für sie in Erfahrung bringen. Dennoch hatte sie sich auch selbst die Adresse geben lassen. Für alle Fälle.

Nachdem sie alles geklärt hatten, begleitete der Juwelier sie nun zur Tür. »Sollten Sie weitere Fragen haben, kommen Sie gerne wieder vorbei«, sagte er zum Abschied. »Oder wenn Sie etwas Besonderes für sich suchen. Ich habe schöne Stücke aus Bernstein. Die passen farblich genau zu Ihren Augen.« Es wirkte, als hoffte er, dass Kari wiederkäme. Als sie ging, spürte sie seinen Blick im Rücken. Musste ein wenig schmunzeln. Nach der Abfuhr die sie von Bent am Vormittag erhalten hatte, tat ihr das offenkundige Interesse des Mannes gut.

Eine knappe halbe Stunde später stand Kari erneut vor Göntje Petersens Haus. Das Tor war verschlossen. Sie legte den Finger auf den Klingelknopf. Das leise *Dingdong* der Glocke war bis zum Gartentor zu hören. Niemand öffnete. Überhaupt wirkte das ganze Gelände seltsam unbelebt. Als sich auch beim zweiten Klingeln nichts tat, schritt Kari am Zaun entlang und spähte in den Garten. Die Hausbesitzerin war nirgends zu sehen.

»Moin!«, grüßte ein älterer Herr mit Schiebermütze und Cordhose. Er bremste sein Rad hinter Kari ab und sah sie interessiert an. »Suchen Sie Göntje?« Kari nickte. »Sind Sie ein Nachbar?«

Statt einer Antwort deutete er auf ein Haus schräg gegenüber.

»Sie scheint nicht daheim zu sein«, fuhr Kari fort.

»Waren Sie denn verabredet?«, wollte er wissen.

»Nicht direkt«, wich Kari aus. Sie besah sich die Schreckenslandschaft vor Göntjes Haus und gab sich einen Ruck. »Ich wollte etwas kaufen.«

»Kaufen? Sie meinen eines ihrer ... Kunstwerke?« Er hatte hörbar gezögert, das letzte Wort auszusprechen.

»Tja, und jetzt das«, Kari hatte Mühe, ernst zu bleiben. Der Nachbar kratzte sich am Kopf. »Sie hat gestern Abend mit einem Koffer das Haus verlassen«, informierte er Kari. »Hat nicht gesagt, wann sie zurückkommt.« Er machte Anstalten davonzugehen. Doch vorher musste er noch etwas loswerden. »Das Haus verfügt über eine Alarmanlage. Und wir Nachbarn achten hier aufeinander«, sagte er mit strengem Blick. Dann tippte er sich an die Mütze und ging davon. Kari schaute ihm sprachlos hinterher. Gab es Menschen, die Göntjes Skulpturen klauen wollten? Der Ausdruck *Marterpfahl* fiel ihr wieder ein und sie konnte ein Schmunzeln nicht unterdrücken. Doch gleich wurde sie wieder ernst. Es gab nichts zu lachen. Kaum war sie hier aufgetaucht, verschwand diejenige Person, die Berthas Schmuck hatte verscherbeln wollen. Man musste nicht beim BKA arbeiten, um da misstrauisch zu werden.

»Göntje? Die mit den schrecklichen Holzfiguren?« Jette Beckum saß auf der Bank vor ihrem Haus, streichelte ihren Kater und sah Kari fragend an.

»Genau die.« Kari nickte und ließ sich neben ihrer älteren Nachbarin nieder.

»Was willst du denn von der?«

Kari sagte es ihr. Aber Jette schüttelte auf Karis Fragen hin den Kopf. »Wie gesagt, in Oevenum hatte ich nie zu tun. Den Todesfall kenne ich aus der Zeitung. Und Göntje ... tja, sie hat es hier zu einer Art Berühmtheit gebracht. Irgendwann einmal war hier ein Kunstmensch. Aus Berlin. Hat dort so eine Art Kunstkaufhaus aufgezogen. Da gab es etliche Artikel über Göntje und das, was sie so schnitzt. Dass er es in der Hauptstadt ausstellen und verkaufen will.« Das Wort *Kunst* kam Jette nicht über die Lippen. »Der Berliner fand das alles großartig. Wir haben hier nur gestaunt. Na ja.« Ihr Blick verlor sich mit einem amüsierten Funkeln in der Ferne. »Seither glaubt sie noch mehr daran, dass sie eine große Künstlerin ist. Hält uns alle für Banausen, weil wir das nicht erkennen.«

Der Kater miaute bestätigend, sprang von der Bank und stolzierte davon.

»Mein Kunstgeschmack ist das nicht«, stellte Kari fest. »Ich würde ja Albträume bekommen, mit diesen Skulpturen um mich herum.«

»Albträume. Genau«, murmelte Jette.

Eine Biene flog den gelben Sonnenhut an, der neben der Bank gepflanzt war. Die beiden Frauen sahen zu, wie sie sich dort zu schaffen machte, um schließlich mit dicken, gelben Pollen an den Beinen wieder abzuheben, bevor sie ihr Gespräch fortsetzten.

»War meine Mutter mal wieder hier?«, wollte Kari wissen.

»Seit Mai? Nein.« Jettes Blick lag jetzt konzentriert auf ihrer jungen Nachbarin. »Ihr habt euch ausgesprochen, stimmts?«

Kari nickte. »War dringend nötig. Leider hatten wir nicht so viel Zeit, wie ich es mir gewünscht hätte.«

»Was macht Trine denn da in ihrer alten Heimat?«

»Sie wohnt jetzt in Esbjerg. Hat sich aus dem Erlös des Föhrer Hauses eine Eigentumswohnung gekauft.« Mehr wusste Kari nicht. Die beiden waren sich nie nahe gewesen. Das unterkühlte Verhältnis hatte sich zwar vor einigen Monaten etwas entspannt. Aber mütterliche Gefühle waren Trine nach wie vor fremd. Kari kam auf ihren Fall zurück.

»Ich muss Göntje Petersen finden«, sagte sie halblaut und sprang auf.

»Immer in Aktion.« Auch Jette erhob sich, wesentlich gemächlicher. Sie strich sich über die kurzen weißen Haare und schaute sich nach dem Kater um. Der blieb verschwunden. »Willst du vorher einen Tee?«, fragte Jette, schon halb in der Tür.

»Danke, heute nicht.« Kari hob die Hand und wandte sich zum Gehen. Nach Tee stand ihr nicht der Sinn. Ihr war wichtig, sich jetzt mit jemand anderem auszusprechen

***

Ihre letzte Begegnung mit Bent Sörensen lag einige Monate zurück.

Was, wenn du hierbleibst?, hatte er sie gefragt. *Hier auf der Insel. Bei mir?* Sie konnte nicht. Damals nicht, weil ihr Selbstbewusstsein durch Vlados Scharade, der sie aufgesessen war, einen heftigen Schlag erlitten hatte. Sie danach ihren eigenen Gefühlen nicht mehr traute. Was sie nicht wusste, war, wie Bent jetzt zu ihr stand. Seine Reaktion am Morgen war wie ein Schlag in die Magengrube gewesen. Doch was hatte sie erwartet? Nach ihrer Abreise im Mai hatte es keinen Kontakt mehr zwischen ihnen gegeben. Entsprechend nervös fühlte sich Kari, als sie kurz darauf die Utersumer Kneipe *Zur blauen Möwe* erreichte. Sie blickte an dem rotbraunen Backsteinbau hoch. Die Gaststätte würde erst in Kürze öffnen. Von drinnen drang kein Laut heraus.

Kari ging zum Seiteneingang und legte ihren Finger auf den Klingelknopf. Nur Sekunden später wurde der Summer betätigt. Sie stieß die Tür auf und stieg langsam die Treppe nach oben in den ersten Stock. Bent stand in der offenen Wohnungstür und schaute ihr regungslos entgegen.

Ihr Mut sank bis in die Kniekehlen. »Hallo Bent«, begrüßte sie ihn mit rauer Stimme.

»Du bist zurück?«, fragte er kühl. Als ob er sie nicht bereits am Strand gesehen hätte. Sie setzte zu einer Erklärung an, als ihr klar wurde, dass er etwas anderes meinte. Zurück hieß womöglich: zurück bei ihm. Sie schluckte und blickte verlegen zu Boden. Hob den Kopf dann aber gleich wieder. Bents dunkelgraue Augen wirkten fast so schwarz wie sein Haar. Der Blick, mit dem er sie musterte, war nicht so hart wie befürchtet. Dennoch machte er keine Anstalten, sie hereinzubitten. So standen sie sich eine gefühlte Ewigkeit zwischen Treppe und Wohnungstür gegenüber, blickten einander an und Kari spürte, wie ihr Atem flach wurde.

»Kann ich reinkommen?« Ihre Stimme trug kaum. Im selben Moment durchfuhr sie ein Schreck. Was, wenn er nicht allein war?

Noch sagte er nichts, atmete jedoch hörbar aus. Dann, nach einer unendlich lang erscheinenden Zeit, bat er sie mit einer Handbewegung in die Wohnung. Dieses Mal nicht in die Küche, aus der es nach Zimt und frisch Gebackenem duftete, sondern in den Wohnraum. Skandinavische Einrichtung. Alles hier war luftig, hell und aufgeräumt. Kari ließ sich auf das Sofa fallen. Bent blieb stehen. Er wirkte aufgewühlt und sie ahnte, dass es mit ihr zu tun hatte.

»Ich wusste nicht, ob ich dich jemals wiedersehen würde.« Er fuhr sich mit den Fingern durchs Haar und dieser Anblick versetzte Kari einen Stich, denn am liebsten hätte sie das selbst getan. Überhaupt war der Wunsch, ihn zu berühren, so stark, dass sie die gefalteten Hände vorsichtshalber auf den Oberschenkeln ablegte.

»Nachdem du mir gegenüber doch sehr misstrauisch warst. Dich nie gemeldet hast.«

Kari seufzte.

»Es war schwierig«, antwortete sie. »Du und deine vielen Geheimnisse. Das hat mir zugesetzt. Tut es noch immer, wenn ich ehrlich bin. Du bist für mich schwer zu durchschauen.«

»Aha. Das Durchschaut-werden-Können ist also die Grundvoraussetzung dafür, dich auf mich einzulassen?«

Er war so direkt. Was sollte sie darauf antworten? Dass sie sich zu ihm hingezogen fühlte und gleichzeitig sämtliche Alarmglocken schrillten, sobald sie sich in seiner Nähe befand? Dass sie das Gefühl hatte, ihn nie ganz verstehen zu können? Ihr Herz pochte so heftig, dass es schmerzte, ihre Kehle wurde eng.

»Also – was willst du wissen?« Er ließ sich ihr gegenüber auf einen Sessel fallen. Beugte sich nach vorn und verschränkte die Hände ineinander. Die Situation machte Kari nervös. So hatte sie sich das Wiedersehen nicht vorgestellt. Erst diese unglaubliche Nähe. Jetzt fühlte sie sich von ihm in die Rolle einer Inquisitorin gedrängt. Vorsichtig schüttelte sie den Kopf.

»Ich bin nicht gekommen, um dich zu verhören. Ich wollte Hallo sagen. Mitteilen, dass ich auf Föhr bin.« Sie brach ab. Sie erkannte an seiner Miene, was er dachte, und es war genau das, was sie ebenfalls gedacht hätte, wäre die Situation umgekehrt. Warum nicht vorher anrufen? Sich einfach mal melden von Berlin aus? Ein bisschen das Terrain sondieren? Nach Monaten des Schweigens.

»Es tut mir leid, dass ich so lange kein Lebenszeichen von mir gegeben habe.« Aber nun, da sie hier war, hatte einer ihrer ersten Wege sie zu ihm geführt. Sie senkte den Kopf und besah sich ihre Hände. »Tatsächlich bin ich aus beruflichen Gründen hergekommen.« Es entging ihr nicht, dass er sich bei diesen Worten aufrichtete. Seine Miene wirkte auf einmal reserviert. »Mir war dabei sofort klar, dass ich dich sehen wollte.«

»Ich warte immer noch auf deine Antwort.«

Jetzt war es an ihr, nervös zu blinzeln.

»Du meinst, ob ich bleibe?« Er nickte knapp. Sein Blick lag zwingend auf ihr. »Das weiß ich noch nicht«, sagte sie zu ihrer eigenen Überraschung. »Darüber muss ich sehr gut nachdenken.«

»Gut. Dann tu das.« Er erhob sich und wirkte, als wolle er sie verabschieden.

»Du schmeißt mich raus?« Ihre Augen wurden weit.

»Ich koche uns einen Kaffee. Und dann reden wir.«

Die Zeit, die er in der Küche verbrachte, nutzte sie, um in sich hineinzuhorchen. In Berlin hatte sie die Frage, ob sie denn ganz oder zumindest zeitweise wieder auf Föhr leben wollte, erfolgreich verdrängt. Dabei waren ihre Gedanken immer öfter zu Bent zurückgekehrt. Sie wusste, dass sie nicht nur ihm, sondern auch sich selbst eine Antwort schuldig war. Ungeachtet der Tatsache, wie lange ihr Aufenthalt dieses Mal dauern würde, nahm sie sich vor, eine Entscheidung zu treffen, bevor sie wieder abreisen musste.

Bent kehrte ins Zimmer zurück. Auf einem Tablett trug er Tassen und Teller mit frisch gebackenen Zimtschnecken herein. Er servierte ihr den Kaffee schwarz mit genau der richtigen Menge Zucker.

»Ich habe mich die ganze Zeit gefragt, warum du dich nicht gemeldet hast. Ehrlich gesagt dachte ich, du hast mit Föhr abgeschlossen. Mit …« Er sprach nicht weiter, schaute in seinen Kaffee. Sie wusste, was er hatte sagen wollen. Dass es so wirkte, als habe sie auch mit ihm abgeschlossen.

»Aha«, sagte sie. Unschlüssig, ob sie ihn hier und jetzt schon darüber aufklären sollte, dass sie ihn mitnichten vergessen hatte. Vielleicht war das eine leise Hoffnung gewesen. Mit Beziehungen hatte sie es nicht so. Doch Bent war so hartnäckig in ihren Gedanken geblieben wie noch keiner vor ihm.

»Ich musste mir über ein paar Dinge klar werden«, meinte sie schließlich. Sein Blick lag forschend auf ihr.

»Aha«, sagte jetzt auch er. Dann nichts mehr, denn im selben Moment klingelten fast zeitgleich ihre beiden Handys. Während Bent mit einer gemurmelten Entschuldigung den Raum verließ, betrachtete Kari stirnrunzelnd die Nachricht auf ihrem Display.

Hatten hier in Berlin einen Anruf von einem pensionierten Polizeibeamten. Wollte sicherstellen, dass du du bist. Gibt es schon was Neues? Jo.

Ihr Chef war kein Freund ausufernder Konversationen. Kari konnte sich auch so denken, was man Hansen geantwortet hatte: dass man zu solchen Angelegenheiten natürlich keine Auskunft geben konnte.

Bent kam zurück.

»Ich muss leider gleich in die Kneipe. Warenlieferung. Wollen wir morgen Abend zusammen essen?« Kari, die keine gute Köchin war, gab einen undefinierbaren Laut von sich. »Ich lade dich ein. Neutrales Terrain. Magst du?«

Sie nickte. »Bis morgen«, verabschiedete sie sich. »Ich freue mich.«

Und das war die Wahrheit.

Zurück im Haus arbeitete Kari an ihrem Fall weiter. Sie musste mit Timo Knaup reden, sobald er ansprechbar war. Nur, wie sollte sie davon erfahren? Darüber hinaus brauchte sie dringend Informationen über die Person, der Bertha Franzen ihre weltlichen Güter vererbt hatte. Und wo war Göntje Petersen untergetaucht?

Ihr fiel Berthas Adressbüchlein ein. Sie holte sich die Fotos auf das Display und scrollte sich durch die Übersicht. Bingo! Für Göntje war nicht nur die Festnetz- sondern auch eine Mobilnummer hinterlegt. Kari zögerte nicht und tippte die Nummer in ihr Handy. Die Angerufene nahm das Gespräch nach dem fünften oder sechsten Klingeln an. Vorsichtig meldete sie sich mit »Hallo?«

»Frau Petersen. Hier ist Kari Lürsen. Ich muss Sie dringend sprechen. Wo sind Sie?« Am anderen Ende war ein lautes Atemgeräusch zu hören. »Es ist wichtig«, fuhr Kari fort. Zur Not würde sie das Handy orten lassen. Jo würde dafür einen Weg finden.

»Ich bin verreist«, entgegnete Göntje nun. Es klang hoheitsvoll. So, als wolle sie der anderen signalisieren, dass es sie überhaupt nichts anging. Was genau genommen stimmte. Kari ließ sich nicht beirren.

»Dann sagen Sie mir, wo Sie sind, und ich komme zu Ihnen.« Weit konnte sie ja wohl nicht sein, so Karis Hoffnung. Wieder keine Antwort, nur Göntjes Atem war zu hören.

»Worum geht es denn?«, fragte die Künstlerin schließlich mit kleiner Stimme.

»Ich benötige Ihr Wissen. Sie kannten Bertha Franzen von allen Menschen, die ich bisher getroffen habe, am besten.« Das war nicht wahr, aber auch nicht gelogen. Göntje seufzte.

»Ich brauche Ruhe«, entgegnete sie und klang trotzig dabei. Diese Frau machte gerade gefühlsmäßig eine Achterbahnfahrt mit. Kari musste sie dazu bringen, auszusteigen und sich mit ihr zu treffen. »Ruhe können Sie haben, sobald wir miteinander gesprochen haben.

Ich kann Sie leider vorher nicht von meiner Liste streichen.« *Von der Leine lassen* hatte sie eigentlich sagen wollen. Aber das hätte ihre Gesprächspartnerin womöglich irritiert und das war das Letzte, das Kari gebrauchen konnte. Die Frau sollte sich keine Rechtfertigung zusammenbasteln. Doch so, wie sie sich verhielt, deutete alles darauf hin, dass Berthas Hausgehilfin Lunte gerochen hatte und versuchte, sich aus der Schusslinie zu bringen. Weil sie ein schlechtes Gewissen hatte? Es war selbst auf die Entfernung zu spüren, wie Göntje sich innerlich wand. Nach einem Ausweg suchte. »Eine halbe Stunde, mehr nicht«, lockte Kari. »Also, wohin soll ich kommen?«

Ein zittriges Seufzen leitete die Antwort ein. »Sie brauchen nicht zu mir zu kommen. Ich bin morgen Abend zurück.« Nach diesen Worten legte sie auf. Kari starrte ihr Handy an. Sagte Göntje die Wahrheit? Und falls nicht, wie lange sollte sie damit warten, sie aufzuspüren?

Sie beschloss sich zu gedulden. Schließlich lag gegen Göntje nichts wirklich Verwertbares vor. Die Frage, ob sie den Schmuck gestohlen hatte und ob das der rechtmäßigen Eigentümerin eine Anzeige wert war, musste die entscheiden. Und damit war Kari gedanklich wieder bei Berthas Testament. Noch hatte Jo sich diesbezüglich nicht gemeldet. Wer mochte das Haus wohl geerbt haben? Kari starrte nachdenklich auf ihre Notizen. Konnte es wirklich sein, dass eine Frau, die ihr ganzes Leben auf der Insel verbracht hatte, keine nahen Bekannten hatte? Nicht eine einzige Freundin? Sie dachte an die Kargheit in Berthas vier Wänden. An die Fotos, die, bis auf wenige Ausnahmen, eine viel zu ernste, ja, fast strenge Frau gezeigt hatten. War sich die Tote selbst genug gewesen? Oder gehörte sie zu denjenigen, die einfach kein Händchen für Freundschaften besaßen? Dieser Gedanke wiederum brachte Kari dazu, erneut das Haus zu verlassen. Dieses Mal schnappte sie sich ihr Rad und fuhr ins Pfarrhaus nach Süderende.

Sesle Bracht glühte regelrecht vor Vorfreude auf die Geburt ihres zweiten Kindes. Sie schob eine mächtige Kugel vor sich her, auf die sie im Gespräch mit ihrer Freundin Kari immer wieder schützend die Hand legte. Eine Geste, so alt wie die Menschheit.

Im Gegensatz zu Bent war Kari mit Sesle in steter Verbindung geblieben. Daher war die Pfarrerin auch nicht überrascht, dass sich Kari wieder auf der Insel aufhielt.

»Bin ich froh, dich noch zu sehen«, empfing sie Kari.

»Wann ist es denn so weit?« Die legte vorsichtig ihre Hand auf Sesles Bauch.

»Der errechnete Geburtstermin ist in vierzehn Tagen. Ich werde morgen früh abreisen.« Das war nötig, weil es auf Föhr keine Klinik mit Entbindungsstation mehr gab. Vor der Niederkunft stehende Frauen setzten aufs Festland über. Nach Flensburg oder Husum, so wie Sesle. Dort gab es die Möglichkeit, rechtzeitig vor der Geburt eines der eigens dafür eingerichteten Appartements für Hochschwangere zu beziehen. Sesles Lider flatterten ein wenig bei dieser Ankündigung. »Die Geburt von Lars war unkompliziert«, fuhr sie fort. »Ich hoffe, dieses Mal wird es ebenso sein. Dann bin ich zwei, drei Tage nach der Ankunft unseres neuen Familienmitglieds wieder zu Hause.«

Sesles Sohn Lars war inzwischen fast vier Jahre alt. Ein quirliger kleiner Junge, der ganz nach seinem Vater Magnus kam. Alles an ihm schien zu leuchten. Das helle Haar, die klaren Augen, sein ganzes Wesen. Es stand außer Frage, dass Sesle auch nach der Geburt weiterhin als Pfarrerin tätig sein würde. Sie deutete auf einen niedrigen Stapel von Papieren, die auf ihrem Schreibtisch lagen. »Bewerbungen. Ich suche jemanden, die mich im Haushalt unterstützt und sich mit Kleinkindern auskennt.«

»Wirkt übersichtlich«, meinte Kari.

»Ist es auch. Ich hatte mir eine jüngere, robuste Frau vorgestellt. Beworben haben sich fast nur ältere.«

»Hey, du wirst doch wohl keine Altersdiskriminierung betreiben.« Kari drohte neckisch mit dem Finger. »Was ist denn mit Ingrid?« Die junge Frau war in der Vergangenheit sowohl Sesle im Haus als auch Magnus in dessen Firma zur Hand gegangen.

Karis Freundin rollte mit den Augen. »Ingrid hat ja überwiegend für Magnus gearbeitet, sie hat eher nebenher im Haushalt mitgeholfen. Seit die Firma meines Mannes wieder Fahrt aufgenommen hat, ist sie dort unentbehrlich.«

Magnus bot Homestaging an, das Aufhübschen von Immobilien für den Verkauf. Die letzten Monate waren hart für ihn gewesen, einmal hatte er sogar am Rande des Bankrotts gestanden. Dass sich alles erholt hatte, freute Kari.

»Und du?«, brachte Sesle das Gespräch auf den Grund von Karis Hiersein. Die klärte ihre Freundin kurz auf.

»Bertha Franzen? Ja, das habe ich damals mitbekommen.« Sesles Miene spiegelte Betroffenheit. »Das Verbrechen hat alle Inselbewohner geschockt. Kannst du dir ja vorstellen.«

Das Insel-Idyll als Schauplatz eines Mordes war unvorstellbar. Dennoch war er geschehen.

»Den Mörder hat man ja gleich gefasst«, fuhr Sesle fort.

Kari, die wusste, dass sie Sesle vertrauen konnte, gestand, dass es bei ihren Recherchen genau darum ging. »Es ist nicht mehr ganz zweifelsfrei, ob er es war«, umschrieb sie die Tatsache. »Aber offiziell soll das hier niemand wissen.«

Sesle machte mit den Fingern eine eindeutige Geste, als verschlösse sie ihren Mund.

»Die Tote scheint aber auch nicht gerade viele Kontakte gepflegt zu haben. Jetzt frage ich mich, bei wem ich mehr über sie erfahren könnte. Kari sprach eher zu sich selbst. Sesle schnalzte mit der Zunge.

»Versuche es mal bei meinem Kollegen, Pastor Conradi, in Nieblum. Er ist auch für Oevenum zuständig. Falls Frau Franzen Kirchenmitglied war, kennt er sie. Wenn nicht, kann er dir sicherlich dennoch etwas über sie sagen. Die Leute reden ja immer.«

Na klar! Darauf hätte Kari auch kommen können. Aber würde der Pfarrer sein mögliches Wissen mit ihr teilen?

»Warum nicht? Allgemeine Fragen beantwortet er sicher. Ich kann ihn anrufen und deinen Besuch ankündigen.«

Als sie sich rund eine Stunde später voneinander ver-

abschiedeten, war bereits die Dämmerung hereinge-
brochen. Kari stieg auf ihr Rad und fuhr zwischen den
Wiesen hindurch auf direktem Weg nach Utersum zurück. Es war so friedlich hier. So ruhig. Das absolute
Kontrastprogramm zu Berlin. Dieser Stadt, die nie zu
schlafen schien, die sie mit ihren Bars und Clubs an-
regte, aber auch aussaugte. Es war noch nicht so lange
her, dass Kari dort die Nächte durchgetanzt hatte. Ein
Vergnügen, das sie sich lediglich dann gönnte, wenn sie
eine Weile in Berlin und nicht im Einsatz als Zielfahnderin unterwegs war. Ihr Job hatte ihr einiges abver-
langt. Die letzten Monate waren hart gewesen. Sie hatte
sich während der Zeit, in der man ihr einen Schreibtischjob zugewiesen hatte, auf ihre Weise abgelenkt. So
gut es möglich gewesen war. Denn seit sie im Februar
des Jahres zum ersten Mal seit Jahren nach Föhr zurückgekehrt und einige Monate geblieben war – eine
unfreiwillige Auszeit aufgrund des schief gelaufenen
Einsatzes mit Vlado –, spürte sie eine Sehnsucht nach
Ruhe. Nach einem Leben, das nicht ständig an ihr
zerrte. Und es gab noch etwas, das sie wie an einem un-
sichtbaren Faden mit der Insel verbunden hatte. Das
Gefühl, das sie durchströmte, wenn sie an Bent Sörensen dachte. Er war mehr als nur ein Kneipenwirt. Ein
Mann mit Geheimnissen. Zu vielen für ihren Geschmack. Dennoch, er zog sie an und fühlte sich definitiv auch von ihr angezogen. Diese Mischung aus Vor-
sicht und Zuneigung war einerseits aufregend. Andererseits fürchtete sie sich davor, erneut einen Fehler zu
begehen. Sich emotional zu sehr einzulassen. Jedes
Mal, wenn sie an ihn dachte, drehten sich ihre Gedanken im Kreis. Sie trat energischer in die Pedale, die

Landschaft flog nur so dahin. Eine Schar Gänse schnatterte aufgeregt, als sie an ihrem Gatter vorbeiradelte. Das blaue Band eines Wasserlaufs durchschnitt glitzernd das Grün und verlor sich in der Ferne. Kari bremste abrupt ab, blieb stehen und blickte über das flache Gelände. Es war, als könnte man in die Unendlichkeit sehen. Tief atmete sie den salzig-herben Geruch ein. Wasser und Erde. Meer und Wiesen. Darüber der Himmel, dessen Blau sich von den Rändern her dunkel verfärbte. Am Firmament blitzte ein erster Stern auf. Kari dachte an das *Biikebrennen*, dem sie im Februar hier beigewohnt hatte. Es war der Tag des Begräbnisses einer Schulfreundin gewesen und Kari naturgemäß in gedrückter Stimmung. Sie hatte mit Tanja Sievers zusammengestanden. Einer Heilpraktikerin, die sie erst kurz zuvor kennengelernt hatte. Die dennoch Karis Niedergeschlagenheit gespürt und ihr mit ihrer ruhigen, zugewandten Art gutgetan hatte. Kari stieg wieder auf und fuhr weiter. Langsamer jetzt, als wollte sie die Landschaft um sie herum bewusster aufnehmen. Genießen. Warum war sie gerade so gefühlig? War es Sesle mit ihrem Schwangerschaftsbauch, die sie so gerührt hatte? Oder die Erinnerung an die Zeit ihres ersten Aufenthalts hier, nach so vielen Jahren der Abwesenheit? Eine Begegnung mit der Vergangenheit war das gewesen. Gleichzeitig ein unmissverständlicher Fingerzeig des Schicksals. Nichts blieb, wie es war. Wer ging, mochte glauben, dass sich während der eigenen Abwesenheit nichts veränderte. Dennoch war es so. Nie fand man etwas so vor, wie man es verlassen hatte. Die Welt drehte sich weiter und was einmal verloren war, blieb es meist. Ein Vogel schrie, begleitet von einem

Windstoß, der unter Karis Jacke fuhr, ihr Haar durch-einanderwirbelte. Auf einmal fühlte sie sich frei. Es lag an ihr, die Dinge in die Hand zu nehmen. Sie konnte nicht die Zeit anhalten, aber sie konnte mit ihr gehen. Sie hätte ewig so radeln können. Auf ihrer Insel. In ih-rer Heimat. Die Kari so lange vergessen hatte und die ihr nun, gerade in diesem Augenblick, die Tür weit zu öffnen schien.

Kapitel 8

Die kühle Luft ließ Kari frösteln, als sie am nächsten Morgen aus dem Haus trat. In der Nacht hatte es geregnet, der Wind schüttelte Tropfen von den Büschen und Bäumen. Kari zog den Reißverschluss ihrer Jacke nach oben, prüfte noch einmal die Schnürung ihrer Laufschuhe und trabte dann über die schmale asphaltierte Straße, die aus Utersum heraus führte, in Richtung Meer. Zu dieser frühen Stunde waren nicht viele Menschen unterwegs. Als Kari oben auf dem Deich stand, sah sie dennoch zwei vertraute Gestalten. Ove und Olga blickten vom Strand aus zum Horizont, wo eine Decke aus dichten grauen Wolken mit dem Meer verschmolz. Kari lief nicht zu den beiden hinunter. Sie drehte ihre Joggingrunde, indem sie in Richtung Vogelschutzgebiet lief. In ihrem Kopf hatte es den vergangenen Abend über gearbeitet. Aufgewühlt von ihrem Wiedersehen mit Bent und dem Gespräch mit Sesle zum einen, von vielen offenen Fragen zu Bertha Franzens Leben zum anderen, genoss sie es, sich richtig durchpusten zu lassen. Für August war es an diesem Tag zu kühl, aber was sagte ein Monat heute noch über das zu erwartende Wetter aus? Nichts. Der Mensch hatte es geschafft, alles zu ruinieren. Am Vorabend war Kari kurz bei Jette vorbeigegangen. Die hatte eine steile These zu dem Thema aufgestellt. Für eine Frau, die mit Kirche nichts am Hut hatte, war sie erstaunlich interessiert an dem Punkt Vertreibung aus dem Paradies. Es sei doch klar, hatte sie gemeint, dass die Menschheit – noch – im Garten Eden lebe. »Oder kennst du einen zweiten Planeten wie unseren?« Eine rhetorische Frage, die sie jedem der acht Milliarden Erdenbürger hätte stellen können und von jedem nur ein Kopfschütteln geerntet hätte. »Siehst du«, hatte Jette gesagt. »Ich habe auch nur einen Garten. Den muss ich hegen und pflegen. Nicht nur für mich, auch für Bienen, Hummeln und Schmetterlinge und all die anderen Tiere, ohne die meine Pflanzen gar nicht gedeihen würden. Ein Zusammenspiel ist das, das wir in all seinen Feinheiten gar nicht durchblicken. Aber was macht der Mensch? Zerstört die eigene Lebensgrundlage. Und jetzt auch noch diese künstliche Intelligenz.« War das der Apfel, den man nicht hätte essen sollen? Für Jette keine Frage. »Die Natur ist immer klüger als der Mensch, so viel steht mal fest«, lautete ihre Meinung dazu.

Als Kari zurücklief, waren Ove und Olga verschwunden. Der Schopf eines unermüdlichen Schwimmers tanzte zwischen den Wellen, aber es war nicht Bent.

Eine halbe Stunde später saß Kari, frisch geduscht, mit einer großen Tasse Frühstückskräutertee neben sich am Wohnzimmertisch und scrollte sich auf ihrem Laptop durch die Nachrichten des Tages. Um zehn Uhr war sie mit Pastor Helge Conradi in Nieblum verabredet. Sie hatte Zeit genug, vorher bei den Kahlenbergs vorbeizufahren. Jetzt, wo sie wussten, dass sie von Kari nichts zu befürchten hatten, würden sie vielleicht etwas auftauen, ein bisschen über ihre tote Nachbarin plaudern. Sie musste dringend mehr über Bertha Franzen wissen. Ein Mensch war ja keine Insel. Und Peter Hansen stand ebenfalls auf ihrer Liste. Der ehemalige Polizist hatte die Ermordete gekannt, wenngleich nur flüchtig. Ganz sicher hatten er und seine Kollegen nach dem Verbrechen mit den Nachbarn oder Bekannten gesprochen. Sie musste mit Fingerspitzengefühl vorgehen, durfte ihm keinesfalls den Eindruck vermitteln, sie sei darauf aus, Fehler der Föhrer Polizei oder der zuständigen Kripo in Flensburg zu finden. Jo hatte sie gebeten, dorthin vorerst keinen Kontakt aufzunehmen. Kari konnte nur hoffen, dass Peter Hansen dies ebenfalls nicht getan hatte. Mit einem Seufzen schloss sie den Laptop. Es war kein Vergnügen, die Nachrichten zu lesen, wenn die Welt komplett verrücktspielte.

Sie trank ihren Tee aus, warf alles, was sie brauchte, in ihre Tasche, zog sich die Jacke über und verließ das Haus.

Herr Kahlenberg öffnete die Tür und blickte über die Distanz von wenigen Metern zu Kari, die am Gartentor stand, herüber.

»Moin!«, rief sie ihm zu.

»Moin«, brummte er zurück. Sichtlich misstrauisch.

»Herr Kahlenberg. Kann ich Sie kurz sprechen?« Der Mann rührte sich nicht und Kari fürchtete schon, er habe sie nicht verstanden. Dann schien ein Seufzen seinen hageren Körper zu erschüttern. Statt sie hereinzubitten, kam er zu ihr heraus.

»Sie sind langjährige Nachbarn von Frau Franzen gewesen«, begann sie das Gespräch. Er nickte. So vorsichtig, als könne ihn allein diese Bestätigung in Teufels Küche bringen. Kari betrachtete die leicht nach unten gezogenen Augenwinkel, die tiefen Falten zwischen Mund und Nase und das schüttere, ungekämmte Haar. Der Mann machte keinen glücklichen Eindruck. Sie lächelte ihn aufmunternd an. »Frau Franzen, sie hatte wohl wenig Freunde?«

»Freunde?« Echote er, als handele es sich um eine unbekannte Spezies. Kari überfiel der Gedanke, die Kahlenbergs könnten ebensolche Einsiedler sein wie ihre verstorbene Nachbarin.

»Bekannte vielleicht. Sie hatte wohl keine nahe Verwandtschaft. Oder?«

Herr Kahlenberg fuhr sich mit dem Zeigefinger die Nase entlang. »Bertha war nicht sehr gesellig«, brummte er wieder und warf einen Blick hinüber zu dem dunklen Haus.

»Hatten Sie und Ihre Frau Kontakt zu Frau Franzen?«

Wieder dieses lange Zögern. Kari trat ungeduldig von einem Fuß auf den anderen. Was war denn so schwierig daran, eine solche Frage zu beantworten?

»Nachbarschaftlich war alles in Ordnung«, bequemte Kahlenberg sich schließlich zu sagen. »Man grüßte sich, half sich mal im Garten. Sie war ja nicht mehr die Jüngste.« Wie alt mochte er sein? Um die siebzig, schätzte Kari. Seine Frau etwas jünger. Beide wirkten rüstig.

»War sie, also Frau Franzen, war sie gesundheitlich fit?«

»Ja«, tönte es erstaunlich schnell. »Bis auf die Arthrose. Die machte ihr zu schaffen. Und sie war nicht mehr gut zu Fuß.«

Das war für eine Fünfundachtzigjährige kein ungewöhnlicher Befund.

»Dafür hatte sie also Frau Petersen.«

Kahlenberg starrte seine unbequeme Besucherin nur an, er sagte nichts dazu.

»Die damaligen Nachbarn auf der anderen Seite«, Kari deutete nach rechts, »waren die mit Frau Franzen besser bekannt?«

Kahlenberg wandte den Kopf. Sein deutlich hervortretender Adamsapfel hüpfte, als er schluckte. »Glaub nicht«, entgegnete er. »Ich glaube, die hatten eher Streit.«

»Streit?« Karis Brauen schossen nach oben. »Weswegen?«

Kahlenberg wandte sich ihr wieder zu. »Es ging um den Hund.«

Da Kari in Berthas Haus keinen Hinweis auf ein Haustier gefunden hatte, ging sie davon aus, dass es sich um den Nachbarshund handelte.

»Ja?«, fragte sie und beugte sich leicht nach vorn. Warum ließ dieser Mann sich jedes Wort aus der Nase ziehen?

»Der hat immer gebellt und Bertha fühlte sich gestört. Eines Tages lag er tot im Garten.« Kahlenbergs Antlitz rötete sich bei diesen Worten. »Wir alle dachten, dass Bertha das Tier vergiftet hat.«

Kari trat einen halben Schritt zurück. Ein vergifteter Hund. Könnte es da zu Streit gekommen sein? Dann fiel ihr ein, was Hansen gesagt hatte.

»Die Nachbarn waren zum Zeitpunkt von Frau Franzens Tod aber gar nicht auf Föhr, sondern im Urlaub, oder?«

Kahlenbergs Gesicht nahm jetzt einen konzentrierten Ausdruck an. »Sie waren nicht im Haus. Das stimmt.«

»Sondern?«

Er zuckte mit den Schultern. »Das entzieht sich meiner Kenntnis. Ist auch alles schon so lange her«, antwortete er steif. Danach entschied er, es sei genug der Plauderei. »Ich muss.«

»Danke«, rief Kari ihm hinterher, als er gleich darauf umdrehte und zum Haus zurückstapfte. »Ach ja«, fügte sie noch hinzu, bevor er verschwunden war. »Wie hießen denn die Nachbarn? Und wohin sind sie gezogen?« Kahlenbergs Antwort bestand darin, die Haustür laut zufallen zu lassen.

Kapitel 9

Von Oevenum aus fuhr Kari nach Nieblum. Dort, in St. Johannis, wartete Sesles Pastorenkollege Helge Conradi. Ein rundlicher, freundlicher Mann in den Sechzigern. Er war genau das Gegenteil des muffeligen Herrn Kahlenberg.

»Viel erzählen kann ich Ihnen nicht«, begann er das Gespräch. Sie saßen sich an seinem Schreibtisch in einem hellen, aufgeräumten Arbeitszimmer gegenüber. Karis Dienstausweis hatte ihn nicht interessiert, Sesles Wort schien mehr Gewicht zu haben.

»Bertha Franzen war getauft und nicht aus der Kirche ausgetreten. Aber sie war mir persönlich so gut wie unbekannt.« Was wohl hieß, dass die Verstorbene keine große Kirchgängerin gewesen war. »Am Anfang meiner Zeit hier war sie Mitglied in der Trachtengruppe, die sich damals in den Räumen der Kirchengemeinde traf. Inzwischen ist die Gruppe ins Dörpshus hier in Nieblum umgezogen. Bertha Franzen war sehr begabt mit Nadel und Faden, konnte nähen wie keine Zweite. Irgendwann machten die Gelenke nicht mehr mit. Seither bin ich ihr nur selten und wenn, dann zufällig begegnet.«

»Und die Beerdigung?«

Pastor Conradi lehnte sich zurück, faltete die Hände über dem Bauch und schaute aus dem Fenster. »Seebestattung.«

Kari konnte ihr Erstaunen nicht verbergen. »Aber … hatte sie denn Verbindungen zum Meer?« Auch Karis Großvater Hein war auf diese Weise bestattet worden. Da er viele Jahre zur See gefahren war, sicherlich nicht ungewöhnlich. Nichts, was Kari über Bertha Franzen erfahren hatte, deutete auf etwas Ähnliches hin. Jetzt wandte sich der Pfarrer ihr wieder zu. »Sie wollte auf keinen Fall neben ihren Eltern begraben liegen.«

Kari brauchte einen Moment, um das Gesagte zu verdauen. »Frau Franzens Eltern waren doch zu diesem Zeitpunkt schon ewig tot.« Strafte der freundliche Pastor sie jetzt gerade mit einem tadelnden Blick?

»Ewig sicher nicht«, berichtigte er sie sanft. »Zum Zeitpunkt von Bertha Franzens Anordnungen bezüglich ihrer Bestattung war das Familiengrab jedoch noch nicht aufgelöst.«

Das hieß, dass Bertha ihren Nachlass schon früh geregelt und diesbezüglich nichts mehr geändert hatte.

»Ihre Tracht hat sie übrigens selbst genäht und zu Lebzeiten noch verschenkt, als es mit dem Nähen nicht mehr ging. Die hat das Friesenmuseum in Wyk bekommen.«

Also hatte Bertha die Tracht nicht von ihrer Mutter übernommen, wie es sonst oft üblich war. Was Kari zu einer anderen Frage brachte.

»Woran sind Frau Franzens Eltern denn gestorben?«

Der Pastor sah sie erstaunt an. »Tut mir leid, Frau Lürsen. Das entzieht sich meiner Kenntnis. Vermutlich altersbedingt. Das Ehepaar muss bereits hoch in den Vierzigern gewesen sein, als Bertha zur Welt kam.«

Kari versuchte, sich daran zu erinnern, in welchem Alter das Foto von Bertha mit den Schlüsseln aufgenommen worden war. Sie musste da ungefähr Mitte vierzig gewesen sein.

Conradi hob bedauernd die Schultern. »Mehr kann ich Ihnen über Bertha Franzen nicht sagen. Ich hoffe, es hilft Ihnen weiter.«

Sie verabschiedete sich. Der Wagen stand ein Stück entfernt geparkt und sie ging langsam zurück. In ihrem Kopf arbeitete es. Auch, weil sie sich daran erinnerte, was wenige Monate zuvor in diesem Ort, hier in Nieblum, passiert war. Sie war in einem Einsatz gewesen. Einem Einsatz im Zeugenschutz, der ihr die Möglichkeit eröffnet hatte, in den Dienst zurückzukehren. Keine einfache Sache, weil sie damals schon schnell nicht mehr gewusst hatte, wer Freund und wer Feind war. Dann hatten die Dinge sich überschlagen und sie war selbst in tödliche Gefahr geraten. Schnell schüttelte sie die Erinnerung daran ab, bevor sie zu übermächtig wurde. Sie überquerte die Straße und setzte sich in den Wagen. Bis zu Göntje Petersens Rückkehr hatte sie ausreichend Zeit. Sie rief Peter Hansen an. Ja, meinte der pensionierte Polizist, sie könne gerne vorbeikommen. Sie warf den Wagen an und fuhr nach Wyk.

Die Hansens bewohnten ein schmuckes Häuschen in der Carl-Häberlin-Straße. Hinter dem weiß gestrichenen Gartenzaun und an Rankspalieren zeugten rote, gelbe und orangefarbene Rosen von der Leidenschaft eines der Bewohner für diese Blumen. Herr Hansen selbst öffnete Kari die Tür. Er führte sie in das, was man wohl früher die gute Stube genannt hatte. Kari war beeindruckt von der Ordnung und Sauberkeit des Raumes. Sämtliche Möbel wirkten wie frisch mit Politur bearbeitet. Nichts lag oder stand herum. Die Verantwortliche trat gleich hinter ihr ein. Frau Hansen war klein, rundlich und ihr akkurat liegendes graues Haar zeugte von der fast vergessenen Kunst, Lockenwickler zu benutzen. Sie wischte ihre, sauberen, Hände an einer weißen Halbschürze ab, bevor sie Kari begrüßte und sie nach ihren Getränkewünschen fragte.

»Gerne Kaffee«, antwortete die und verfolgte die Hausherrin mit den Augen, als sie den Raum verließ. Herr Hansen ließ sich mit einem leichten Ächzen am Tisch nieder und bedeutete Kari, sich ihm gegenüberzusetzen.

»Sie haben in Berlin auf meiner Dienststelle angerufen«, begann sie das Gespräch.

Hansen nickte. »Es dürfte Sie nicht überraschen, dass man mir keine Auskunft erteilt hat.«

Sie lächelten sich an. Nun war alles geklärt.

»Sie haben noch Fragen?« Er beugte sich nach vorn und legte die gefalteten Hände vor sich ab.

»Wie hießen die Nachbarn von Frau Franzen, die zur Rechten.« Herr Hansen hob erstaunt die Brauen.

»Die waren am fraglichen Abend nicht daheim.«

»Das stimmt. Aber wo befanden sie sich und wo kann ich sie finden?«

Das Klappern von Geschirr unterbrach sie. Frau Hansen trug ein Tablett herein, auf dem Kaffee, Milch, Zucker, Tassen und Untertassen standen. Als sie es abstellte und das Geschirr verteilen wollte, legte ihr Mann ihr kurz die Hand auf den Arm. »Ich mach das, mein Schatz«, sagte er. »Frau Lürsen hat ein paar Fragen zu dem Abend an dem Frau Franzen in Oevenum ums Leben gekommen ist.«

»Ach«, entgegnete Frau Hansen schwach. Täuschte sich Kari, oder zuckten ihre Lider nervös bei dieser Eröffnung? Der Moment war vorbei, schon lächelte die Dame des Hauses wieder und verließ den Raum ohne ein weiteres Wort.

Herr Hansen wiederum war nun mit dem Kaffee beschäftigt. Kari musterte den Mann. Er wirkte völlig ruhig. Ein zuverlässiger Beamter, der sich vermutlich immer als Freund und Helfer verstanden hatte.

»Also«, nahm er das Gespräch wieder auf, nachdem die Getränke eingeschenkt worden waren und beide schweigend einen ersten Schluck genommen hatten. »Die Nachbarn, nach denen Sie fragen, heißen Waltraud und Ernst Riemann. Sie sind kurz nach Berthas Tod weggezogen. Soweit ich weiß, nach Oldsum.«

»Wussten Sie, dass die Riemanns und Frau Franzen Streit hatten?«

Ein wachsamer Ausdruck trat in Hansens Augen. »Hm«, machte er unbestimmt. »Was meinen Sie?«

»Den toten Hund.« Kari beugte sich vor und sah Hansen direkt an. »Man munkelte, dass Bertha Franzen das Tier vergiftet hat.«

Herr Hansen spitzte leicht die Lippen und nickte gemächlich. »Munkelte man. Genau. Allerdings deutete nichts darauf hin, dass es tatsächlich so war.«

»Wurde das Tier untersucht?«

Hansen schüttelte den Kopf. »Soweit ich weiß, nicht. Wenn Sie mich fragen, waren sich die Riemanns nicht sicher mit ihrem Verdacht, falls sie überhaupt einen hatten.«

»Hat Sie das nicht stutzig gemacht? Erst der tote Hund, dann der Mord an Frau Franzen, anschließend der Wegzug der Nachbarn? Mit denen die Ermordete vorher schon im Clinch lag?« Jede Verbindlichkeit war aus Karis Stimme gewichen.

Hansen starrte sie an. »Liebe Frau Lürsen. Ich will Ihnen mal was sagen. Der Mörder von Bertha Franzen wurde gefasst. Er hat gestanden. Er wurde verurteilt. Kein toter Hund, kein Nachbarschaftsstreit hatte mit der Sache zu tun. Und Leute, die wegziehen, gibt es überall.«

Vom Eingang her war ein Geräusch zu hören. Die Tür fiel mit einem für dieses Haus viel zu lauten Knall ins Schloss, Schlüssel klapperten, als jemand sie auf ein Möbelstück fallen ließ. Der Mann, der durch die halboffen stehende Wohnzimmertür trat, war unverkennbar Peter Hansens Sohn. Dieselbe Statur, dieselben Augen, dasselbe kantige Kinn. Er musterte Kari überrascht. Bevor er etwas sagte, kam seine Mutter aus der Küche gestürmt.

»Andreas!«, rief sie aus und umarmte ihren Sohn. Der machte wenig Anstalten, diese Begrüßung zu erwidern.

»Tag«, sagte er, ohne den Blick von Kari zu nehmen.

»Andy, das ist Frau Lürsen. Vom BKA Berlin. Sie untersucht ...« Hansen senior brach ab und wandte sich Kari zu. »Was genau noch einmal?«

Die atmete tief aus. »Eine mögliche Verbindung zwischen dem Tod von Bertha Franzen und einem aktuellen Fall.«

Andreas Hansens Augen weiteten sich, er sah jetzt seinen Vater an. Einige ungute Sekunden lang sagte niemand etwas. Es war, als wäre die kleine Gruppe Menschen eingefroren. Frau Hansen war die Erste, die das Schweigen durchbrach. Mit einem nervösen Lachen zog sie ihren Nachwuchs mit sich hinaus. Der folgte ihr widerstrebend. Kari blieb der Blick, der zwischen Vater und Sohn gewechselt wurde, nicht verborgen.

»Kannte Ihr Sohn Frau Franzen?«

Hansen schüttelte den Kopf bei Karis Frage.

»Er wirkte angefasst.« Sie beobachtete den alten Polizisten genau. Der schwieg, die Augen ins Nichts gerichtet. Nach einer Weile schüttelte er abermals leicht den Kopf.

»Föhr ist ein schöner und friedlicher Ort zum Leben. Gewaltsame Todesfälle erschüttern uns immer alle«, sagte er halblaut. Er hob die Hände in einer hilflosen Geste. »So ist das halt. Aber eines kann ich Ihnen versichern: Mit den Riemanns sind Sie auf dem Holzweg. Es ist, wie es ist. Dieser Knaup hat Bertha Franzen umgebracht und seine gerechte Strafe dafür bekommen. Wie das mit einem aktuellen Fall zusammenhängen soll, verstehe ich beim besten Willen nicht.«

Kari hatte sich kurz nach dem Auftauchen des Sohnes von den Hansens verabschiedet. Sie konnte den Polizisten verstehen. Für ihn war alles abgeschlossen gewesen, als die zuständige Kripo Flensburg den Fall übernommen hatte. Einen Fall, der glasklar erschien. Warum hatte Timo Knaup sein Geständnis widerrufen? Nicht im Prozess, sondern erst aus der Haft heraus? Um den Kopf freizukriegen, stiefelte Kari zum Strand hinunter.

Ein sanfter Wind strich über das Dünengras und trug den salzigen Duft des Meeres mit sich. Der feine helle Sand erstreckte sich entlang der Küste und lud zum Barfußlaufen ein. In den bunten Strandkörben hatten sich Badegäste niedergelassen. Eine Familie baute eine Sandburg, ein Dutzend Kinder rannte kreischend im Wasser herum, die Knirpse spritzten sich gegenseitig nass, während zwei ältere Damen Hand in Hand vorsichtig ins Meer staksten.

Kari schnappte sich einen verwaisten Strandkorb, strich den Sand von der Sitzfläche und holte ihr Handy heraus.

»Jo«, schrieb sie. »Ich brauche noch ein paar Infos.«

Gleich darauf ploppte eine Nachricht auf. Sie war nicht von Jo, sondern von Jonas Riewerts. Der hilfsbereite Juwelier schrieb ihr, er habe mit seinem Festland-Kollegen gesprochen. Bertha Franzens Schmuck war über ein halbes Jahr nach deren gewaltsamem Tod angeboten worden.

»Er hat alle Stücke gekauft und der Verkäuferin einen guten Preis dafür bezahlt«, schrieb Riewerts.

Kari hob den Kopf. Hatte Göntje Lunte gerochen und war deshalb von der Insel verschwunden?

Kapitel 10

Das Gasthaus Knudsen in Utersum war an diesem Abend gut besucht. Bent hatte einen Tisch für 20 Uhr reserviert. Er war bereits da, als sie eintraf. Man hatte ihnen einen Platz im hinteren Teil des Restaurants zugewiesen, in einer trotz der anderen Gäste ruhigen Ecke. Kari musterte Bent verstohlen, als sie sich den Weg durch das Lokal bahnte. Er erhob sich bei ihrem Anblick. Er trug an diesem Abend eine schwarze Jeans, die wie angegossen saß, darüber ein helles, am Kragen offenes Hemd. Wie üblich hatte er die Ärmel ein Stück weit hochgekrempelt, sodass die schlanken Muskeln seiner Unterarme bloß lagen. Die Uhr an seinem Handgelenk war ein teures Fabrikat, wirkte dennoch nicht protzig. Er fuhr sich mit den Fingern durchs Haar, das ihm locker bis zur Kinnlinie fiel. Es stand ihm gut. Bent lächelte und trat einen Schritt auf sie zu. Der Duft eines zitronig-frischen Rasierwassers umgab ihn. Seine Nähe haute sie schier um, in ihrem Magen kribbelte es und ihr Hals wurde trocken. Sie umarmten sich zur Begrüßung etwas verlegen. Als sie sich voneinander lösten, befand sich Karis Körper in Aufruhr. Schnell setzte sie sich. Die Bedienung kam. Wie in Trance bestellte sie ein Glas Wein, während Bent sich für Bier entschied, und vertiefte sich in die Karte, die leicht in ihren Fingern zitterte. Erst als die Getränke serviert wurden, kam sie wieder zur Ruhe und sie gaben ihre Bestellung auf. Scholle für Bent, das kleine Utersumer Techtelmechtel für Kari, was bei Bent zu einem Schmunzeln führte.

»Was beunruhigt dich?«, fragte er, nachdem sie beide einen Schluck aus ihren Gläsern getrunken hatten, und kam damit sofort zur Sache.

»Deine Geheimnisse beunruhigen mich.« Sie dachte an Bents Connections in die Hamburger Unterwelt. An den Lamborghini, der in der Garage hinter Karis Haus stand und nie ausgefahren wurde. An die Tatsache, dass er eine Phantomspur in einer alten Akte beim Verfassungsschutz hinterlassen hatte. Eine Jugendsünde, dennoch.

»Du bist darüber hinaus über viele Dinge bestens informiert. In den vergangenen Monaten hast du mir häufig Informationen zukommen lassen, an die ich selbst nicht oder nicht so schnell rangekommen wäre.« Es hatte ihr bei der Aufklärung ihrer Fälle genützt, trotzdem war sie vorsichtig geworden. Sie musste gar nicht weiter ausholen. Er gab ihr mit einer Handbewegung zu verstehen, dass er wusste, worauf sie anspielte.

»Was meine Hamburger Zeit angeht und die Tatsache, dass ich eine Zeitlang Berufsspieler war, habe ich dir alles erklärt. Und hier am Ort«, er vollführte eine umfassende Geste, die die ganze Insel einzuschließen schien, »hier habe ich eine Kneipe. In die kommen Menschen. Menschen reden. Miteinander. Mit mir. Mit sich selbst. Ist dir noch nie aufgefallen, wie viel jemand erzählt, ohne es zu bemerken? Menschen sind mitteilungsbedürftig. Sie fühlen sich wichtig, wenn sie Dinge wissen, die nicht jeder weiß. Sie wollen gesehen und wahrgenommen werden. Das ist die *geheime* Quelle, die ich hier habe. Nichts Mysteriöses steckt dahinter. Lediglich mein Vermögen, zuzuhören. Gehörtes zuordnen zu können. Ich bin, ganz unbescheiden gesagt, durchaus in der Lage, scheinbar Nebensächliches bewerten zu können.«

Kari lehnte sich zurück und hörte ihm mit leicht gerunzelter Stirn zu. Das klang so einfach und verständlich. Aber sollte das wirklich alles sein? Sie wollte ihm so gerne glauben, aber konnte sie das auch?

Ihr fiel die Frau wieder ein, die sie mit ihm gesehen hatte, und sie fragte ihn nach ihr.

Bent lächelte in sich hinein. »Du meinst Ada. Sie ist Oves Schwester.« Bent war es gewesen, der sie damals mit dem jungen Autisten bekannt gemacht hatte.

»Ada und ich, wir treffen uns einmal die Woche bei mir zu Hause. Da sind wir ganz unter uns.« Ein amüsiertes Funkeln trat in seine Augen.

Karis Hals wurde trocken.

»Hast du ... seid ihr ...« *Ein Paar?* Das wäre ja absurd angesichts dessen, was er hier mit ihr veranstaltete. Bent lachte lauthals auf.

»Sie kommt einmal die Woche zu mir. Um meine Wohnung auf Vordermann zu bringen!«

Kari öffnete den Mund und schloss ihn gleich wieder. Sie musterten sich. In Bents dunklen Augen schien ein Flämmchen zu leuchten. Kari lächelte versonnen. Bis jemand an ihren Tisch trat.

»Bent. Hallo.« Die Frau war ein paar Jahre jünger als Kari, vermutlich Mitte zwanzig. Kastanienbraunes Haar fiel glatt und glänzend über ihre Schultern. Ein Körper, der nach viel Training im Fitnessstudio aussah, steckte in einem hautengen dunkelroten Kleid. Die Frau war gänzlich ungeschminkt und sah hinreißend aus.

»Moin Larissa«, Bent erhob sich, legte der Frau die Hände auf die Schultern und küsste sie auf die Wange. Kari spürte, wie sie blass wurde. »Mädelsabend?«, fragte er.

»Ja«, erwiderte sie und blickte sich suchend um. »Bin wohl die Erste von unserer Truppe.«

Eine verlegene Pause entstand. Larissa sah zu Kari, dann wieder zu Bent. Der stand lässig und ohne Anzeichen von Verlegenheit da.

»Dann wünsche ich dir mal einen schönen Abend«, verabschiedete er Larissa. Er setzte sich und die junge Frau stand einen Moment lang unschlüssig da, dann lächelte sie verkrampft und stakste zum Durchgang zurück in den vorderen Teil des Lokals.

Karis Mund war trocken. Das hier eben war ziemlich eindeutig gewesen. Sie hätte Bent fragen können, er hätte ihr vermutlich sogar geantwortet. Etwas hielt sie davon ab. Das Gefühl, übergriffig zu wirken, wenn sie erneut nach seiner Beziehung zu einer anderen Frau fragte. Wenn es denn überhaupt mehr als eine Bekanntschaft war. Sie war froh, als das Essen serviert wurde. Dabei redeten sie nicht viel. Es ging um Berlin, um Bents Kneipe, um Sesles bevorstehende Niederkunft und darüber, dass Bent der Meinung war, Jette Beckum sähe in letzter Zeit nicht gut aus.

»Sie wirkt erschöpft«, sagte er. »Ich habe ihr sogar neulich angeboten, ihr zu helfen. Sie hat auf einem wackligen Stuhl gestanden und an einem ihrer Bäume herumgeschnitten.«

»Wie ich sie kenne, hat sie nicht angenommen.« Kari schmunzelte.

»Du hast recht. Es fehlte nicht viel und sie hätte mich davongejagt.« Bent grinste. Kari begann gerade, die schöne Larissa zu vergessen und sich wohlzufühlen, als ein Piepston ihr den Eingang einer Nachricht anzeigte. Stirnrunzelnd blickte sie auf die ihr unbekannte Nummer und den Text.

Komme morgen am Nachmittag nach Föhr. Können wir irgendwo ungestört und ungesehen sprechen? Emma Winterfort.

Die Ministerpräsidentin persönlich. Es dauerte nur einen Moment, bis Kari die Verbindung zu ihrer eigenen Nachricht an Jo herstellte. Nicht er selbst antwortete, sondern seine gute Freundin, Karis eigentliche Auftraggeberin.

»Das ist ja ein Ding«, sagte sie halblaut vor sich hin.

Bent sah sie neugierig an. »Ist etwas passiert?«

»Nö. Das nicht. Aber sag mal – könntest du mir morgen Nachmittag deine Kneipe zur Verfügung stellen? Ich erwarte jemanden, die nicht in der Öffentlichkeit gesehen werden will.«

Bents Brauen schossen in die Höhe.

»Stimmt«, sagte er langsam. »Wir haben ja noch gar nicht darüber gesprochen, was dich dieses Mal auf die Insel geführt hat.«

»Ein alter Fall, der erneut und unter einer anderen Prämisse beleuchtet werden soll«, erwiderte sie ausweichend.

»Wer von uns beiden hat eigentlich die größeren Geheimnisse«, frozzelte Bent.

»Meine sind rein beruflicher Natur«, entgegnete sie mit gespielter Strenge.

»Na dann«, meinte Bent trocken. »Das ist okay für mich. Ich kann damit leben, weil ich dir vertraue.« Er lehnte sich zurück und antwortete dann auf ihre Frage. »Geht klar. Wann brauchst du die *Blaue Möwe*?«

Karis Finger schwebte noch über der Tastatur. »Sage ich dir gleich«, murmelte sie und tippte den Namen und die Anschrift von Bents Kneipe ein.

»15 Uhr plus/minus 10 Minuten. Bitte seien Sie vor mir da«, lautete die Antwort.

»Okay.« Bent lehnte sich zu Kari hinüber. »Aber verrate mir, wen ich da morgen bewirten werde.«

Sie hob den Finger an die Lippen.

»Versprochen«, flüsterte er. Er würde die Ministerpräsidentin sowieso erkennen, also konnte sie es ihm heute schon sagen.

»Ach was?«, lautete seine verblüffte Antwort, als sie ihm gesagt hatte, wen sie treffen würde. »Da werde ich vorher vorsichtshalber mal kurz durchwischen.«

»Gemeinsam mit Ada?«

»Gemeinsam mit Ada«, bestätigte er. Sie lachten beide.

Hauptsache nicht mit dieser Larissa, dachte Kari währenddessen bei sich.

Die saß mit drei Freundinnen am Tisch direkt neben dem Eingang. Alle vier reckten die Köpfe, als Bent und Kari eine Stunde später aus dem hinteren Teil des Restaurants traten.

»Tschüss.« Die Bedienung winkte ihnen von hinter dem Tresen der großen Bar, die fast die gesamte Breitseite des Raumes einnahm, zu. Bent ließ Kari den Vortritt beim Hinausgehen. Er blieb ganz kurz am Tisch der Mädelsclique stehen und sagte etwas, das mit fröhlichem Lachen quittiert wurde. Dann stand er neben ihr.

»Ich bring dich nach Hause«, sagte er leichthin.

»Das ist nicht nötig«, erwiderte sie prompt.

»Nö. Aber wir haben denselben Weg.«

Kari spürte, wie sich ihre Wangen röteten. Wo er recht hatte, hatte er recht.

Nur wenige Minuten später standen sie vor ihrem Haus.

»Gute Nacht Kari. Bis morgen.«

Sie lächelte und wehrte sich nicht, als er sie zum Abschied an sich zog. Seine Nähe, die Wärme seines Körpers, sein Duft waren so überwältigend, dass sie sich erst nach wenigen Augenblicken benommen von ihm löste. Er sah sie an. So ernst, dass ihr ganz bang wurde.

»Bis morgen«, antwortete sie mit belegter Stimme. Dann ging sie ins Haus und hoffte, dass er ihren inneren Aufruhr nicht bemerkt hatte.

Kapitel 11

Göntje Petersen hatte Wort gehalten und war nach Oevenum zurückgekehrt. Am nächsten Morgen öffnete sie schon beim ersten Klingeln die Haustür. Sie war bleich wie ein Laken, die Locken hingen schlaff um ihr Gesicht und sie schaute Kari aus verquollenen Augen an.

Wieder führte sie ihre Besucherin in den Wintergarten. Dieses Mal bot sie Kari nichts an. Ließ sich ihr gegenüber in einen der Rattansessel sinken und betrachtete ihren ungebetenen Gast auf eine Weise, die diese aus unerfindlichen Gründen an die Worte des Juweliers denken ließ. *Marterpfahl*, so nannte er das Kunstwerk, das ihm seine Frau in den Garten gestellt hatte. Und an einen solchen schienen Göntjes Blicke nun Kari zu fesseln.

»Frau Petersen, schauen Sie sich bitte mal diese Fotos an.« Sie hielt der Bildhauerin ihr Handy entgegen. Dort hatte sie die Bilder von Bertha Franzen aufgerufen. Mit zitternden Händen nahm die Angesprochene das Gerät an sich. Scrollte sich zögerlich durch das Material. Dann hob sie den Kopf und schaute Kari fragend an. »Das ist Bertha«, sagte sie schließlich.

»Das ist Frau Franzen mit ihrem Schmuck«, präzisierte Kari. »Und dieser Schmuck ist verschwunden. Haben Sie eine Erklärung dafür?«

»Ich?« In gespielter Entrüstung hob Göntje die rundlichen Hände an den Hals.

»Sie waren Bertha Franzens Vertraute zu Lebzeiten. Was ist mit dem Schmuck geschehen?«

»Das ... weiß ich nicht.« Göntjes Stimme klang trotzig. »Vielleicht hat Bertha ihn verschenkt. Oder verkauft.« Sie verschränkte die Arme vor dem Oberkörper und ließ sich in ihren Sessel fallen.

»Würde es Sie sehr wundern, wenn ich Ihnen sage, dass nicht Frau Franzen, sondern Sie selbst den Schmuck verkauft haben?«

Göntje schnappte nach Luft. »Wie kommen Sie darauf?«

Karis Miene wurde streng. Sie hatte keine Lust, sich von Göntje an der Nase herumführen zu lassen. »Ich weiß es«, sagte sie knapp.

»Bertha hat mir den Schmuck geschenkt«, entgegnete Göntje schnippisch. »Dafür, dass ich ihr immer zur Hand gegangen bin. Für sie da war.«

»Dafür wurden Sie bezahlt.« Karis Stimme klang wie Stahl.

Göntje starrte sie an. Dann stemmte sie sich aus ihrem Sessel hoch.

»Das, was Sie mir da unterstellen, muss ich mir nicht bieten lassen«, erklärte sie so hoheitsvoll, wie es ihr in dieser Situation möglich war.

»Was unterstelle ich Ihnen denn? Ihrer Meinung nach?«

»Dass ich diesen Schmuck unrechtmäßig besessen habe.« Sie blieb stehen und schaute auf die sitzende Kari herunter.

»Sie sagen, es war ein Geschenk?«

»Ja!« Göntje unterstrich das Wort mit einem heftigen Nicken. Dann trat sie einen Schritt zur Seite. »Wenn ich Sie jetzt bitten dürfte zu gehen. Ich habe zu tun.«

Kari hatte nichts gegen Göntje in der Hand und keinerlei offizielle Befugnis. Wenn die Frau nicht reden wollte, blieb ihr nichts anderes übrig, als Göntjes Bitte nachzukommen. Dann, schon in der Haustür stehend, drehte sie sich noch einmal um.

»Frau Petersen. Wissen Sie etwas über den Hund der Familie Riemann?«

Göntjes blaue Augen wurden groß und kugelrund. »Der arme ... wie hieß er noch gleich?« Ihre Stirn lag in Falten, als sie angestrengt nachdachte. »Er starb so plötzlich.«

»Genau. Der Hund der Riemanns. Man munkelt, dass Frau Franzen etwas damit zu tun gehabt haben könnte. Was denken Sie?«

Erneut zeigte Göntjes Miene Empörung. »Bertha soll etwas damit zu tun gehabt haben?«

Kari wunderte sich ein bisschen, dass Göntje dieses Gerücht nicht kannte.

»So munkelt man.«

»Unglaublich. Giftköder auszulegen, was für eine Niedertracht.« Sie verschränkte die Arme vor der Brust und blickte Kari vielsagend an.

Die verabschiedete sich seufzend. Nachdenklich verließ sie das Grundstück. Die sogenannten Marterpfähle schienen sie mit Blicken aus entsetzlich verzerrten Gesichtern zu verfolgen. Sie hatte gar nichts von Gift gesagt. War das damals so herumgetratscht worden? Oder gab es einen anderen Grund, warum Göntje gleich darauf gekommen war?

Oevenum war ein kleiner Ort mit weniger als 600 Einwohnern. Es wollte Kari immer noch nicht in den Kopf, dass sie bisher niemanden gefunden hatte, der oder die ihr mehr über Bertha Franzen sagen konnte. Die Frau war hier aufgewachsen. Hatte ihr ganzes Leben auf der Insel und einen großen Teil davon im Ort selbst verbracht. Die Trachtengruppe fiel ihr wieder ein. Die Föhrer Tracht kannte auch sie. Sie hatte sich seit 1850 kaum mehr verändert und wurde bei öffentlichen oder privaten Festen stolz getragen. Meist wurde sie von Generation zu Generation vererbt. Etwas, dem auch der rasende Fortschritt der modernen Welt nichts hatte anhaben können. Frauen mit geschickten Händen gab es viele. Wenn Bertha also ein Teil der von Pastor Conradi erwähnten Trachtengruppe gewesen war, mussten andere Mitglieder sie kennen. Der Pastor war nicht erreichbar, sie hinterließ ihm eine Nachricht mit der Bitte, sie an jemanden aus der Gruppe zu verweisen. Dann warf sie einen Blick auf die Uhr. Es war noch viel Zeit bis zum Eintreffen der Ministerpräsidentin.

Kari beschloss, eine Kleinigkeit essen zu gehen. Sie fuhr das kurze Stück nach Wyk hinein, stellte ihren Wagen ab und schlenderte an der Strandpromenade entlang. Der Tag war sonnig und warm und entsprechend lebhaft ging es hier zu. Sie fand einen Platz vor einem der Cafés, bestellte sich eine Waffel mit Apfelmus und ein Glas Tee und beobachtete die Menschen um sich herum. Föhr war ein beliebtes Reiseziel mit vielen Stammgästen. Hier ging es meistens familiärer zu als an anderen Ferien-Hotspots. Neben ihr saß ein Paar, das unverkennbar Schwäbisch sprach und sich uneins darüber schien, ob sie nun schon zum zehnten oder zum elften Mal auf der Insel waren. Kari konnte sich glücklich schätzen, hier ein Haus zu besitzen, einen Ankerplatz zu haben.

Nachdem sie ihr Mahl beendet hatte, lief sie ein paar Schritte direkt am Meeressaum entlang. Schaute zu den Halligen hinüber und beobachtete das bunte Treiben am Strand. Dann war es Zeit, zurückzufahren.

Eine halbe Stunde später stieg sie in Utersum aus dem Wagen. Aus Gewohnheit schaute sie bei Jette vorbei. Ihre Nachbarin saß hinter dem Haus. Sie wirkte erschöpft und Kari erinnerte sich daran, was Bent gesagt hatte.

»Jette, geht es dir nicht gut?«, wollte sie erschrocken wissen. Die winkte ab.

»Lass mal gut sein«, grummelte sie. »Die Hitze macht mir heute zu schaffen.« Normalerweise wuselte Jette Beckum in ihrem Garten herum, trug stets ein Werkzeug bei sich, mit dem sie Bäume und Sträucher beschnitt, Beete harkte oder etwas aus ihrem reichhaltigen Sortiment erntete. Heute schien sie selbst für die Näharbeit, die auf dem Tisch neben ihr lag, zu schlapp zu sein.

»Sag mal, kennst du zufällig jemanden aus der Trachtengruppe in Nieblum?«, fragte Kari sie beim Anblick von Nadeln und Garnen.

»Trachtengruppe? Nö.« Jette hatte nicht einmal aufge-
blickt. Sie starrte in den Garten. Kari folgte ihrem Blick.
Zwei große Komposthaufen waren am hinteren Ende
des Grundstücks unter einem Holunderstrauch aufge-
schichtet. Dort verbarg sich ein Geheimnis. War es das,
was Jette auf einmal zu schaffen machte? Mit einem
ungutem Gefühl wandte sie sich ihrer Nachbarin zu.
Doch dann bemerkte sie, dass die gar nicht dorthin sah,
sondern einfach ins Nichts starrte. Ein eisiger Schreck
durchfuhr Kari.

»Jette?« Sie berührte die andere am Arm.

»Hm?« Jette blickte auf, der trübe Blick klärte sich, als
sie Kari jetzt direkt ansah.

»Ich mache mir Sorgen um dich.«

»Ach was«, erwiderte die.

»Ich hole dir ein Glas Wasser«, schlug Kari vor. Ohne
Jettes Antwort abzuwarten, ging sie ins Haus. Jettes Küche, normalerweise blitzblank und durchzogen vom
Duft nach Eingemachtem, frisch Gebackenem oder einem ihrer Kräutertees, roch unangenehm nach Essens-
resten und sah aus, als sei ein Wirbelwind hindurchge-
braust. Benutztes Küchengerät und Geschirr standen in
der Spüle gestapelt. Der Boden war schmutzig. Das entsprach alles gar nicht Jettes ordentlichem Naturell.
Kari beschlich ein ungutes Gefühl. Sie holte ein frisches
Glas aus dem Hängeschrank über der Arbeitsfläche,
ließ es volllaufen und brachte es zu Jette hinaus.

»Trink das«, bat sie ihre Nachbarin. Die fuhr sich mit
der Hand durch den schlohweißen Schopf und trank
mit leisem Glucksen das Glas leer.

»Ah«, sagte sie dann. »Schon besser.« Sie lächelte Kari spitzbübisch an. Doch die wurde das beklemmende Gefühl nicht los, dass etwas nicht stimmte, und beschloss, später noch einmal nach Jette zu sehen. Die Ältere hatte sich über Jahre hinweg um Heins Kate gekümmert und Kari immer zur Seite gestanden. Die stand tief in Jettes Schuld.

»Ich muss noch mal weg«, sagte Kari. Es war kurz nach halb drei. »Aber ich komme nachher wieder.« Jetzt musste sie sich beeilen. Sie lief im Stechschritt zur Kate hinüber, machte sich etwas frisch, schnappte sich ihren Notizblock und schlug zu Fuß den Weg zur *Blauen Möwe* ein.

Kapitel 12

Bent Sörensen hatte sämtliche Fenster und die Tür seiner Kneipe weit geöffnet, um kräftig durchzulüften. Als Kari ankam, spazierte sie an der langen Theke mit den mit rotem Samt bezogenen Hockern vorbei und ließ ihre Tasche auf eine der gepolsterten Bänke an einem Tisch im rückwärtigen Teil des Lokals fallen.

Bent wirkte wie immer. Er hantierte auf lässige Art konzentriert hinter dem Tresen herum.

»Kaffee?«, rief er Kari über die Schulter hinweg zu. Gleich darauf ertönte das Zischen der Baristamaschine und der aromatische Duft von Espresso erfüllte die Luft. Bent rührte genau die richtige Menge Zucker hinein und schob ihr die Tasse über das glänzend polierte Holz der Theke zu. Kari nippte an dem belebenden Gebräu.

»Lecker«, sagte sie. Im selben Moment fuhr ein Wagen vor. Türen wurden geschlagen. Es war kurz vor drei. Kari stellte ihr Getränk ab und ging zur Tür. Ein großer, breitschultriger Mann mit Sonnenbrille und einem Knopf im Ohr stand wie aus dem Boden gewachsen vor ihr.

»Weisen Sie sich bitte aus«, sagte er und Kari holte ihren Dienstausweis hervor. Er warf einen Blick darauf und nickte. »Wer außer Ihnen hält sich noch in diesen Räumen auf?«

Kari deutete auf Bent, der mit einem merkwürdigen Gesichtsausdruck zu ihnen herübersah. »Herr Sörensen, der Wirt dieses Lokals.«

»Sie kennen den Herrn?« Durch die dunklen Gläser seiner Sonnenbrille hindurch schienen die Augen des Bodyguards Kari zu durchbohren.

»Ja«, erwiderte sie knapp. Woraufhin Bent mit einem kaum wahrnehmbaren Lächeln anfing, etwas an seiner Spüle zu polieren.

Der Gorilla durchschritt schnell den Raum, spähte in das Billardzimmer, gleich darauf klappten die Türen der Toiletten. Zufrieden kam er zurück und sprach ein paar Worte in ein am Revers seines Sakkos angebrachtes Mikro. Nun erst betraten die Ministerpräsidentin und ein zweiter Bodyguard den Windfang.

»Frau Lürsen?«

Kari nickte und streckte Emma Winterfort eine Hand entgegen, die diese nicht ergriff. Stattdessen ging sie mit ernstem Gesichtsausdruck an ihr vorbei, musterte Bent, der einen Gruß murmelte und deutete dann in die Tiefe des Raumes, wo sie Karis Tasche erspähte. »Dort hinten?« Kari nickte. Bodyguard eins bat Bent, die Tür zu schließen. Gleich darauf ließen er und sein optischer Zwilling sich an dem Tisch in der ersten Nische gleich neben dem Eingang nieder und gaben halblaut eine Bestellung auf. Kari und Emma Winterfort musterten einander schweigend. Als Bent den beiden Männern Kaffee, der Ministerpräsidentin einen grünen Tee und Kari ein Wasser serviert hatte, verschwand er in seinem Büro und schloss diskret die Tür.

Emma Winterfort atmete auf. Sie holte eine Doku-
mentenmappe aus fester Pappe aus ihrer Tasche, legte
sie vor sich ab, faltete die Hände darüber und sah Kari
direkt in die Augen.

»Bevor ich Ihnen die Informationen überlasse, die Sie
von Jo, also von Herrn Weinheimer, erbeten haben,
möchte ich Ihnen etwas über meinen Neffen erzählen.
Ich habe eine halbe Stunde Zeit. Bitte darum, mich nur
dann zu unterbrechen, wenn es wichtig ist.«

Kari nickte schweigend. Ihr Vorgesetzter tickte ähnlich, was effiziente Kommunikation betraf. Sie ahnte,
was Jo und Emma schon von Kindesbeinen an verbunden hatte.

»Timo ist der Sohn meiner Schwester. Halbschwester,
um genau zu sein. Ines ist die Ältere von uns beiden. Sie
hat einen anderen Vater. Meiner hat mir Zielstrebigkeit
und eine gewisse Härte, ohne die man nicht durchs Leben kommt, vererbt. Ihrer ihr sein Phlegma und den
Unwillen, Verantwortung für das eigene Tun zu übernehmen. Ich muss nicht betonen, dass er nach der Geburt seiner Leibesfrucht damals schnell das Weite gesucht und meine Mutter ohne Bedauern mit Ines zu-
rückgelassen hat.«

Kari nippte an ihrem Wasser, Emma Winterfort an
ihrem Tee.

»Oh, gut«, sagte sie überrascht und ließ einen kurzen
Blick durch das Lokal schweifen. Keine Frage, sie hatte
einen Tee dieser Qualität hier nicht erwartet.

»Ines war mit Timo vom ersten Tag an überfordert.
Auch sie musste ihr Kind alleine aufziehen, aber im Gegensatz zu unserer gemeinsamen Mutter, die pragmatisch und diszipliniert ist, war sie kaum in der Lage,

sich um sich selbst zu kümmern. Geschweige denn um ihren Sohn. Timo wurde als kleines Kind schon viel herumgereicht. Oft kümmerte sich meine Mutter um ihn.« Emma seufzte. »Während meine Schwester ihre Befindlichkeiten pflegte, verwahrloste ihr Sohn spätestens in der Pubertät. Timo flog von der Schule, es kam zu Gewaltexzessen, er trank und nahm Drogen.« Die Politikerin schaute betrübt in ihre Tasse. Kari versuchte sich zu erinnern, ob Emma Winterfort Kinder hatte. Es fiel ihr nicht ein. »Auch wenn das komisch klingt, ich liebe meine Schwester und ich mag den Jungen. Ich glaube fest daran, dass wir als soziales Gefüge die Möglichkeit und die Macht haben, auch Menschen in schwierigen persönlichen Situationen aufzufangen. Ihnen eine Perspektive zu geben.« Das hätte aus einer ihrer Wahlkampfreden stammen können. Sie schob die Pappmappe ein bisschen hin und her. »Als es hieß, dass Timo jemanden umgebracht haben soll, war ich zutiefst erschüttert. Er hat gestanden, es muss also stimmen.« Sie schüttelte sanft den Kopf. »Ich habe natürlich dafür gesorgt, dass er einen Top-Anwalt bekommt. Das, obwohl niemand von unserer familiären Verbindung weiß. Ines und ich tragen unterschiedliche Familiennamen. Sie war nie Thema in der Öffentlichkeit, seit ich meine Partei-Karriere begann.«

Kari nickte versonnen. Frau Winterfort hatte sich durchgekämpft im politischen Dschungel mit seinen Intrigen, Bösartigkeiten und der immer noch allgegenwärtigen Abwertung weiblicher Leistungen. Da konnte man eine Schwester, die nichts von diesem Elan mitbekommen hatte, womöglich ein Sozialfall war, so gar nicht gebrauchen.

»Durch Timos Geständnis, das er während des Prozesses immer wieder bekräftigte, konnte aber auch der beste Anwalt nichts erreichen. Umso erstaunter war ich, als ich von Timos Nachricht erfuhr. Er sei, so schrieb er meiner Schwester, inzwischen vollständig davon überzeugt, unschuldig zu sein.« Die Politikerin hob die Hände in einer Geste, die wohl ausdrücken sollte: Was soll man dazu sagen?

»Anfangs habe ich seinem Brief keine Bedeutung beigemessen.« Sie seufzte, ihr Blick wanderte durch den Raum und kehrte zu Kari zurück. »Dann der Selbstmordversuch. Ich bin erschüttert.« Mit leicht zittrigen Fingern fuhr sie sich über die Stirn. »Er war eine Weile nicht ansprechbar. Jetzt darf man wieder zu ihm.«

Kari beugte sich nach vorn. Emma Winterfort hob die Hand und beantwortete Karis Frage, bevor sie gestellt war. »Ich habe eine Besuchserlaubnis für Sie erwirkt.« Sie tippte die Mappe an, die vor ihr lag. »Ebenso einen Flug arrangiert. Ab Wyk mit einer Cessna. Zielflughafen ist Egelsbach.«

Egelsbach? Wo war das denn? Hörte sich für Kari an wie am Ende der Welt.

»Bei Frankfurt«, präzisierte die Ministerpräsidentin. »Timo sitzt dort in der JVA Preungesheim. Das war sein und mein Wunsch.« Sie musste es nicht erklären. Seine Verwandtschaft zu einer hochrangigen Politikerin wäre womöglich nicht allen Mitinsassen verborgen geblieben und hätte ihn angreifbar gemacht. Sie unter Umständen ebenfalls.

»Sie können zu ihm, wann immer Sie wollen.« Sie schob Kari die Mappe zu.

»Hier drin befinden sich weitere Dokumente. Ich muss Sie nicht daran erinnern, dass diese ganze Sache streng vertraulich zu behandeln ist. Kein Wort zu niemandem darüber, wer Ihnen die Unterlagen besorgt hat.« Ein zwingender Blick begleitete diese Forderung. Kari nickte knapp.

»Natürlich«, sagte sie. »Sie können sich auf mich verlassen.«

Zum ersten Mal teilte ein Lächeln die Lippen ihres Gegenübers. Nun erst löste Emma Winterfort ihre Finger von der Mappe, sodass Kari sie zu sich ziehen konnte.

»Noch eines«, fuhr die Politikerin fort. »Egal, was Ihre Nachforschungen ergeben. Ich möchte keine Sonderbehandlung für Timo. Wenn sich also herausstellt, dass er schuldig ist, war es das. Und alles bleibt unter uns. Sollten Sie belastbare Beweise dafür finden, dass er es doch nicht war, bin ich die Einzige, der Sie berichten.« Kari öffnete den Mund, wurde jedoch erneut durch eine Handbewegung gestoppt. »Das Vorgehen ist zwischen Jo und mir so abgesprochen.« Natürlich. Kari war nicht in offiziellem Auftrag unterwegs.

In Karis Rücken entstand leichte Bewegung. Emma Winterfort hob den Blick. Sie nickte kaum wahrnehmbar.

»Es wird Zeit für mich.« Sie erhob sich. Ihre Bodyguards standen bereits wartend am Eingang. »Was ich noch sagen wollte«, fuhr die Ministerpräsidentin fort. »Ich bin Ihnen sehr dankbar, dass Sie sich bereit erklärt haben, diese Mission zu übernehmen.«

Bent hatte wohl das Stühlerücken gehört. Er kam aus seinem Büro, ging zur Tür und schloss auf. Einer der Bodyguards ging voraus, der zweite wartete.

Emma Winterfort griff nach ihrer Tasche und hängte sie sich über die Schulter. Auch dieses Mal ignorierte sie Karis ausgestreckte Hand. Ein fester Blick genügte ihr, dann rauschte die Politikerin hinaus. Die Tür klappte. Zurück blieben Kari und Bent, die beide zum Eingang blickten. Draußen wurde ein Motor angelassen.

Kari ließ sich zurück auf ihren Stuhl fallen und trank den Rest ihres Wassers aus.

Bent trat an den Tisch, um das Geschirr abzuräumen. Dabei stieß er an die Mappe. Sie fiel herunter, ein paar Blätter segelten heraus. Kari und er bückten sich gleichzeitig danach und stießen mit den Köpfen aneinander.

»Autsch!« Kari erhob sich und griff sich an die Stirn. Bent schob die Dokumente zusammen und legte sie mit der Mappe auf den Tisch zurück. Dann stutzte er. Kari wollte das zuoberst liegende Blatt schon umdrehen, als Bent darauf tippte.

»Den kenne ich«, sagte er. Es war ein etwas unscharfes Foto von Timo Knaup, das sich auf einer Seite mit Auflistung seiner Vorstrafen befand.

»Du musst dich irren«, meinte Kari leichthin. Die gesamte Seite war eine Fotokopie, das Antlitz von Emma Winterforts Neffen nicht wirklich gut zu erkennen.

»Ich irre mich nicht.« Bent hatte in der Vergangenheit schon mehrfach bewiesen, dass er ein ungewöhnlich gutes Personengedächtnis besaß. Stirnrunzelnd zog Kari das Blatt näher. Bent war bereits wieder mit dem Geschirr beschäftigt; was da sonst noch über Timo Knaups Vergangenheit stand, interessierte ihn nicht.

»Der junge Mann war einmal hier im Lokal. Sein Besuch ist mir im Gedächtnis geblieben, weil er und seine Freundin sich unheimlich gezofft haben.«

Kari löste den Blick von der Mappe. »Seine Freundin?«, echote sie.

»Jepp.« Bent bewegte sich zum Tresen. Kari starrte ihm einen Moment zu lange auf den Hintern, bevor sie sich besann. Sie war nicht zum Vergnügen hier.

Nein, das nicht. Aber ein bisschen Vergnügen könnte auch nicht schaden, flüstere eine kleine, lüsterne Stimme in ihrem Kopf. Sie unterdrückte ein Grinsen. Gerade noch rechtzeitig. Bent hatte sich zu ihr umgedreht.

»Ich musste die beiden vor die Tür setzen. So laut haben sie sich gefetzt.«

»Hast du mitbekommen, worum es ging?«

Bent zog die Stirn kraus. »Um Geld«, sagte er. »Es ging um Geld.«

Kapitel 13

Als Kari nach Hause zurückkehrte, legte sie Tasche und Unterlagen ab und ging zunächst ins Nachbarhaus. Jette saß nicht mehr im Garten, sie fand sie in ihrem Wohnzimmer, auf der Couch liegend. Sie schlief so fest, dass sie Karis Anwesenheit nicht bemerkte. Die stand einige Minuten lang unschlüssig herum. Sie hätte gerne die Küche aufgeräumt, fürchtete aber, das Klappern könnte Jette wecken. Der Kater kam hereinstolziert, machte einen Buckel und sprang auf das Sofa, wo er sich neben Jettes Beinen einrollte.

»Ich lasse euch beide mal alleine und komme später wieder.« Kari verließ das Haus und zog dabei die Hintertür, die bei ihrem Eintreffen offen gestanden hatte, zu. Das ungute Gefühl, das sie bereits früher am Tag befallen hatte, wollte nicht weichen. Es war gut, dass Jette schlief, beruhigte sie sich. Sie hatte so erschöpft auf Kari gewirkt. Ob sie krank war? Ärzte waren Jette ein Graus, sie würde erst einen aufsuchen, wenn es gar nicht anders mehr ging.

Zurück in ihrem Wohnzimmer, kochte sich Kari einen Tee. Dann stellte sie ihren Laptop auf, öffnete die Mappe mit den Dokumenten, die sie von Emma Winterfort erhalten hatte, und vertiefte sich in die Unterlagen. Zuoberst lag ein Dossier über Timo Knaup, das sein Vorstrafenregister enthielt. Diebstahl, eine Kneipenschlägerei, Fahren ohne Fahrerlaubnis in Verbindung mit Fahrerflucht, Gott sei Dank nur Blechschaden, Verstoß gegen das Betäubungsmittelgesetz. Kari drehte das Blatt um und legte es weg. Darunter lag die Besuchserlaubnis für sie. Das Datum war offen, was ungewöhnlich war, aber so, wie die Ministerpräsidentin sich ausgedrückt hatte, reichte eine kurzfristige Ankündigung. Ebenso für die Chartermaschine, die sie von Wyk aus direkt nach Egelsbach bringen würde. Von dort sollte sie einen Mietwagen nehmen oder sich mit dem Taxi fahren lassen. Eine Auflistung der Spesen, so stand es handschriftlich auf einem Post-it, wurde formlos am Ende des Auftrags erbeten. Auch dieses Blatt legte Kari weg. Dann blinzelte sie. Vor ihr lag eine Kopie des Testaments von Bertha Franzen. Ein Blick auf das Datum bestätigte Peter Hansens Aussage. Die Verstorbene hatte ihre Angelegenheiten schon früh geregelt. Die eingesetzte Alleinerbin hieß Melissa Viering und war Berthas Patentochter. Sie musste das kleine Mädchen auf den Fotos im Fotoalbum sein. Kurz fragte Kari sich, wie es Emma Winterfort gelungen war, so schnell an diese Informationen zu gelangen. Dann zuckte sie mit den Schultern. Egal. Vielleicht hatte die Politikerin bereits im Voraus alles verfügbare Material zu dem Fall gesammelt. Oder sie besaß exzellente Verbindungen. Beides würde Kari nicht wundern. Sie startete im Netz eine Suche nach Melissa Viering und fand eine Influencerin, zwei Facebook-Profile und schließlich den Blog einer Frau, die offensichtlich auf Sinnsuche war. Weil sie die Einzige war, die altersmäßig passte, vertiefte sich Kari in die Einträge. Melissa hatte rund fünf Jahre zuvor begonnen, sich mit Meditation, Buddhismus und Spiritualität zu beschäftigen. Auslöser war, so schrieb sie, eine schwere Krankheit, die ihr die Endlichkeit des Seins und die Oberflächlichkeit eines auf materielle Dinge ausgerichteten Lebens verdeutlicht hatte. In den Folgejahren war sie mehrfach nach Indien gereist und hatte ihre Eindrücke geteilt. Der letzte Eintrag besagte, dass sie sich in ein Kloster im Himalaya zurückziehen wollte. Das war kurz vor dem Mord an Bertha Franzen gewesen. Kari ließ sich auf ihrem Stuhl zurückfallen. Vermutlich wusste Melissa Viering gar nicht, dass sie Bertha beerbt hatte.

Als Kari die Auflistung von Berthas weltlichen Gütern überflog, nickte sie grimmig. Entweder hatte Göntje sie belogen oder Bertha hatte sich nicht mehr genau an den Wortlaut ihres eigenen Testaments erinnert. Neben dem Haus, das ihr allein gehört hatte und auf dem keine Hypothek lag, waren weitere Wertgegenstände aufgelistet. Ein dreireihiges Perlencollier. Granatschmuck, bestehend aus Kette und Armband. Ein Turmalinanhänger. Ein Weißgoldring mit Saphiren. Eine Brosche aus Gelbgold mit Smaragden und eine dazu passende Kette. Üppiger Schmuck, nichts davon zierlich. Daneben wurde eine aus Holz geschnitzte Schmuckschatulle erwähnt sowie eine kleine Münzsammlung. Anhand der Daten stammte die von Berthas Eltern. Sie selbst hatte nichts mehr nachgekauft. Außer einem Girokonto bei der Nord-Ostsee Sparkasse waren keine Bankverbindungen oder Geldanlagen aufgeführt. Persönliche Dinge wie Kleidung sollten von der Erbin karitativen Zwecken zugeführt werden. Das zumindest hatte jemand vorab erledigt. Göntje Petersen?

Kari würde ein weiteres Mal mit ihr sprechen müssen.

Ein zweites von Bertha handgeschriebenes Dokument enthielt *Anweisungen im Todesfall*. Die von Pastor Conradi erwähnte Seebestattung, die sie bei einem Anbieter für Bestattungsvorsorge gebucht hatte. Der Hinweis auf eine Sterbeversicherung, damit die Kosten gedeckt waren. Eine Adresse im Allgäu. Melissa Viering war dorthin verzogen. Als Kari die Anschrift und den Namen in die Suchleiste des Browsers eingab, bekam sie keinen Treffer. Sie schaute sich die Notizen aus Berthas Adressbuch an. Unter *Margot* fand sie eine Nummer. Wenn man von den Fotos in ihrem Album ausging, war Margot die einzige Person, mit der Bertha zumindest Jahrzehnte vor ihrem Tod so eine Art freundschaftliches Verhältnis gehabt hatte. Die Wahrscheinlichkeit war groß, dass es sich bei ihr um Melissas Mutter handelte. Aber als Kari die Nummer wählte, erhielt sie die Auskunft, der gewünschte Teilnehmer sei nicht erreichbar. Eine bundesweite Recherche nach der Telefonnummer über den Namen schien sinnlos, er war nicht ungewöhnlich. Als sie sie dennoch startete, erlebte sie eine Überraschung. Eine Margot Viering wurde ihr in Husum angezeigt. War das die Gesuchte? Sie schrieb sich die Nummer auf. Jetzt blätterte sie weiter im Dossier. Die aktuelle Anschrift der Familie Riemann! Berthas ehemalige Nachbarn waren tatsächlich nach Oldsum gezogen. Die zumindest würde sie schnell besuchen können.

Aber am wichtigsten war ihr das Gespräch mit Timo Knaup. Sie meldete sich über die den Dokumenten beigelegte Nummer in der JVA Preungesheim für den folgenden Tag an und buchte danach den Flug. Anschließend packte sie alles, was sie für ihren Ausflug nach Frankfurt benötigte, in eine Tasche. Als das erledigt war, hatte sich Dunkelheit über die Landschaft gelegt. Kari verließ die Kate, um nebenan nach Jette zu sehen.

Karis ältere Nachbarin schlief nicht mehr. Sie saß aber immer noch auf ihrer Couch, das weiße Haar stand nach allen Seiten ab und sie wirkte benommen.

»Jette, ich räume mal deine Küche auf und mache dir was zu essen«, verkündete Kari. Jette hob erschrocken die Arme.

»Du kannst nicht kochen«, erinnerte sie ihre jüngere Nachbarin. »Womöglich vergiftest du mich!«

Kari brummte etwas und stiefelte in die Küche. Eine halbe Stunde später hatte sie das Geschirr abgewaschen, in den Schränken verstaut und Jettes Kühlschrank inspiziert.

»Ein paar Rühreier könnte ich dir zubereiten«, schlug sie vor.

Jette presste die Hand auf den Bauch. Was sollte das denn jetzt heißen? Wurde ihr schon übel beim bloßen Gedanken daran, etwas zu essen, das Kari zubereitet hatte? »Magenschmerzen«, klärte sie ihre Besucherin auf. »Ich habe wohl was Falsches gegessen.« *Was soll das wohl gewesen sein?*, fragte sich Kari im Stillen. Jette versorgte sich überwiegend selbst, Salz und Zucker kamen ihr nicht in die Tasse oder auf den Teller. Geschweige denn Fertiggerichte mit Geschmacksverstärkern oder anderen undefinierbaren Zusätzen.

»Tee?«, wollte Kari wissen. Jette überlegte. Es sah nicht so aus, als überlegte sie zum ersten Mal, welches ihrer vielen Kräuter sich da eignen könnte.

»Kamille vielleicht?«, half Kari nach und musterte die Reihe dunkler Glasbehälter, in denen sich die selbst geernteten und getrockneten Tees befanden.

»Nimm lieber mal die Mischung dort oben. Zweite von rechts.« Das *Kraut der ewigen Jugend*, wie Kari sich erinnerte. Während sie Wasser aufsetzte und die Teekanne vorbereitete, erhob sich Jette und schlurfte zu ihrer Kredenz.

»Wenn was ist«, sagte sie unvermittelt und sehr ernst, »schau in die oberste Schublade. Da liegt ein Brief für dich.«

Kari spürte, wie ihr buchstäblich jeder Blutstropfen aus dem Gesicht wich. Ihr wurde kalt.

»Jette«, entgegnete sie kaum hörbar. »Was redest du denn da?«

»Das, was geredet werden muss, solange man es noch kann«, gab die zurück, bevor sie sich auf einen der Stühle an ihrem Esstisch plumpsen ließ. Ihr Kater war vom Sofa gesprungen. Er lief auf Jette zu und schaute miauend zu ihr hoch. Gerade so, als spürte auch er den Ernst des Gesprächs zwischen den beiden Frauen.

Kari, die bereits einen Teil des Tages gedanklich mit letzten Willen und Verfügungen zu tun gehabt hatte, wandte sich abrupt dem Kessel zu. Als das Wasser anfing zu kochen, brühte sie den Tee auf und blieb, die Hände auf die Arbeitsplatte gestützt, den Blick aus dem Fenster in die Ferne gerichtet, mit dem Rücken zu ihrer

Nachbarin stehen. Sie wusste nicht, was sie sagen sollte. Jette war pragmatisch. Sie war schon immer gelassen mit den Dingen um Leben und Tod umgegangen. Aber sie war rüstig für ihr Alter und nicht krank, jedenfalls soweit Kari das wusste. Und deshalb war sie über die Aussage der Älteren zutiefst beunruhigt. Dann sah sie jemanden vor ihrer eigenen Haustür stehen. Die Gestalt war im Dunkeln nicht zu erkennen, schien jedoch einen Blick auf den Namen am Haus zu werfen. Noch bevor Kari hinübergehen konnte, sah sie die Person auf einem Rad ohne Licht davonfahren. Sie hatte sich wohl im Haus geirrt.

Kapitel 14

Am nächsten Tag verließ Kari die Insel als einzige Passagierin einer sechssitzigen Chartermaschine des Typs *Cessna 210*. Vom Flugplatz Wyk benötigten sie einundeinhalb Stunden ins hessische Egelsbach. Dort erwartete Kari ein Wagen mit Chauffeur, der sie ins nahe gelegene Frankfurt brachte. Vor der JVA Preungesheim, einem langgestreckten Gebäude, stieg sie aus. Sie blickte auf Beton und Stacheldraht. Es war nicht Karis erster Besuch in einer Justizvollzugsanstalt. Dennoch überkam sie jedes Mal ein merkwürdiges Gefühl, wenn sie daran dachte, welche Verbrechen dazu geführt hatten, dass die Männer und Frauen dort einsaßen.

Sie betrat das Gebäude durch eine Schleuse, zeigte die Besuchserlaubnis vor und wies sich aus, deponierte ihre Tasche in einem der Schließfächer und nahm in einem Warteraum Platz. Kurz darauf wurde sie von einer Beamtin abgeholt. Schlüssel klimperten, Stahlgittertüren wurden geöffnet und geschlossen, schließlich gelangte sie in eine schmale Besucherzelle. Die Wände waren in einer undefinierbaren Melange aus Grau und Grün gestrichen, ein vergittertes Fenster befand sich hoch oben in der Wand. Die Luft roch abgestanden und muffig. Kari setzte sich auf einen der beiden Stühle an einem ramponiert aussehenden Tisch.

Ungefähr fünf Minuten nach ihrem Eintreffen wurde Timo Knaup hereingeführt. Er wirkte ausgemergelt, seine Bewegungen fahrig. Nachdem der Beamte, der ihn begleitet hatte, den Raum wieder verlassen hatte, begann Kari das Gespräch.

»Herr Knaup. Ihre Tante hat mich gebeten, die Geschehnisse um den Mord an Bertha Franzen noch einmal zu beleuchten. Sie haben den Mord zunächst gestanden, jetzt, aus der Haft heraus, Ihrer Mutter aber geschrieben, Sie seien es doch nicht gewesen. Ist das korrekt?«

Timo Knaups Adamsapfel hüpfte, während er Kari wie gebannt anstarrte.

»Ja?«, wollte sie wissen, weil er nicht antwortete.

»Ja«, krächzte er.

Kari zog ihren Notizblock und den Kugelschreiber heran. Die einzigen beiden Dinge, die sie mit in den Besucherraum hatte nehmen dürfen.

»Sie wurden kniend bei der Toten aufgefunden. Deren Schal, mit dem sie erdrosselt wurde, in der Hand. Handtasche und Portemonnaie von Frau Franzen lagen neben ihnen, das Geld steckte in Ihrer Tasche.«

Timo nickte. Seine dunklen Augen wirkten riesig in seinem schmalen gräulichweißen Gesicht. Er sah nicht gut aus.

»Die Nachbarn hatten Geräusche gehört und die Polizei gerufen. Sie gaben den Beamten nach deren Eintreffen gegenüber an, Frau Franzen ermordet zu haben. Ein Motiv nannten Sie nicht, aber das gestohlene Geld sprach eine eigene Sprache.«

Jetzt seufzte Timo. Er hob die Hände und verbarg sein Gesicht darin.

»Ich war es nicht.« Er sprach so leise, dass sie ihn kaum verstehen konnte.

»Dann erzählen Sie mir mal, wie es war.« Kari lehnte sich in ihrem Stuhl zurück.

Knaup ließ die Hände sinken und sah Kari mit dem Blick eines geprügelten Hundes an.

»Am besten beginnen Sie damit, was Sie auf Föhr gemacht haben.«

»Erholung«, nuschelte er. Um sich dann zu räuspern und deutlicher weiterzusprechen. »Ich war bis kurz davor im Krankenhaus. Meine Mutter hatte mir danach die Woche Urlaub spendiert. Eigentlich hatte sie mitkommen wollen, aber dann ...« Eine Handbewegung ins Ungewisse sollte wohl die Unwägbarkeiten des Lebens andeuten, die sich bei einer so labilen Person wie Ines Knaup durchaus einstellten. »An dem Abend war ich zu Fuß unterwegs. Frische Luft schnappen.« Sein Blick glitt weg und er begann, an seinen Fingern zu zupfen. Kari war sich sicher, dass er log, ließ ihn aber weitersprechen. »Da hab ich das Haus gesehen. Die offen stehende Tür. Drinnen brannte Licht. Ich konnte eine Handtasche erkennen, die in der Diele am Boden lag.« Er schluckte schwer, bevor er fortfuhr. »Ich bin reingegangen und hab mir das Portemonnaie geschnappt, das Geld rausgeholt. Dann erst hab ich die Frau gesehen. Sie rührte sich nicht mehr. Ihr Gesicht war ganz komisch. Ich hab nach dem Schal um ihren Hals gegriffen und daran gezogen. Aber es war zu spät, sie war tot. Im nächsten Moment sind schon die zwei Polizisten reingepoltert und haben mich von der Frau weggezerrt. Einer hat mich angeschrien: *Du hast sie umgebracht.* Und ich hab gedacht: *Ja, das stimmt.* Und sofort gesagt: *Ich war's.* Dann haben sie mich mitgenommen.«

»Warum haben Sie das, was Sie mir jetzt erzählen, nicht im Prozess ausgesagt?« Kari dachte daran, dass Knaups schnelles Geständnis verhindert hatte, dass jemals nach anderen Spuren gesucht wurde.

»Ich wusste es damals nicht«, antwortete er. Kari schüttelte perplex den Kopf.

»Wie bitte? Nach Aussage der Polizisten waren Sie nicht betrunken an dem Abend.«

Ihr Gegenüber begann, auf seinem Stuhl herumzuschaukeln. Sein Blick huschte unruhig durch den Raum. »Ich war auf einem Trip«, sagte er schließlich.

»Was?« Kari schüttelte ungläubig den Kopf. »Sie hatten LSD genommen?«

Knaup nickte und sah sie flehend an. »Ich war total high. Als mir dann dieser Polizist immer und immer wieder eingehämmert hat, ich hätte die Frau getötet, habe ich es geglaubt. Weil – ich hatte einen Blackout.«

Kari schnaufte. »Wann genau begann Ihr Filmriss?«

»Als ich das Haus betreten habe.«

Kari überlegte. Sie wusste nicht wirklich viel über LSD und seine Wirkung. Es war ein starkes Halluzinogen. Schon möglich, dass man sich Dinge einbildete oder sie ausblendete. Niemand hatte an diesem Abend bemerkt, was mit Timo losgewesen war. Aber vermutlich konnten sich Dauerkonsumenten für Außenstehende durchaus ganz normal verhalten. Ganz egal, welche Dinge in ihrem Kopf abliefen.

»Und jetzt erinnern Sie sich wieder?«, wollte sie wissen.

Knaup bejahte. »Auf einmal waren diese Bilder in meinem Kopf. Wie ich hineingehe, mir die Tasche und das Geld schnappe. Die Frau sehe. Oh Gott!« Wieder barg er den Kopf in den Händen.

Für Karis Geschmack benahm sich Knaup viel zu theatralisch. Wie jemand, der nicht gerne Verantwortung fürs eigene Tun übernahm und lieber Mitleid bei anderen heischte. Doch das musste ihr egal sein. Mit Samthandschuhen konnte sie ihn nicht anfassen, das würde zu nichts führen.

»Erinnern Sie sich auch wieder daran, warum Sie Frau Franzen bestehlen wollten?«

Er hob den Kopf und riss die Augen auf. Nach kurzem Zögern sagte er: »Es war eine Gelegenheit.«

Eine Gelegenheit. So nannte er also einen Diebstahl im Haus einer Seniorin.

»Kann ich nicht nachvollziehen«, ließ sie ihn wissen. »Aus Ihrer Prozessakte geht hervor, dass die Ferienwohnung bezahlt war und Sie am nächsten Tag abreisen wollten.«

Jetzt schaute er sie unsicher an. »Der Trip«, entgegnete er lahm, als erkläre das alles.

»Weswegen waren Sie im Krankenhaus?«

Der schnelle Wechsel des Themas überforderte ihn. Erneut hüpfte der Adamsapfel. Er senkte den Kopf, betrachtete seine vom ewigen Zupfen reichlich malträtierten Finger.

»Es war ... kein normales Krankenhaus. Ich kam aus dem Entzug«, murmelte er schließlich.

»Alkohol? Drogen?«, forschte Kari nach.

»Alk.« Er strich sich die glatten, etwas zu langen Haare aus der Stirn. »Ich war trocken. Aber meine Mam dachte, die Ruhe hier und das Meer würden mir danach guttun.«

»Auch vor dem Antritt eines neuen Jobs«, ergänzte Kari um das, was sie aus seiner Akte wusste. »Was war es noch mal?«

»Gärtnerei.« Ein Lächeln erhellte Timos blasses Gesicht. Er schien sich darauf gefreut zu haben. Warum, fragte sich Kari im Stillen, sollte so jemand einen Tag vor der Heimreise einen Mord begehen? Wegen ein bisschen Geld?

»Wissen Sie, was mir bei Durchsicht Ihrer Akte aufgefallen ist?«

Timo schüttelte langsam den Kopf.

»Ich kann beim besten Willen kein Motiv erkennen. Klar, Sie haben das Geld gesehen. Doch wozu brauchten Sie es denn? Die Ferienwohnung und die Heimreise waren bezahlt.« Und LSD war, im Gegensatz zu härteren Drogen, selten der Grund für Beschaffungskriminalität, weil es körperlich nicht süchtig machte.

»Ihre Trips hätten Sie einen Tag später doch in Hamburg kaufen können.«

Timo sagte nichts. Er zupfte auch nicht mehr, er kaute an seiner Lippe herum.

»Herr Knaup. Hat es etwas mit Ihrer Freundin zu tun?« Peng. Ein Schuss ins Blaue, der saß. Karis Gegenüber kippte schier vom Stuhl. Seine Hände krampften sich um die Tischplatte.

»Welche Freundin?«, fragte er heiser und in schlecht gespieltem Unverständnis.

»Die, mit der Sie auf Föhr waren. Mit der Sie sich in einer Kneipe gestritten haben. Heftig gestritten. Um Geld.«

Wieder diese riesigen Augen, mit denen er sie ansah.

»Nein«, sagte er. »Nein, das stimmt nicht.«

»Was stimmt nicht? Dass Sie gestritten haben?«

»Das mit der Freundin«, behauptete er.

»Es gab keine?«, hakte Kari nach.

»Definitiv nicht.« Er log ihr mitten ins Gesicht.

Kapitel 15

Kari verließ die JVA Preungesheim eine Stunde später. Sie hatte nicht gewusst, wie lange das Gespräch dauern würde, und den Wagen weggeschickt. Jetzt lief sie zügig zur nahegelegenen U-Bahn-Station. Stieg dort in die U5 zum Hauptbahnhof und nahm dort eine S-Bahn in Richtung Darmstadt, die auch in Egelsbach hielt. Vom Bahnhof aus fuhr sie mit dem Taxi zum Flugplatz. Sie hatte noch Zeit bis zum Rückflug, daher setzte sie sich in das Lokal, von dem aus sie direkt aufs Flugfeld blicken konnte. Dort herrschte reger Betrieb, mehrere Maschinen starteten und landeten in kurzen Abständen. Kari bestellte sich einen Kaffee und ein Stück Kuchen, bevor sie sich in ihre Notizen vertiefte.

Timo war auf LSD gewesen, hatte beim Betreten des Hauses einen Blackout erlitten und anscheinend einfach übernommen, was man ihm sagte, weil das zu seiner Wahrnehmung gepasst hatte. Sie hatte es sich von ihm noch einmal ganz genau erzählen lassen. Zwei Beamte, der ältere war Peter Hansen gewesen, der Name des Jüngeren lautete ebenfalls Hansen. Kein ungewöhnlicher Name, aber nun erinnerte sich Kari an die Begegnung im Haus des pensionierten Polizisten. Andreas Hansen war der Sohn. Beide hatten Timo Knaup in Gewahrsam genommen, den Tatort abgesperrt und einen Arzt verständigt, der Bertha Franzens Tod bestätigt hatte. Die Kripo Flensburg inklusive Spurensicherung und Gerichtsmedizinerin war am nächsten Morgen auf die Insel gekommen. Ebenso ein Pflichtverteidiger, der später durch einen anderen Anwalt ersetzt worden war.

Timo Knaup hatte die Nacht in der kahlen Gewahrsamszelle auf der Wache in Wyk verbracht. Im Laufe dieser Stunden war er seinen heutigen Angaben zufolge vom jüngeren der beiden Polizisten heftig bedrängt worden. Auch körperlich, wie er sagte. Ein Umstand, der ihn auf einen Horrortrip gebracht hatte. »Mir wurde himmelangst. Ich dachte, ich müsste sterben. Der Teufel erschien mir und drohte, mich mitzunehmen, weil ich einen Mord begangen hatte.« Und so hatte das Unheil seinen Lauf genommen. Timo hatte sein Geständnis nicht widerrufen, sondern später immer wieder bekräftigt, weil er tatsächlich daran geglaubt hatte, Bertha Franzen umgebracht zu haben.

Nachdem er Kari nun aber mehrfach versichert hatte, Bertha Franzen nicht getötet zu haben, hatte sie ihn noch einmal nach dem genauen Hergang gefragt und er hatte alles so wiederholt, wie beim ersten Mal. Sie hatte gefragt, ob ihm etwas aufgefallen sei, er in der fraglichen Nacht jemanden am Haus gesehen hatte. Die Kahlenbergs hatten die Polizei gerufen, weil sie einen Schrei gehört hatten. Wenn der etwas mit Berthas Tod zu tun hatte und Timo kurz darauf am Tatort angetroffen worden war, könnte sich sein Weg möglicherweise mit dem einer anderen Person gekreuzt haben. Timo hatte lange nachgedacht und schließlich den Kopf geschüttelt. Doch dann, gerade als sie hatte gehen wollen, war ihm noch etwas eingefallen. »Es hat merkwürdig gerochen in der Diele. Nach etwas, das ich nicht kenne, nicht benennen kann.« Mehr war aus ihm nicht herauszubringen gewesen. Nur, dass es sich seiner Meinung nach weder um ein Parfüm noch um einen anderen süßlichen Duft gehandelt hatte.

Kari nippte an ihrem Kaffee und klopfte mit dem Stift auf ihrem Block herum. Wenn Andreas Hansen Knaup damals so unter Druck gesetzt hatte, dass dieser nicht nur sofort gestanden, sondern sich auch weiterhin einen Mord eingebildet hatte, musste er dem Verdächtigen ganz schön zugesetzt haben. Dass er dabei nicht bemerkt hatte, wie es um den jungen Mann stand, erstaunte sie fast noch mehr. Sie musste nicht nachsehen, um zu wissen, dass die Einnahme von LSD die Pupillen stark vergrößerte. Andererseits verhielten sich Dauerkonsumenten häufig nicht auffällig.

Als Karis Maschine startklar war, lief sie über das vergleichsweise kleine Rollfeld, stieg ein und betrachtete die Welt kurz darauf wieder von einer ganz anderen Warte aus. Es war kurz nach drei Uhr nachmittags, als die kleine Maschine wieder in Wyk aufsetzte.

»Bis zum nächsten Mal«, verabschiedete sich der Pilot.

»Holm- und Rippenbruch!«, rief Kari zurück. Ob sie noch einmal nach Frankfurt fliegen würde? Auszuschließen war es nicht. Doch nun standen noch zwei andere Termine an.

Bereits am Vorabend hatte Kari die Besitzerin der Ferienwohnung in Oevenum kontaktiert, in der Timo Knaup eineinhalb Jahre zuvor gewohnt hatte. Theresa

Schmitt wohnte selbst in Wyk, an der Ausfallstraße nach Wrixum. Daher fuhr Kari nach ihrer Rückkehr auf Föhr zuerst zu ihr. Frau Schmitt war eine resolut wirkende Frau in den Fünfzigern, die direkt und ohne Umschweife zur Sache kam.

»Der junge Mann wäre mir auch ohne den Mord in Erinnerung geblieben.« Sie deutete auf Fotos, die sie auf dem Wohnzimmertisch ausgebreitet hatte. »Sehen Sie sich an, wie er das Appartement hinterlassen hat!«

Kari betrachtete das Chaos. Sämtliche Schubladen und Schranktüren standen offen. Alles, was nicht niet- und nagelfest war, lag auf dem Boden verstreut. Dazu kam eine Küche, in der sich Verpackungsmüll und un- gespültes Geschirr stapelten.

»Möglicherweise war das die Polizei.« Sie sprach eher zu sich selbst.

»Ne, die kam erst später«, klärte Frau Schmitt sie auf. »Ich bin schon am Vorabend der Abreise in das Appar- tement, weil die Mieter nebenan sich über den Lärm be- schwert haben. Sie haben geklopft, aber dann rührte sich nichts mehr.«

Im Haus der Schmitts befanden sich drei Ferienwoh- nungen. Als Kari fragte, ob sie wohl die Anschriften der anderen Mieter zu dem Zeitpunkt haben könne, wurde die Vermieterin etwas wortkarg.

»Ich bin nicht von der Steuerfahndung«, machte Kari klar. »Mir geht es darum herauszufinden, ob Timo Knaup das Appartement alleine bewohnt hat oder mit einer Freundin.«

»Das kann ich Ihnen beantworten«, gab Frau Schmitt an. »Die Mieter nebenan haben mehrfach eine junge Frau ein- und ausgehen sehen. Und – schauen Sie –

hier?« Sie zog eines der Fotos hervor. »Ein Schmink-
täschchen. Ist wohl liegengeblieben. Lippenstift und
Kajal waren drin.« Kari wiegte den Kopf. »Könnte auch
jemand bei einem Besuch vergessen haben.«

Frau Schmitt starrte auf das Foto. »Ne, die waren zu
zweit. Beide Betten waren benutzt. Ich habe das alles
abgelichtet, um zu dokumentieren, wie das hier aussah«, brummte sie.

Timo Knaup hatte also eine Frau zu Besuch gehabt.
Sich vielleicht sogar mit ihr das Ferienappartement geteilt. Er stritt jedoch ab, eine Freundin zu haben. Und er
hatte dringend Geld gebraucht. Oder war es die Unbekannte gewesen? War er ihr zuliebe zum Dieb und Mörder geworden? Oder – dieser Gedanke war wie ein Eis-
bad für Kari – schützte Timo Knaup jemanden? Es wäre
nicht der Erste, der für eine geliebte Person in den
Knast ging. Ohne seine Hilfe würde sie nicht herausfinden können, wer die Frau war. Und noch eine Frage beschäftigte sie: Wo war diese Freundin jetzt?

Kapitel 16

Nachdem sie sich von Frau Schmitt verabschiedet hatte, fuhr Kari nach Oevenum und direkt zu Göntje Petersen. Die stand im Garten. Auf einer Arbeitsfläche aus Holzbohlen, die ungefähr drei mal drei Meter maß, hantierte sie mit Schnitzeisen und Klüpfel. Das Kunstwerk, das sie damit herstellte, ähnelte zumindest in der Form denen, die bereits rund um sie herum im Garten standen. Göntje hatte Kari nicht bemerkt und die beobachtete die Bildhauerin vom Zaun aus eine Weile. Die Schutzbrille, die sie trug, um sich vor herumfliegenden Holzspänen zu schützen, gab ihr das Aussehen eines Insekts. Erstaunlich flink und behände bewegte sie sich um den Balken herum, das Werkzeug fest in Händen. Schnell und unbarmherzig bohrten sich die Messer in das weiche Holz, Kari tippte auf Ahorn oder Erle. Ein paar kräftige Schläge mit dem Klüpfel und die Sache nahm in ungeahnter Geschwindigkeit Form an. Waren es diese Hände, die den Schal um Bertha Franzens Hals festgezogen hatten, bis das Leben aus ihr gewichen war? Eines wurde Kari beim Zusehen klar – Göntje besaß wesentlich mehr Kraft, als man dieser kleinen Person zutraute.

Als sie sich aufrichtete, um ihr Werk zu begutachten, machte Kari sich bemerkbar.

»Sie schon wieder!«, rief Göntje empört aus und zog die Schutzbrille ab.

»Haben Sie einen Moment Zeit?«, wollte Kari wissen.

Zur Antwort hob Göntje das Schnitzeisen in Karis Richtung, als wollte sie sie ebenfalls gleich damit bearbeiten.

»Kann ich reinkommen?«, fragte die ungerührt.

»Was wollen Sie denn noch? Zwischen uns ist alles geklärt.«

»Möchten Sie wirklich, dass ich das, was ich Ihnen zu sagen habe, hier mitten auf der Straße herausposaunen muss?« Kari zog ärgerlich die Stirn in Falten. Einige Augenblicke lang maßen sich die beiden Frauen mit Blicken. Schließlich seufzte Göntje, warf ihre Werkzeuge voller Wut auf den Boden, bedeutete Kari, zum Tor zu kommen, und öffnete ihr von innen. Dieses Mal führte sie ihren ungebetenen Gast nicht ins Haus, sondern stapfte zurück in den Garten. Von dort aus betraten sie den Wintergarten, dessen Türen weit offen standen. Es roch nach frisch geschlagenem Holz und Farbe. Göntje hatte im Inneren des Raumes ein kleineres Kunstwerk, lediglich einen Meter hoch und nicht weniger beängstigend als seine größeren Geschwister, bemalt. Die weit aufgerissenen Augen in funkensprühendem Grün. Den entsetzt geöffneten Mund blutrot.

»Eine Auftragsarbeit«, verkündete die Künstlerin ihrer verblüfften Besucherin.

»Was nehmen Sie für Farbe?«, fragte Kari, um das Eis zwischen ihnen zu brechen.

»Acryl«, erklärte Göntje.

Dann blieb sie, mit dem Rücken zu einer Werkbank, auf der Messer, Sägen, Schleifpapier und ein paar Farbtöpfe standen, stehen, verschränkte die Arme vor der Brust und sah Kari auffordernd an.

»Frau Petersen, Sie haben mir nicht die Wahrheit gesagt.« Kari musterte ihr Gegenüber. Die blinzelte, sagte aber nichts.

»Es existiert ein Testament.«

Göntje wich sämtliche Farbe aus dem Gesicht.

»In diesem Testament führt Bertha Franzen detailliert ihre weltlichen Besitztümer auf. Darunter ihre Schmuckstücke und eine kleine Münzsammlung.«

Göntje schluckte schwer. Im Gegensatz zu ihrem bleichen Gesicht schimmerte ihr Hals hochrot.

»Die von Frau Franzen eingesetzte Alleinerbin konnte das Erbe bisher nicht antreten. Dennoch gehört ihr der Schmuck, den Sie, Frau Petersen, verkauft haben.«

Göntje hatte Mühe, die Fassung zu bewahren. Ihr Blick schoss nervös durch den Raum. Sie suchte nach einer Ausrede. Fand keine mehr. Schließlich sah sie ein, dass sie verloren hatte.

»Ich brauchte das Geld«, sagte sie trotzig.

Kari presste die Lippen zusammen. »Das ist kein wirklich gutes Argument. Sie dachten, dass niemand Ihnen auf die Schliche kommt. Stimmts?«

Göntjes Miene verschloss sich. »Bertha hatte niemanden«, brummte sie schließlich. »Keine Verwandten, keine Freunde. Sie pflegte keine Bekanntschaften und wurde nie eingeladen. Mich hat das nicht gewundert. Sie war eigenwillig. Nicht besonders nett.«

»Immer noch kein Grund, sie, beziehungsweise die Erbin, zu bestehlen«, merkte Kari streng an.

»Wissen Sie, wie das war?« Göntje warf theatralisch die Arme in die Luft. »Ständig musste ich springen, wenn sie mit dem Finger schnippte. Bertha wusste genau, dass es mir finanziell nicht gut ging.« Sie stieß einen undefinierbaren Laut aus, ihre Augen füllten sich mit Tränen und sie starrte zu Boden. »Es war kein Geheimnis, dass ich Angst hatte, mein Haus zu verlieren. Den einzigen Ort, an dem ich arbeiten kann. Meine Existenzgrundlage.«

Kari verzichtete darauf, die Absurdität dieser Aussage zu erwähnen.

»Sie hat Sie ausgenutzt, wollen Sie das damit andeuten?«

»Genau so war es. Dabei hat sie mir nicht mal viel gezahlt. Sie war geizig.« Göntje schnaubte empört. »Und sie hat mir immer versprochen, dass sie mir etwas vererbt.«

»Ihren Schmuck?«

Göntje schüttelte den Kopf. »Den hat sie nie getragen. Lag immer nur in einer Holzkiste.«

»Wie ungewöhnlich«, entgegnete Kari.

»Nein. War es nicht. Sie ging so gut wie nie aus dem Haus, litt an einer starken Arthrose. Jeder Schritt bereitete ihr Schmerzen. Am Ende saß sie fast nur noch. Im Haus oder im Garten. Mir bürdete sie immer mehr Arbeit auf, aber mehr bezahlen wollte sie nicht.«

»Nur mal zu meinem Verständnis«, hakte Kari ein. »Was wollte sie Ihnen denn vererben?«

»Die Münzsammlung. Sie sagte mir, wo sie ist, und meinte, ich könne sie mir nehmen, wenn sie mal nicht mehr wäre. Bevor der Staat alles bekommt. Von einer Erbin hat sie nichts gesagt.«

Göntjes Worte wirkten aufrichtig. Sie sah Kari bittend an. »Mit Berthas Tod habe ich nichts zu tun! Warum hätte ich sie umbringen sollen? Erst als ich die Münzen aus dem Schrank nahm, sah ich das Holzkästchen mit all dem Schmuck drin, den Bertha nie getragen hat. Jedenfalls nicht in meinem Beisein. Ich wusste gar nicht, dass sie ihn hat.« Sie stockte, drehte die von der Arbeit mit dem Holz rissigen und verschrammten Finger ineinander.

»Und da dachten Sie, das können Sie dann auch gleich mitnehmen«, setzte Kari den Gedankengang der anderen fort.

»Bevor es der Staat bekommt.« Göntjes Miene spiegelte Verunsicherung. Es war offensichtlich, dass sie nichts von Melissa Viering wusste.

»Haben Sie die Münzen ebenfalls verkauft?«

»Nein«, entgegnete Göntje. »Die habe ich die ganze Zeit hier im Haus gehabt.«

Aha, dachte Kari, die sich auf einmal eine Vorstellung vom Grund von Göntjes überraschender Abreise machen konnte.

»Wo haben Sie sie denn hingebracht?«

»In ein Schließfach in Niebüll«, erklärte Göntje. Und dann begann sie zu weinen.

Kari war gegangen, bevor sie das Mitleid mit der anderen hatte überkommen können. Am Ende war Göntje regelrecht zusammengebrochen. Kari konnte sie nicht trösten. Auch wenn die Unglückliche nicht gewusst hatte, dass Bertha eine Erbin für ihr gesamtes

Hab und Gut eingesetzt hatte, hätte sie niemals einfach die Wertsachen aus dem Haus entwenden dürfen. Dass sie nun Angst hatte, dafür zur Verantwortung gezogen zu werden und ihr eigenes Anwesen zu verlieren, machte die Sache nicht besser. Dass Göntje so naiv gewesen war zu glauben, ein Schließfach auf dem Festland sei die Lösung ihrer Probleme, sprach für sich. Am Ende hatte sie aber noch etwas gesagt, was Kari auch nach dem Gespräch noch zum Nachdenken brachte.

»Sie hat mich stets hingehalten. Ich habe ihr geglaubt. Obwohl ich wusste, wie sie ist«, hatten Göntjes bittere Worte gelautet. »Ich habe sie nicht umgebracht, aber ich weine ihr keine Träne nach. Bertha Franzen war ein Miststück! «

Die Unterhaltung mit Göntje hatte Kari geschlaucht. Eigentlich wäre dieser Abend wie geschaffen dafür gewesen, sich in eine Bar zu setzen, um bei einem Drink abzuschalten. Kari war über 1000 Kilometer geflogen, hatte sich mehrere Geschichten angehört, einige davon teilweise oder ganz erlogen, und sehnte sich nach Entspannung. Es war ein merkwürdiges Bauchgefühl, das sie im Anschluss an den Besuch bei Göntje Petersen gleich heimfahren ließ, um nach Jette zu sehen.

Die saß scheinbar quietschvergnügt in ihrer Küche und schälte Kartoffeln.

»Na, Lütte«, begrüßte sie Kari, als die das Haus durch die offen stehende Hintertür betrat. »Magst du mitessen? Es gibt Pellkartoffeln mit Kräuterquark.«

»Gerne. Ich spendiere uns eine Flasche Wein.« Irgendwo in der Kate musste noch eine Kiste Silvaner stehen. Kari ging hinüber, warf ihre Tasche auf das

Sofa im Wohnzimmer, wusch sich die Hände, fuhr sich mit gespreizten Fingern durch ihr haselnussbraunes Haar, betrachtete sich eine Weile im Spiegel, suchte den Wein und ging zu Jette zurück. Erst als sie bereits an der Tür war, fiel ihr etwas auf. Kari war eine denkbar schlechte Köchin. Aber selbst sie wusste, dass man Pellkartoffeln nicht schälte. Sie betrat die Küche ihrer Nachbarin mit einem mulmigen Gefühl. Jette saß noch immer am Tisch. Die Linke mit einer halb geschälten Kartoffel lag in ihrem Schoß, die Rechte mit dem Messer auf dem Tisch. Sie blickte Kari mit verwirrtem Gesichtsausdruck entgegen.

»Ich weiß gar nicht mehr, was ich machen wollte«, murmelte sie.

Kari trat zu ihr, nahm ihr sanft das Messer und die halb geschälte Knolle ab, legte beides auf den Tisch und griff nach Jettes Händen. »Hör zu«, sagte sie so sanft sie eben konnte. »Du solltest zu einem Arzt gehen. Wenn du willst, fahre ich dich zum Notdienst. Gleich jetzt.«

»Arzt?« Jette erhob sich abrupt und befreite ihre Hände aus Karis Griff. »Niemals!«

»Ich weiß, du hast eine Abneigung gegen die Weißkittel. Aber jemand muss dich untersuchen.«

»Wozu?« Offensichtlich hatte Jette bereits vergessen, was soeben geschehen war.

Um auszuschließen, dass das hier der Beginn einer Demenz ist, dachte Kari. *Oder gar Schlimmeres.* Aber sie sagte es nicht. Schon allein der Gedanke führte dazu, dass ihr eiskalt wurde. Jette krank. Das hatte sie noch nie erlebt. Aber es gab ja immer ein erstes Mal.

»Jemand mit Expertenwissen muss dich ansehen«, stieß sie hervor.

»Kein Arzt. Punkt.«

Kari seufzte. Gegen Jettes Willen konnte sie sie unmöglich in eine Arztpraxis schleppen. Dafür, einen Notarzt zu rufen, gab es keinen Grund. Was also tun? Und in diesem Moment fiel ihr Tanja Sievers ein. Sie war Heilpraktikerin und, seit sie sich im Februar kennengelernt hatten, so etwas wie eine Freundin. Wenn sie Glück hatte, würde Tanja ihr helfen können. Aber nicht mehr heute, es war bereits Abend. Aber am nächsten Tag ganz sicher.

»Ich mache dir einen Vorschlag«, sagte Kari zu Jette. »Wir kochen Salzkartoffeln und essen dazu einen Kräuterquark. Und morgen lade ich dich endlich mal ein.«

»Du kannst nicht kochen«, erinnerte Jette ihre Nachbarin.

»Dann eben zum Kaffee.« Bei diesen Worten hoffte Kari stumm, dass Tanja Sievers auf ihre Bitte eingehen, dazukommen und Jette ein bisschen beäugen würde.

Kaum in ihrem Haus, rief sie Tanja an. Die war wenig begeistert von Karis Überlegungen.

»Das ist unseriös«, sagte sie. »Man kann nicht quasi im Vorübergehen eine Diagnose stellen. Schon gleich gar nicht für eine homöopathische Behandlung.« Das war Kari nicht neu. Die Heilpraktikerin hatte ihr vor Monaten einmal ihr Credo erklärt.

»Die Homöopathie ist keine Pralinenschachtel, aus der man sich einfach herausnimmt, was gerade schmeckt«, hatte sie gesagt. »Es ist eine Wissenschaft, zu der eine gründliche Anamnese gehört.« Der Mensch selbst stand im Zentrum, nicht allein das Symptom.

Und das wiederum setzte Gespräche voraus. Die Tanja mit Jette nicht würde führen können.

Kari wusste, dass sie sich gerade auf einem schmalen Grat zwischen Freundschaft, Loyalität und Sorge befand. Letzteres überwog, daher ließ sie nicht locker. »Es geht nicht um eine Diagnose. Du könntest dennoch diskret einen Blick auf Jette werfen. Ich mache mir Sorgen. Zu einem Arzt schleppen kann ich sie gegen ihren Willen nicht. Aber wenn auch du der Meinung bist, das wäre das Beste, werde ich Druck machen.«

»Abgeschlagenheit und leichte Verwirrtheit können ein Hinweis darauf sein, dass jemand zu wenig trinkt«, meinte Tanja. Letztendlich ließ sie sich dazu breitschlagen, am nächsten Tag zu Kari zu kommen.

»Ohne Gewähr«, setzte sie hinzu. »Und auch, weil ich mich freue, dich wieder einmal zu sehen.«

Kapitel 17

Kari hatte in der Nacht noch lange am Fenster gestanden und zu Jettes Haus hinübergesehen. Ihre Nachbarin gehörte zu den Menschen, die bereits beim ersten Hahnenschrei auf den Beinen waren. Entsprechend früh ging sie normalerweise zu Bett. Doch an diesem Tag sah Kari noch lange Licht in Jettes Küche brennen. Sie seufzte, als es endlich erlosch. Erst jetzt hatte sie das Gefühl, sich selbst ebenfalls hinlegen zu können. Sie trank ihren Kräutertee aus, stellte die Tasse in die Spüle und kroch in die Federn. Auf einen Schlag überkam sie Müdigkeit, sie schlief sofort ein.

Am nächsten Morgen wirkte der blaue Himmel wie frisch gewaschen und schon früh am Morgen lag sommerliche Wärme in der Luft. Kari dehnte und streckte sich, wusch sich schnell das Gesicht und unter den Armen, bevor sie ihre Laufschuhe band. Jettes Küchenfenster stand offen, die schemenhafte Bewegung ihres weißen Schopfes zeigte, dass sie im Raum und auf den Beinen war. Kari lief die Strecke zum Meer, dort eine Weile am Deich entlang und dann wieder zurück. Sie duschte, nahm ein kleines Frühstück bestehend aus Cornflakes und Tee zu sich, erinnerte Jette, die wirkte wie immer, an die Einladung für den Nachmittag und fuhr dann nach Oevenum.

Pastor Conradi war so nett gewesen, ihr einen Termin bei der Leiterin der Trachtengruppe zu besorgen. Die Frauen trafen sich inzwischen einmal pro Woche im Dörpshus, dem Dorfhaus in Nieblum. Normalerweise an den Abenden. Doch an diesem Tag war ein morgendliches Treffen angesetzt worden, man steckte gerade mitten in den Vorbereitungen für eine Hochzeit. Kari wusste, dass die Föhrer Tracht sich auch bei jungen Frauen großer Beliebtheit erfreute. Dennoch war sie überrascht, als sie von einer ihr nicht Unbekannten begrüßt wurde.

»Moin«, sagte Larissa. Während sich ihre Augen leicht zusammenzogen, musterte sie ihre Besucherin. »Wir sind uns schon einmal begegnet. Oder?«

»Stimmt«, antwortete Kari gedehnt. »In Utersum.«

Zusammen mit Bent Sörensen, den Larissa sehr gut zu kennen schien.

»Sie leben nicht mehr durchgängig auf Föhr?«, fuhr sie fort. Kari entging nicht der leicht hoffnungsvolle Unterton.

»Ich besitze ein Haus in Utersum. Eine ehemalige Seemannskate, die ich von meinem Großvater geerbt habe. Daher komme ich in letzter Zeit regelmäßig auf die Insel.«

In Larissas Blick trat eine gewisse Kühle.

»Und jetzt möchten Sie – was genau? Ihre Tracht ausbessern lassen?«

Kari nickte zögerlich. Pastor Conradi hatte sie sicherlich nicht als Polizistin angekündigt, sondern lediglich als eine Frau, die lange nicht hier gewesen war und jetzt eine alte Tradition wiederbeleben und daher ihre Tracht aufpolieren lassen wollte. Allerdings konnte Kari nicht ausschließen, dass es sich herumgesprochen hatte, wer sie war. Sie dachte kurz nach. Der pensionierte Polizist Peter Hansen dürfte nichts erzählt haben. Juwelier Riewerts ebenso wenig. Der Mann war, schon in eigenem Interesse, die Diskretion selbst. Blieb Göntje Petersen. Sie konnte Kari nicht einschätzen. Aber – würde sie jemandem erzählen, warum Kari sie befragt hatte? Unwahrscheinlich. Über alle anderen, Bent und Sesle, die ihr just an diesem Morgen eine Nachricht aus Husum geschickt hatte, wo sie in ein Appartement für werdende Mütter eingecheckt hatte, musste sie sich keine Gedanken machen.

»Ja«, antwortete sie schließlich auf Larissas Frage. »Ich habe ein bisschen den Anschluss verloren. Gerade auch an die alte Kunst der Herstellung und Pflege.«

Larissas Blick wanderte an Kari auf und ab, als wolle sie den Wahrheitsgehalt ihrer Worte abschätzen.

»Dann komm doch rein. Wir hier duzen uns hier alle.«

»Okay, ich bin Kari.« Sie schüttelten sich die Hand und endlich gab Larissa den Eingang zu einem Raum frei, in dem rund ein halbes Dutzend Frauen unterschiedlichen Alters saßen. Sie alle waren damit beschäftigt, Trachten auszubessern. Sie blickten auf, als Kari den Raum betrat. Einige nickten ihr lediglich zu, andere lächelten. Keine unterbrach ihre Arbeit.

Dass sie ausgerechnet Larissa hier traf, wunderte Kari.

Während sie ihr quer durch den Raum folgte, überlegte sie, was sie noch über die Tracht wusste. Viel war es nicht. Sie hatte sich seit 1850 kaum mehr verändert und war Frauen vorbehalten. Ein männliches Pendant gab es nicht. Man trug die Tracht zu besonderen Anlässen. Sie anzulegen dauerte mitunter zwei bis drei Stunden. Und sie war schwer, wog mehrere Kilogramm.

Larissa war an einen Tisch getreten. Dort lag eine Festtagstracht, die auch heute noch bekannteste Form. Ein knöchellanger, dunkelblauer Trägerrock aus einem festen Wollstoff, der *Pei*, mit den Ärmeln aus Brokat. Eine weiße Schürze mit Lochstickerei. Das seidig schimmernde Schultertuch. Das Kopftuch. Die rote Haube, die verheirateten Frauen vorbehalten war.

»Wir bessern hier aus, was beschädigt ist, und nähen auch selbst neue Stücke«, verkündete Larissa. Das hieß also, dass alle geschickte Näherinnen waren. Nur, wie sollte Kari jetzt das Gespräch auf Bertha Franzen bringen?

Während sie darüber nachdachte, fiel ihr Blick auf einige gerahmte Fotos an den Wänden. Larissa referierte gerade über den üppigen Schmuck, der traditionell zu der Föhrer Tracht gehörte. »Das Filigransilber haben die Männer früher ihren Frauen mitgebracht, wenn sie vom Walfang zurückkehrten.«

Kari strich behutsam mit den Fingern über ein Schultertuch. In einem Kästchen daneben lagen mehrere Dutzend Glaskopfnadeln, mit denen das Tuch gesteckt wurde. »Dir ist sicherlich bekannt, dass unsere Trachten zu den teuersten überhaupt gehören? Mehrere Tausend Euro kann man dafür veranschlagen. Ein wesentlicher Grund dafür ist der Schmuck. Wir tragen ihn nicht nur auf der Brust«, sie deutete auf ein Foto, das Hakenketten mit großen Knöpfen aus Filigransilber auf dem Latz in Brusthöhe zeigte, »sondern auch im

Haar.« Kari blickte auf eine Haarnadel mit einem schön gearbeiteten silbernen Knopf daran und gab sich interessiert.

Nur um anschließend gleich zu den Fotos zu treten.

»Das ist eure Gruppe, nicht wahr?«

Larissa bejahte. »Wir machen jedes Jahr ein Foto.«

»Das bist du«, zählte Kari auf. Ihr Blick wanderte zu den Frauen im Raum hinter ihr. »Und diese hier sind auch da.« Sie hatte Bertha Franzen auf einer älteren Ablichtung erkannt und trat so beiläufig wie möglich jetzt dorthin.

»Ihr seid ein bisschen geschrumpft, oder?« Neben Bertha stand eine andere Frau, die Kari im Raum ebenfalls nicht sah.

»Ja, das sind Else und Bertha.« Sie zögerte, bevor sie fortfuhr. »Bertha lebt nicht mehr, sie hat die Gruppe allerdings schon lange vor meiner Zeit verlassen, ich kannte sie nicht. Und Elses Augen machen nicht mehr mit.«

Erst als Kari Elses Nachnamen herausgefunden hatte, verabschiedete sie sich mit der Ankündigung, ihre Tracht demnächst zur Reparatur zu bringen. Else und Bertha hatten auf jedem Foto eng beisammengestanden. Wenn jemand aus der Gruppe mehr über die Tote wusste, dann sie.

Else Hinrichs wohnte in Midlum in einem typischen Friesenhaus. Kari parkte den Wagen einige Meter entfernt und ging ein paar Schritte. Sie erkannte die Frau sofort in derjenigen, die vor dem Haus saß und Kaffee aus einem weiß-blau gemusterten Pott trank. Der graue

Dutt war immer noch straff gebunden, eine Himmelfahrtsnase gab ihrem Gesicht etwas Verschmitztes. Nur die Brille, die war größer und schwerer. Als Kari ihr vom Tor aus zuwinkte, kam die Hausbesitzerin zögerlich näher.

»Kennen wir uns?«, wollte sie wissen.

Kari verneinte. »Ich bin auf der Suche nach einer Person, die mir etwas über Bertha Franzen erzählen kann. Sie waren doch mit ihr in der Trachtengruppe in Nieblum.«

»Bertha? Die ist tot.« Frau Hinrichs' Stimme hatte etwas Raues, wie man es von starken Rauchern kannte.

»Ich weiß. Es geht auch weniger um sie als um eine ehemalige Freundin von ihr. Margot«, bog Kari die Antwort so zurecht, dass sie eventuell zwei Fliegen mit einer Klappe schlagen konnte.

»Bertha hatte keine Freunde«, murrte Else. Dann öffnete sie das Gartentor. »Kommen Sie rein, Fräulein ...?«

»Lürsen«, ergänzte Kari.

»Ach. Ich kannte mal einen Hein Lürsen. Lange her.« Ein winziges Lächeln erschien auf dem Gesicht der Frau. Gerade so viel, dass Kari erkennen konnte, dass es eine angenehme Erinnerung war. Kari musste wider Willen schmunzeln.

»Das war mein Großvater.«

Frau Hinrichs antwortete etwas Bedauerndes und fragte, ob Kari Kaffee wollte. Die bejahte und nahm auf der weiß gestrichenen Bank Platz.

Das Getränk wurde serviert, die Hausherrin setzte sich ächzend und blies über den Dampf, der aus ihrer frisch gefüllten Tasse aufstieg.

»Was ist jetzt also mit Bertha und ihrer angeblichen Freundin?«

»Es hat mit dem Erbe zu tun. Es gibt etwas zu klären, daher suche ich nach ihrer Freundin Margot.«

»Sind Sie etwa auch mit Bertha verwandt?«

»Nein«, antwortete Kari schlicht.

»Oder wollen Sie das Haus kaufen?«

Wieder einmal dachte Kari, dass sie es hasste, zu lügen, es ihr dennoch wegen ihres Jobs in Fleisch und Blut übergegangen war. »So ähnlich«, sagte sie.

»Sie sind doch hoffentlich keine Spekulantin? So eine wie die auf Sylt?«

»Das bin ich nicht«, beeilte Kari sich zu sagen. »Es geht lediglich darum, die Besitzverhältnisse zu klären. Bertha hatte, soweit bekannt, keine Verwandten mehr.«

»Ja, ja«, lautete Else Hinrichs' Antwort. »Sie war eine einsame Frau. Aber eine, die sich das selbst ausgesucht hat.«

Sie tranken und Kari wartete darauf, dass das geschah, was meistens in einer solchen Situation passierte. Sobald jemand einmal angefangen hatte, über einen Sachverhalt zu sprechen, hörte er nicht mehr so bald auf. So auch Else.

»Wie geht das, an einem so kleinen Ort wie Oevenum? Man kennt sich dort doch gegenseitig.«

»Gerade darum.« Else stellte ihren Pott ab, verschränkte die Arme vor der Brust und sah in den Himmel. Kari spürte, dass ihr Gegenüber ein bisschen Zeit brauchte, und ließ sie ihr. »Bertha und ich haben uns vor vielen Jahren über die Arbeit an den Trachten kennengelernt. Sie war eine geschickte Näherin ging aber kaum jemals auf eines der Feste. Damals tat sie mir leid.

Ihre Eltern lebten noch. Die hielten sie ziemlich kurz.«
Else Hinrichs kaute eine Weile auf der Innenseite ihrer
Wange herum. »Bertha konnte sich nicht durchsetzen.
Hat ihr Elternhaus nie verlassen. Auch die Insel nicht,
soweit ich weiß. Aber wie gesagt, wirklich gut kannte
ich sie nicht. Sie blieb lieber für sich. Ich hatte das Gefühl ...« Sie sprach nicht weiter, blickte zu Boden. »Wissen Sie, wenn man Menschen begegnet, die so voll un-
terdrückter Wut sind, die sie nicht rauslassen können?
So kam sie mir vor. Ich denke, sie war wütend auf ihre
Eltern und auf sich selbst, weil sie sich nicht lösen
konnte, und im Endeffekt stellvertretend auf die ganze
Welt.«

Jetzt sah Else Kari an. »Aber das wird Sie gar nicht interessieren.«

Doch. Genau das interessierte Kari. »Ich habe mich
gefragt, was sie für ein Mensch war«, sagte sie daher
einfach.

»Tja. Die Freundin, von der Sie sprachen, das war
wohl jemand von außerhalb. Ich selbst habe den Kontakt zu Bertha verloren, als ich mit meinem verstorbenen Mann, Gott hab ihn selig, zusammenkam. Wir be-
gegneten uns nur gelegentlich noch. Sie erzählte mal
von einem Urlaub, vom Tod ihrer Eltern. Mehr weiß ich
nicht. Sah sie erst wieder, als wir beide betagt – ich bereits Witwe, sie immer noch alleinstehend – uns in der
Nieblumer Trachtengruppe wieder trafen.«

»Gab es nie einen Mann in Bertha Franzens Leben?«
Kari dachte an die Fotos, aus denen jemand herausgeschnitten worden war.

Else schüttelte langsam den Kopf. »Nicht, dass ich
wüsste.«

»Mochten Sie sie?« Immerhin hatte Else auf den Fotos immer direkt neben Bertha gestanden.

»Hm. Darüber habe ich nie nachgedacht. Ich mag es nicht, wenn andere am Rand stehen. Habe versucht, sie über die gemeinsame Arbeit mit in die Gruppe einzubeziehen. Aber sie wollte nicht mehr als diese flüchtigen Bekanntschaften und das gemeinsame Nähen.«

Else seufzte leise. Dann wandte sie sich Kari direkt zu. »Wenn Sie jetzt also fragen, ob ich weiß, wer diese Freundin von Bertha war, die, die etwas mit dem Erbe zu tun hat, kann ich Ihnen leider nicht helfen.«

Kari bedankte sich bei ihr. Else Hinrichs hatte ihr mehr geholfen, als sie ahnte.

Am Nachmittag traf Tanja Sievers kurz vor der vereinbarten Uhrzeit ein. Sie war noch nie bei Kari zu Hause gewesen und schlenderte bewundernd durch den Wohnraum und die langgezogene Küche, bevor sie sich beide nach draußen setzten. Jette aß nichts, das Zucker oder Salz enthielt, daher hatte Kari zuckerfreie Tartelettes gekauft, sie mit frischen Brombeeren belegt und mit einem veganen Guss überzogen. Für Tanja und sie selbst stand eine Schüssel mit Schlagsahne bereit. Als Jette zehn Minuten über der vereinbarten Zeit noch immer nicht erschienen war und sich auch nebenan nichts rührte, gingen die beiden Frauen zu ihr hinüber. Jettes Haus war etwas größer als Karis. Das Untergeschoß bestand aus einem einzigen großen Raum, einer Küche und einer Abstellkammer. Die Hintertür führte, wie bei Kari auch, vom Garten in die Küche, als sie Jette dort nicht fanden, spähte Kari um die Ecke in den Wohnbereich. Ihre Nachbarin saß auf dem Sofa. Die

Näharbeit in ihrer Hand war ihr in den Schoß gesunken. Die Augen waren geschlossen.

»Jette!« Mit zwei großen Schritten war Kari bei der Älteren, tippte sie leicht mit den Fingern an. Jette schlug die Augen auf, sie wirkte verwirrt.

»Ist was?«, fragte sie erschrocken.

»Nein. Nichts. Wir haben uns nur gefragt, wo du bleibst.« Kari gelang kaum ein aufmunterndes Lächeln. Jettes Blick wanderte von ihr weg, blieb an Tanja hängen. »Das ist Frau Sievers, eine Bekannte«, stellte Kari sie vor. Jette blinzelte, dann stemmte sie sich hoch.

»Bleiben wir doch einfach hier«, schlug sie vor.

Kari drehte sich fragend zu Tanja um. Die schien nicht abgeneigt.

»Okay. Ich gehe schnell zurück und hole alles«, meinte Kari. Noch während sie Jettes Haus verließ, bekam sie mit, dass die beiden Frauen sofort ein Gespräch über Kräutertees und ihre Wirkung miteinander begannen. Etwas, das sie auf Anhieb zu verbinden schien.

Eine Stunde später, die Tarteletts waren gegessen, der Kaffee getrunken und Jette hatte jeder von ihnen ein kleines Glas selbst angesetzten Schlehenlikör serviert, war klar, dass Tanja und Jette sich super verstanden. Aus diesem Grund machte Kari sich keine Gedanken darüber, die beiden allein zu lassen, als auf ihrem Handy eine SMS aufploppte, die sie buchstäblich von ihrem Stuhl riss.

»Jemand hat versucht, bei Bertha Franzen einzubrechen«, lautete die verstörende Nachricht. Sie kam von Peter Hansen.

Kapitel 18

In der schmalen Straße vor Bertha Franzens ehemaligem Wohnhaus parkte ein Streifenwagen. Herr Kahlenberg und ein Polizist standen vor dem Haus. Karis Blick suchte das blinkende rote Licht einer Alarmanlage, fand es nicht. Hansen war nirgendwo zu sehen. Kari ging nicht auf die kleine Gruppe zu, sondern blieb ein paar Meter entfernt am Wagen stehen. Sie nahm ihr Mobiltelefon und antwortete auf die SMS des pensionierten Beamten.

»Stehe vor Bertha Franzens Haus. Sind Sie hier irgendwo?«

»Nein«, lautete die prompte Antwort. »Ich dachte nur, es interessiert Sie, was geschehen ist.«

Das hieß wohl, dass er immer noch seine Verbindungen hatte und dabei diskret genug gewesen war, sie bei seiner ehemaligen Dienststelle nicht als BKA-Beamtin zu outen.

»Danke!«, schrieb sie und steckte das Gerät ein.

Jetzt trat Göntje Petersen aus der Haustür. Sie wirkte aufgeregt. Als sie Kari erblickte, presste sie die Lippen aufeinander und schaute demonstrativ weg. Hinter ihr erschien Andreas Hansen. Dieses Mal trug er seine Uniform. Er schaute kurz zu Kari herüber und sie meinte, Unmut in seiner Miene zu erkennen. Schnell wandte er sich ab, um ein paar Worte mit Göntje zu wechseln. Die Tür wurde abgeschlossen. Kahlenberg verabschiedete sich und trottete auf sein Grundstück hinüber, ohne nach links und rechts zu blicken. Die beiden Schutzpolizisten stiegen in ihren Wagen und fuhren davon. Göntje griff nach ihrem Rad, das am Zaun der Kahlenbergs lehnte.

»Frau Petersen!«, rief Kari zu ihr hinüber. Zuerst sah es so aus, als ob Göntje einfach losfahren würde. Dann drehte sie sich doch noch zu Kari um.

»Was ist?« Sie spuckte die Worte regelrecht aus.

»Hat man die Person erwischt, die eingebrochen ist?«

Göntje schüttelte den Kopf. »Sie ist geflüchtet, als die Alarmanlage anging. Aber hier gibt es doch sowieso nichts zu holen.«

Nichts mehr, dachte Kari. Auch sie konnte sich keinen Reim darauf machen, was es mit dieser Sache auf sich hatte.

»Vielleicht jemand, der mitbekommen hat, dass das Haus leer steht, und nicht wusste, dass es verlassen ist.« Göntje stieg jetzt auf ihr Rad, ein schönes neues rot lackiertes E-Bike. Als sie Karis Blick bemerkte, röteten sich ihre Wangen noch einmal mehr.

»Wo hat er es denn versucht?«

»An der Hintertür.«

Die lag unter einem Vorbau und war von keinem der angrenzenden Grundstücke her einsehbar.

»Ist sie beschädigt?«

»Nur leicht. Sie hat standgehalten, dennoch werde ich morgen einen zusätzlichen Schutz anbringen lassen.«

»Gab es nur einen stillen Alarm?« Wenn ja, warum war die Person dann geflüchtet, bevor die Polizei eintraf? »Ich habe kein rotes Licht gesehen.« Und wenn sie ehrlich war, auch keine Alarmanlage.

»Nein. Die Sirene ist recht laut. Obwohl sie inzwischen völlig verdeckt ist.« Göntje deutete auf den Teil des Gebäudes, der fast vollständig von Efeu überwuchert war.

»Also wurde nichts entwendet?«, versicherte sich Kari. Sie hatte zu Göntje aufgeschlossen und stellte sich ihr in den Weg.

»Nicht, soweit ich das beurteilen kann«, gab Göntje patzig zurück. »Es sieht so aus, als habe der Dieb sofort das Weite gesucht, als der Alarm losging.«

»Was dagegen, wenn ich mich persönlich davon überzeuge, dass im Inneren alles in Ordnung ist?«

Göntjes Miene nahm einen empörten Ausdruck an.

»Wir können gerne zu zweit reingehen.« Kari war es auf einmal sehr wichtig, selbst nachzusehen. War es wirklich Zufall, dass kurz nach ihrer Ankunft hier auf der Insel bei der Frau eingebrochen wurde, über die sie gerade Informationen einholte? Sie konnte nicht daran glauben.

Göntje kramte in ihrer Umhängetasche nach dem Schlüsselbund und reichte ihn Kari. »Nicht nötig«, brummte sie. »Bringen Sie ihn mir nachher einfach vorbei.«

Mit einer energischen Bewegung stieg sie erneut auf ihr Rad. Kari trat zur Seite und ließ sie vorbei. Sie sah ihr hinterher und fragte sich nicht zum ersten Mal, wie zwei so spröde Charaktere wie Göntje und Bertha einander wohl gefunden haben mochten. Dann zuckte sie mit den Schultern. Letztendlich war es egal. Dennoch – der Einbruchsversuch schmeckte ihr nicht. Da war etwas im Busch und dieses Etwas ließ sie kribbelig werden.

Kari hatte bei ihrem ersten Besuch in Bertha Franzens Haus etliche Fotos gemacht. Heute wirkte alles ganz so, als sei nichts bewegt worden. Die Hintertür war verschlossen. Kari sah sich nachdenklich um. Was hatte der Eindringling gesucht? War er abgeschreckt oder würde er wiederkommen? Eine Viertelstunde später verließ sie das Haus wieder. Weder im Nachbargarten noch auf der Straße war jemand zu sehen. Alles lag da, so ruhig und friedlich wie bisher.

Als Kari in ihr Haus in Utersum zurückkehrte, sah sie, wie sich Tanja und Jette nebenan gerade verabschiedeten. Jette winkte Kari fröhlich zu, was der eine Last vom Herzen nahm. Tanja kam lächelnd zu ihr herüber. »Alles klar?«, wollte sie leise und mit besorgtem Blick von Kari wissen.

»Einbruchsversuch in einem Haus, in dem ich neulich war«, wich Kari aus. »Wie es aussieht, wurde er durch die Sirene der Alarmanlage vereitelt.«

»Ich muss leider gehen, habe noch einen Patiententermin. Wollen wir uns verabreden, um in Ruhe zu reden?«

»Heute Abend?«

»Gerne. Wo sollen wir uns treffen? In der Kneipe hier bei dir um die Ecke?«

Da gab es nur die *Blaue Möwe*.

Als Tanja abgefahren war, blieb Kari bis zum Abend genügend Zeit, die Familie Riemann aufzusuchen. Die ehemaligen Nachbarn von Bertha Franzen lebten in einer Doppelhaushälfte in Oldsum. Immer noch schön, aber kein Vergleich zu dem großen Anwesen, das sie in Oevenum bewohnt hatten. Als Kari dort ankam, war lediglich Waltraud Riemann zu Hause: eine patent wirkende Mittvierzigerin, die erfreulicherweise keine große Sache aus dem unerwarteten Besuch einer Polizistin machte, die sie über ihr Verhältnis zu der ehemaligen Nachbarin ausfragte. In die Wohnung bat sie Kari dennoch nicht. So unterhielten sie sich zwischen Tür und Angel.

»Ich sage es Ihnen gleich: Frau Franzen war eine schwierige und unsympathische Person. Sie hat sich ständig über das Bellen des Hundes beschwert, wobei der arme Kerl nur ganz selten Laut gab. Dass sie ihn vergiftet haben soll, ist aber Quatsch. Er war alt und krank und wer auch immer das Gerücht in Umlauf gebracht hat, wollte vermutlich Frau Franzen schaden. Dass wir weggezogen sind, hatte andere Gründe.« Frau Riemann verschränkte die Arme vor der Brust und schob die Hände unter die Achseln. »Mein Mann hat seine Stelle verloren. Wir konnten uns die Miete für das große Haus in Oevenum nicht mehr leisten. Hier ist es wesentlich günstiger.«

Das hörte sich nicht nach einem dramatischen Abgang an.

»Wer könnte ein Interesse daran gehabt haben, Frau Franzen mit dem Tod Ihres Hundes in Verbindung zu bringen?«

»Göntje«, kam es wie aus der Pistole geschossen. »Sie und Frau Franzen, das war ein seltsames Gespann.«

»Inwiefern?«

»Wenn man die beiden miteinander gesehen hat, konnte man sich des Eindrucks nicht erwehren, dass es Bertha Franzen Spaß gemacht hat, Göntje zu drangsalieren. Warum die es sich hat gefallen lassen, kann ich mir nicht erklären. Auch nach außen hin hat sie Frau Franzen immer in Schutz genommen. Gerade so, als wolle sie sich auf keinen Fall etwas zuschulden kommen lassen. Meiner Meinung nach hätte sie sich was anderes suchen können. Für ihre Figur kann sie nichts. Ich habe mal Fotos von ihren Eltern gesehen – die waren beide etwas moppelig. Und ich selbst«, sie zeigte auf ihre leicht untersetzte Figur, »gehöre auch nicht grade zu der Fraktion derjenigen, die aussehen wie halb verhungert. Wenn Sie wissen, was ich meine.«

Kari blinzelte überrascht. »Wollen Sie damit sagen, dass Bertha Franzen ihre Hausgehilfin wegen ihrer Figur gehänselt hat?«

»Gehänselt ist viel zu mild ausgedrückt. Sie war ... unfreundlich zu ihr. Äußerte sich abfällig über Göntje und ihre Figur. Meinte, es sei alles eine Frage der Disziplin und so.«

Davon hatte Göntje kein Wort verlauten lassen.

»Wenn Sie mich fragen, die beiden verband eine Art Hassliebe«, fuhr Frau Riemann fort. »Göntje ist ja sowieso«, sie sprach nicht weiter, wedelte stattdessen in einer eindeutigen Geste mit der Hand vor ihrem Gesicht herum. »Haben Sie sich mal ihre sogenannten Kunstwerke angesehen? Also, ich weiß nicht, was im Kopf eines Menschen vor sich geht, der solche Fratzen schafft.«

Kari nickte verhalten.

»Aber warum interessiert Sie das alles? Der Mord wurde doch aufgeklärt.«

»Ja«, beeilte Kari sich, zu sagen. »Das stimmt. Wir prüfen momentan einen Fall, der mit der Angelegenheit in Verbindung stehen könnte. Wo waren Sie denn an dem Abend, als es geschah?«

Überrumpelt trat Frau Riemann einen Schritt zurück. »Wir waren nicht zu Hause«, erklärte sie dann. Sie wirkte weder empört noch defensiv, lediglich überrascht. »Das haben wir der Polizei damals gesagt und unser Alibi wurde bestätigt.«

»Könnten Sie mir dennoch sagen, wo genau Sie sich aufgehalten haben?«

»Wir haben Freunde auf Amrum besucht und auch dort übernachtet.«

»Sie waren nicht im Urlaub?«

Frau Riemann schüttelte den Kopf. »Das nicht. Aber wir waren nicht mal in der Nähe, als das mit Frau Franzen passiert ist.«

Das Bild, das sich inzwischen von Bertha Franzen abzeichnete, zeigte eine Frau, die ganz offensichtlich keinerlei Begabung dafür hatte, sich Freunde zu machen. Mehr noch, sie schien gelegentlich durchaus streitsüchtig und gemein gewesen zu sein. Göntje hatte es mit ihr ausgehalten, weil sie sich etwas davon erhoffte. Die Münzsammlung der Toten. Die diese aber, ohne ihrer langjährigen Hausgehilfin einen Ton davon zu sagen, bereits Jahre zuvor jemand anderem hinterlassen hatte. Wie schlimm stand es um die selbst ernannte Künstlerin, dass sie sich über Jahre hinweg hatte demütigen lassen?

Kari hing diesen Gedanken noch nach, als sie abends in der *Blauen Möwe* ankam.

Hinter dem Tresen stand Bents Aushilfe. Er musterte Kari mit professioneller Freundlichkeit. Kein Hinweis, ob er sich an den Abend erinnerte, an dem sie sich hier heftig betrunken hatte. Bei der Erinnerung an die darauffolgenden Ereignisse spürte Kari ein Ziehen im Bauch. Es signalisierte ihr deutlich, dass sie nicht darum herumkommen würde, die Beziehung zu Bent zu klären. Den ersten Schritt hatten sie beim gemeinsamen Abendessen im *Restaurant Knudsen* getan. Seither waren bereits drei Tage vergangen. Zeit genug für beide, darüber nachzudenken, wie es weitergehen sollte. Für Karis Dafürhalten war es so weit, die Dinge voranzutreiben.

Die Gaststätte war gut besucht. Eine Clique jüngerer Männer hatte offensichtlich eine Menge zu lachen. Zwei Paare in fortgeschrittenem Alter prosteten sich gerade mit einem »Auf einen schönen Abend« zu. Am Tresen war jeder Hocker besetzt. Tanja hatte in einer der Nischen direkt neben der Tür Platz genommen. Sie blickte von der Karte auf, als Kari an den Tisch trat.

»Wollen wir uns eine Flasche Wein teilen?«, fragte sie und deutete auf einen Sauvignon Blanc.

»Gerne.« Mit diesen Worten plumpste Kari auf die gepolsterte Bank. Gleich darauf gaben sie ihre Bestellung auf und wandten sich einander zu. »Wegen Jette«, begann Tanja ohne Umschweife. »Ich bin weder Ärztin noch Psychologin, aber meiner Meinung nach musst du dir keine allzu großen Sorgen um ihren allgemeinen Gesundheitszustand machen. Allerdings ist sie verwirrt. Vermutlich weil ihr etwas zu schaffen macht. Ich tippe auf ein Trauma. Ein Erlebnis, das sie nicht einordnen kann in ihre Welt. Es kommt hoch, aber sie könnte dir wohl selbst gar nicht sagen, was es ist.« Tanja schwieg. Kari ebenso, obwohl sie ihrer Bekannten durchaus hätte erklären können, was Jette, mit einer zeitlichen Verzögerung von mehreren Monaten, zu schaffen machte. Es hing mit ihrem letzten Fall auf der Insel zusammen. Selten hatte sie sich unwohler dabei gefühlt, nicht über diese Dinge reden zu können. Sie seufzte, weil sie sich mitschuldig fühlte an dem, was geschehen war.

»Vielleicht täte ihr ein bisschen Abstand gut. Etwas, bei dem sie auf andere Gedanken kommt.« Tanja musterte Kari aufmerksam. Die dachte an Jettes Grundstück. Dort hatte ihre ältere Nachbarin jeden Tag vor Augen, was vor wenigen Monaten passiert war.

»Sie war bisher nie weg von ihrem Zuhause«, sagte Kari leise. »Wollte immer nur hier in ihrem Haus, in ihrem Garten sein. Das ist alles, was sie braucht.« Sie würde sogar so weit gehen zu sagen, dass Jette anderswo eingehen würde wie eine Primel.

»Hm«, meinte Tanja. »Dann müssen wir sie hier auf andere Gedanken bringen.«

»Was habt ihr beide denn gemacht, als ich weg war?«, wollte Kari wissen.

Tanja lachte. »Wir haben eine Streitpatience gelegt. Da muss man vollkommen konzentriert sein. Es hat ihr gutgetan.«

»Dann werde ich das wohl lernen«, meinte Kari, zwar wenig begeistert, aber gewillt, alles zu tun, was Jette helfen würde.

»Ich gehe morgen wieder zu ihr. Danach lade ich sie zu mir ein. Mal sehen, wie ihr das bekommt.«

Kari, die noch nie bei Tanja zu Hause gewesen war, staunte nicht schlecht über die Geschwindigkeit, mit der diese neue Bekanntschaft Fahrt aufnahm.

»Ich habe ein bisschen ein schlechtes Gewissen«, gab sie zu. »Weil ich dir die Sache mit Jette sozusagen aufgedrückt habe. Sie ist meine Nachbarin, ich würde sogar sagen, dass wir befreundet sind. Auf sie konnte ich mich immer verlassen. Jetzt habe ich das Gefühl, sie im Stich zu lassen.«

»Ach was.« Tanja griff über den Tisch hinweg und legte Kari ihre Hand auf den Arm. »Ich gebe ja zu, dass ich skeptisch war. Sieh es einfach als Freundschaftsdienst von mir für dich. Ich helfe als Privatperson, nicht als Heilpraktikerin.«

Weil das unseriös wäre, so gut hatte Kari Tanjas Berufsethos bereits verstanden.

Der Wein wurde serviert. Er war perfekt gekühlt und schmeckte angenehm frisch und fruchtig. Schnell drehten sich die Gespräche der beiden Frauen um andere Themen. Tanja, die ihren Lebensgefährten vor einigen Jahren verloren hatte, dachte darüber nach, sich auf einer Dating-Plattform umzusehen. Außerdem wollte sie im Haus etwas umbauen, um einen zweiten Raum für Behandlungen zu haben. »Geführte Meditation einzeln oder in kleinen Gruppen«, erklärte sie Kari. Die hörte zwar zu, blickte sich aber immer wieder um. Zu ihrer Enttäuschung tauchte Bent heute nicht auf. Der Abend verging dennoch wie im Flug. Als die Flasche leer war, tranken sie einen Espresso und machten sich anschließend auf den Weg. Kari wartete, bis Tanja in ihren Wagen gestiegen war, bevor sie sich umdrehte, um das kurze Stück bis zu ihrem Haus zu laufen. Dabei musste sie am Parkplatz neben der Kneipe vorbei. Dort stand ein roter Audi, den sie kannte. Sie wollte bereits erfreut den Arm heben, um sich bemerkbar zu machen, als sie sah, dass Bent nicht allein im Wagen saß. Er bemerkte Kari nicht, weil er sich der Person auf dem Beifahrersitz zugewandt hatte. Die beiden waren in ein Gespräch vertieft, das von einer Bewegung Bents unterstrichen wurde. Als Kari sah, wie er Larissa übers Haar strich, wurde ihr eiskalt und im selben Moment fing ihr Herz an, vor Eifersucht zu glühen.

Nicht das, dachte sie. *Nicht gerade jetzt*. Die beiden im Wagen nahmen sie nicht wahr. Sie ging vorbei, als habe sie nichts gesehen. Kaum hatte sie die nächste Ecke erreicht, beschleunigte sie ihr Tempo, bis sie rannte. Als sie zu Hause ankam, atmete sie schwer. *Ich muss es ihm sagen*, dachte sie, nur um sich einen Moment später fast erschrocken innerlich zurechtzurücken. Was wollte sie ihm denn mitteilen? Ihre Gefühle für ihn? Und dann? Sie würde sich erneut in einer Situation befinden, die keine Eindeutigkeit zuließ. Berlin, Föhr, ihre Arbeit, Bent. All das passte überhaupt nicht zusammen. Gleichzeitig spürte sie zum ersten Mal, seit sie ihn kannte, eine klare Tendenz. Nur schien er in der Zwischenzeit eine andere Wahl getroffen zu haben.

Kapitel 19

Als Kari am Donnerstagmorgen aus dem Haus trat und ihr Blick auf den alten Volvo fiel, konnte sie einen Fluch nicht unterdrücken. Sie hatte Jettes Wagen, wie jeden Abend, auf der Straße geparkt. Dort stand er noch. Jedoch mit vier platten Reifen. Das war unmöglich ein Zufall! Langsam ging sie um das Auto herum. Tiefe Schnitte zeigten ihr, was geschehen war: Jemand hatte gezielt die Reifen zerstochen. Sie drehte sich um, lief ein Stück die Straße hinunter. Die dort abgestellten Fahrzeuge waren alle intakt! Was nichts anderes bedeutete, als dass man ganz bewusst sie hatte treffen wollen. Da es sich um Jettes Wagen handelte, ging sie zunächst zu ihrer Nachbarin hinüber, um ihr Bescheid zu sagen. Jette war empört. Allerdings weniger über die Tatsache, dass ihr Auto beschädigt war, sondern mehr darüber, dass Kari durch diesen Umstand gehandicapt war.

»Nimm doch solange das Gefährt von deinem Untermieter«, schlug sie halb im Scherz vor, nachdem sie einen befreundeten Kfz-Mechaniker angerufen hatte. Der würde neue Reifen aufziehen, aber erst am Abend. Kari musste trotz der heiklen Situation lachen. Wenn Jette wüsste, was für ein Wagen sich in ihrer Garage verbarg! Noch mehr erheiterte sie die Vorstellung, welchen Aufruhr sie, in Bents geheimnisvollem Lamborghini über die Insel fahrend, verursachen würde.

Sie beschloss, bei dem warmen und windstillen Wetter erst einmal ihre Joggingrunde zu drehen und sich dabei auszupowern. Während sie lief, dieses Mal nicht am Strand, sondern am Deichweg entlang in Richtung Dunsum, versuchte sie ihrer immer noch aufgescheuchten Gedanken Herr zu werden. Sie hatte keinen erholsamen Schlaf gefunden. Ständig waren Bent und Larissa in ihrer Fantasie aufgetaucht. Hatten sie die Nacht miteinander verbracht? Es war – darüber machte Kari sich wenig Illusionen – vermutlich nicht die erste gewesen. Sie hatte nicht erwarten können, dass Bent ein Eremitendasein führte. Insbesondere, weil sie sich nicht klar geäußert und sich nicht gemeldet hatte. Aus Angst, einen Fehler zu begehen.

Auch die Bewegung führte nicht zum gewünschten Ergebnis. Als sie unter der Dusche stand, kribbelte immer noch das Adrenalin in ihren Adern. Sie würde Bent anrufen, sich mit ihm treffen. Nicht in seiner Kneipe, nicht in ihrem Haus. Irgendwo, wo sie auf neutralem Boden miteinander sprechen konnten. Aber zunächst wollte sie versuchen, Margot Viering zu erreichen.

Die Frau, die einst mit Bertha Franzen befreundet gewesen war, meldete sich am Telefon mit einer überraschend hellen und jung klingenden Stimme. Sodass Kari erst einmal verwirrt nachfragte.

»Ja, ich bin schon die richtige Person«, lachte Margot Viering am anderen Ende fröhlich auf. »Bertha war ein paar Jahre älter als ich.« Dann fügte sie betrübt hinzu, wie schrecklich der Tod ihrer ehemaligen Freundin doch sei. Auf die Frage, ob sie bereit sei, sich mit Kari zu unterhalten, schwieg sie lange. »Ich möchte nicht unhöflich sein«, antwortete sie schließlich. »Aber ich kenne Sie nicht, und wenn ich ehrlich bin, kann ich Ihnen nichts über die späte Bertha erzählen.« Sie zögerte und Kari ahnte, warum.

»Mir ist bekannt, dass Frau Franzen Ihre Tochter als Alleinerbin eingesetzt hat«, gab Kari ihrer Gesprächspartnerin zu verstehen. »Soweit ich weiß, befindet sich Melissa zurzeit in einem buddhistischen Kloster.«

Ein langes Seufzen war die Antwort. Es folgte eine stockende Erklärung darüber, dass Margots einziges Kind viel Pech im Leben gehabt hatte und zuletzt gegen eine lebensbedrohliche Krankheit hatte kämpfen müssen. »Danach hat sie sich komplett von der materiellen Welt verabschiedet. Und genau zu diesem Zeitpunkt hinterlässt ihr Bertha, zu der sie als Erwachsene nie Kontakt hatte, ihr Haus. Merkwürdig.«

Am Ende war Margot Viering doch bereit, sich mit Kari zu treffen, und sie verabredeten sich für den Nachmittag in Husum.

Als nächstes rief Kari Peter Hansen an.

»Jemand hat die Reifen des Wagens zerstochen, den ich auf der Insel nutze«, kam sie ohne Umschweife zur Sache.

»Das höre ich nicht gerne. Rowdytum ist hier nicht an der Tagesordnung. Aber wenn Sie Anzeige erstatten wollen, bin ich nicht der Richtige.« Die Stimme des pensionierten Polizisten klang reserviert.

»Das weiß ich. Die Besitzerin wird das auf der Wache in Wyk tun. Aber ich bin mir sicher, dass dieser Anschlag nicht ihr, sondern mir gegolten hat. Haben Sie eine Ahnung, wer sich durch meine Nachforschungen gestört fühlen könnte?«

»Kommt auf Ihre Fragen an.«

»Herr Hansen, bitte!« Kari war genervt von seiner Art. »Sie leben hier. Sie kennen sich aus, kennen die Menschen. Hören die Blätter im Wald rauschen, bevor die anderen den Wind spüren. Oder?«

Er drückste nicht herum. »Tut mir leid, aber ich habe keine Ahnung, wer das getan haben könnte.« Sie glaubte ihm, war sich jedoch sicher, dass er seine Fühler jetzt etwas gezielter ausstrecken würde.

»Noch eines. Timo Knaup war nicht alleine auf der Insel. Eine junge Frau war bei ihm. War Ihnen das bekannt? Und wenn ja, wissen Sie etwas über sie? In der Akte habe ich nichts gefunden.«

»Wenn, müssten die Kollegen von der Kripo Flensburg etwas vermerkt haben.«

»Das heißt, Timo Knaup hat Ihnen gegenüber nicht von dieser Person gesprochen?«

»Hat er nicht.«

»Daran erinnern Sie sich nach so langer Zeit so genau?« So leicht würde sie ihn nicht vom Haken lassen.

Hansen atmete genervt aus. »Frau Lürsen. Was glauben Sie denn, wie viele Morde hier bei uns geschehen? Ich war vier Jahrzehnte lang Polizist und habe es in dieser Zeit mit wenigen so schlimmen Gewaltverbrechen zu tun gehabt. Herr Knaup hat gestanden, es gab keinerlei Hinweise auf die Beteiligung einer zweiten Person.« Sie hörte den leisen Zweifel in seiner Stimme. Sie wusste, wenn sie ihn weiter bedrängte, würde er dichtmachen. Sie setzte darauf, dass die Unsicherheit ihn dazu bringen würde, den Abend der Tat zu rekapitulieren.

»Ich möchte die junge Frau finden. Falls Ihnen irgendetwas einfällt, das mir dabei helfen könnte, rufen Sie mich bitte an.« Damit beendete sie das Gespräch und bereitete sich auf die Abfahrt in Richtung Husum vor.

Margot Viering bewohnte eine helle und gemütliche Zweizimmerwohnung in einem Mehrfamilienhaus in Husum. Als Kari ankam, wurde sie gebeten, die Schuhe auszuziehen. Es duftete nach frisch gebrühtem Kaffee. Im Wohnzimmer empfing sie das aufgeregte Piepsen zweier Wellensittiche, deren Käfig inmitten eines Urwalds aus Grünpflanzen hing. Auf dem liebevoll gedeckten Couchtisch stand eine Vase mit gelben und orangefarbenen Gerbera, daneben eine Platte mit einem frisch angeschnittenen Napfkuchen. Die Hausherrin wirkte wie aus dem Ei gepellt. Das dunkel gefärbte Haar lag akkurat am Kopf, die Nägel waren maniküit und sie trug ein langärmeliges Kleid aus sanft schimmerndem Stoff in Herbstfarben, dazu flauschige Hausschuhe. Kari erkannte deutlich, dass sie ein paar Jahre jünger war als Bertha. Verglichen mit den Fotos, die sie von der Verstorbenen gesehen hatte, sah Margot Viering aus, als gehöre sie zu einer anderen Generation. Das war sicherlich auch dem wachen, zugewandten Blick zuzuschreiben. Nachdem Berthas ehemalige Freundin Kari an den Tisch gebeten und noch einmal ihr Erstaunen darüber zum Ausdruck gebracht hatte, dass deren Tod erneut Gegenstand von Befragungen war, dabei ihnen beiden Kaffee eingeschenkt und ein

Stück Kuchen aufgetan hatte, musterte sie ihre Besucherin ungeniert.

»Wir wollen ausschließen, dass es weitere Beteiligte bei der Tat gab«, bog Kari die Wahrheit über ihre Ermittlungen etwas zurecht. »Es wäre nicht schön, wenn jemand ungestraft davonkäme.«

»Da gebe ich Ihnen absolut recht!« Margot Vierings Miene nahm einen energischen Ausdruck an.

»Ich versuche daher, mir erst einmal ein Bild von Frau Franzen zu machen«, fuhr Kari fort. »Im Haus der Verstorbenen habe ich ein Fotoalbum gefunden. Wenn ich die Bilder richtig interpretiere, waren Sie ihre einzige Freundin. Wie haben Sie sich denn kennengelernt?«

»In einem Hotel auf Föhr. Ich arbeitete im Service, Bertha in der Küche.« Margot nickte versonnen. Ein leises Lächeln umspielte ihre Lippen, als sie sich zurückerinnerte. »Sie war schüchtern. Zurückhaltend. Ganz das Gegenteil von mir.« Sie lachte kurz auf. »Dennoch haben wir schnell Vertrauen zueinander gefasst. Manchmal ist das so. Gegensätzliche Menschen ziehen sich an. Durch mich kam sie aus ihrem Schneckenhaus. Ich lernte von ihr viel über Verantwortung.« Sie verzog das Gesicht in einer heiteren Grimasse. »Da konnte ich mir eine Scheibe von ihr abschneiden. Jung und ein bisschen ungestüm, wie ich war.« Sie lächelte. Kari trank von ihrem Kaffee.

»Sie war wohl eher ernst«, meinte sie.

Margot Vierings Lächeln erlosch. »Sie hatte es nicht leicht. Bertha lebte noch bei ihren Eltern. Die waren, gelinde gesagt, sehr streng.« Sie verzog das Gesicht. »Ein einziges Mal hat sie mich mit nach Hause genommen.

Puh!« Sie schüttelte sich leicht, als bereite ihr allein die Erinnerung unangenehme Gefühle. »Der Vater war jemand, der andere sofort beurteilte. *Sie sind also die Kollegin, die unserer Bertha Flausen in den Kopf setzt*, hat er mich begrüßt. Die Mutter war schmallippig. Sie hat mich die ganze Zeit über missbilligend gemustert und obwohl sie kaum ein Wort gesagt, und wenn, dabei den Mund kaum geöffnet hat, habe ich vom ersten Moment an gespürt, dass sie mich nicht leiden konnte.« Margot Viering seufzte. »Die zwei Stunden in diesem freudlosen Haus haben sich angefühlt wie hundert. Wir saßen steif um einen Tisch herum, es gab dünnen Tee und für jeden einen Keks. Einen!« Sie schüttelte erneut ungläubig den Kopf. »Die ganze Zeit ging es um Disziplin, darum, dass man im Leben nichts geschenkt bekomme und nur harte Arbeit einen voranbringe.«

»Hatten Sie den Eindruck, dass Bertha sich gut mit ihren Eltern verstand?«, fragte Kari. »Immerhin lebte sie ja mit ihnen zusammen unter einem Dach.

»Sie verstand sich überhaupt nicht mit ihnen. Sie hatte Angst!« Margots Kuchengabel zerteilte jetzt energisch die Scheibe Gugelhupf auf ihrem Teller in kleine Stücke. »Ich habe sie danach gefragt, ob wir uns nicht gemeinsam eine kleine Wohnung mieten wollten. Aber sie konnte sich damals nicht lösen.«

»Später schon?«

Margot schob die Unterlippe vor und nickte. »Zumindest für eine Weile.« Sie starrte auf den Teller mit den Kuchenstücken, schluckte schwer und hob dann den Kopf. »Am besten, ich erzähle mal von Anfang an.«

Margot Viering war, ihrer eigenen Aussage nach, in jungen Jahren begierig darauf gewesen, etwas von der

Welt, oder zumindest von Deutschland zu sehen. Sie arbeitete als Servicekraft, nahm dabei gerne Saisonarbeit an. Im Sommer am Meer, im Winter in den Bergen. Der Kontakt zu Bertha blieb bestehen, bis Margot erneut nach Föhr kam.

»Dann lud ich sie zu Karneval in meine Heimatstadt Köln ein und erlebte eine völlig gelöste Bertha. Sie genoss es, zu tanzen, wir feierten bis in die Puppen.« Doch mehr hatte sie sich zu dem Zeitpunkt noch nicht zugestanden. Es hatte, so viel hatte Margot mitbekommen, heftige Diskussionen mit ihren Eltern gegeben. Dennoch waren die beiden Freundinnen 1970 gemeinsam in den Urlaub nach Rimini gefahren. »Danach sahen wir uns seltener. Zum einen wurde ich schwanger. Zum anderen hatte Bertha mit Mitte Dreißig einen Mann kennengelernt, zu dem sie sich hingezogen fühlte, die beiden verlobten sich.« Kari dachte an die Fotos, aus denen jemand herausgeschnitten worden war.

»Die Verbindung endete unglücklich, nehme ich an?«

Margot Viering presste die Lippen zusammen. »Leider«, antwortete sie leise.

»Was ist geschehen?«

Karis Gegenüber fühlte sich sichtlich unwohl. »Er hat sie verlassen. Das hat sie nicht überwunden.«

»Kennen Sie ihn?«

Jetzt hob Margot den Kopf. »Ich kannte ihn. Ja. Wir waren über vierzig Jahre lang sehr glücklich verheiratet.«

Das war ja ein Ding! Berthas einzig bekannter Liebhaber war ihr ausgerechnet von der besten Freundin ausgespannt worden. Kari ließ perplex die Kuchengabel auf den Teller fallen.

»Aber ... das heißt doch, dass Bertha der Tochter ihres ehemaligen Verlobten ihr Hab und Gut vererbt hat? War sie denn immer noch in ihn verliebt?«

»Nein.« Margot schüttelte sanft ihr Haupt. »Melissa ist nicht Johanns Kind. Sie ist das Ergebnis einer Urlaubsliebe. Der Erzeuger hat nie erfahren, dass es sie gibt. Das war die Zeit, als Bertha und ich für eine Weile zusammengelebt haben. Sie war damals bereits von Johann getrennt und völlig vernarrt in meine Tochter. Hat sie gehätschelt und verwöhnt, als wäre sie ihr eigenes Kind. Wir arbeiteten zu dieser Zeit beide in demselben Hotel an der Ostsee. Konnten unsere Schichten so abstimmen, dass die Kleine, Bertha nannte sie immer unsere Kleine, nie allein zu Hause war. Als alleinerziehende Mutter hätte ich normalerweise nicht arbeiten können. Dabei war es auch so schwer genug.« Sie griff nach dem Kaffeelöffel und drehte ihn zwischen den Fingern hin und her. »Ohne Bertha hätte ich das nicht geschafft. Sie war damals der einzige Mensch, der unbeirrbar zu mir gehalten hat.« Sie hob den Blick. »Heute ist das ja alles ganz anders. Viele Frauen ziehen ihre Kinder allein groß. Niemand denkt sich mehr was dabei. Aber damals ... Alle glauben ja immer, in den Siebzigern wären die Menschen bereits tolerant und weltoffen gewesen. Ein Irrtum.«

Kari verbot sich die Frage, warum Margot sich dann den Verlobten ihrer Freundin geschnappt hatte. Aber sie musste nicht fragen. Margot erzählte weiter.

»Dann, Melissa war zwei Jahre alt, geschahen zwei Dinge kurz hintereinander: Berthas Eltern zitierten sie zurück nach Föhr. Sie gaben an, Berthas Lohn zu brauchen, um über die Runden zu kommen. Falls die sich nicht beugen wollte, würden sie das Haus verkaufen und damit sei Berthas Erbe futsch. Zeitgleich tauchte Johann wieder in unserem Leben auf. Und es war die berühmte Liebe auf den ersten Blick.«

»Kannten Sie sich denn nicht bereits über Bertha?«

»Doch. Aber damals hatten wir keine Augen füreinander. Ich war schwanger und Johann mit Bertha liiert. Nun aber sahen wir uns anders an. Man konnte förmlich die Luft brennen sehen.« Eine leichte Röte überzog den Hals der alten Dame und Kari musste zu Boden blicken, um die Rührung zu verbergen, die sie ergriff.

»Natürlich trennten sich jetzt unsere Wege. Ich denke, für Bertha war es dabei das Schlimmste, Melissa nicht mehr um sich haben zu können. Johann und ich zogen am Saisonende ins Allgäu. Dort heirateten wir. Bertha war eingeladen, sie kam aber nicht. Die einzige Verbindung, die wir beibehielten, bestand im Austausch von Briefen.« Sie seufzte schwer. »Wissen Sie, trotz meiner großen Liebe zu Johann hätte ich es vielleicht langsamer angehen lassen, wenn ich gewusst hätte, dass er es war, der sich von Bertha getrennt hatte. Da sie mir erzählt hat, es sei umgekehrt gewesen, war ich überrascht darüber, dass sie uns beiden wohl nie wirklich verziehen hat.«

Später, der Kaffee war getrunken, der Kuchen gegessen, ging Margot Viering aus dem Raum und kam mit einer kleinen Pappschachtel, wie man sie für Geschenke verwendet, wieder.

»Fotos von Bertha«, sagte sie und hob den Deckel. »Hier, wir beide in Köln.« Dieses Bild sowie das aus Rimini kannte Kari bereits. Jetzt kamen weitere hinzu.

Bertha, Margot und Melissa nebeneinander auf einer braunen Couch. Bertha in der Föhrer Tracht. Bertha und andere Erwachsene mit rund zwei Dutzend kleinen Mädchen vor einem langgetreckten, düsteren Backsteinbau. *Kinderheim Nordsee-Stern* stand in gelber, geschwungener Schrift über dem Eingang.

»Ist das auf Föhr?«, fragte Kari.

»Nein. Das ist Amrum.« Margot hatte gerade ein anderes Foto hochgehoben und beide blickten nun auf eine Ansichtskarte, die es irgendwie in diese Fotoschachtel geschafft hatte. »Moment, ich glaube ... ja ... da schreibt sie was.« Sie reichte Kari die Karte. *Wieder bei meinen kleinen Sommermädchen* stand da. Mehr nicht.

»Berthas Eltern hatten ihre Tochter zurück zu sich ins Haus gezwungen. Damit nicht genug, musste sie nun jeden Sommer in einem Kindererholungsheim aushelfen. Ferien hätte sie laut der Eltern ja jetzt genug gehabt.«

»Sie wurde genötigt, während ihres Urlaubs zu arbeiten?«

»Ja«, Margot nickte traurig. Sie schob die Fotos zusammen.

»Darf ich das abfotografieren?«, fragte Kari.

Margot sah unsicher zu ihr herüber. Dann legte sie mit Nachdruck den Deckel auf den Karton und schob ihn Kari zu. »Nehmen Sie sie mit. Aber bitte bringen Sie sie mir zurück. Das ist ja alles, was ich von Bertha noch habe.«

Kapitel 20

Margot verabschiedete Kari herzlich. Sie wirkte ein bisschen traurig, vielleicht auch, weil sie am Ende noch über Melissa, Margots Tochter, gesprochen hatten. Die Ehe mit Johann war kinderlos geblieben, der einzige Wermutstropfen dieser großen Liebe. »Sobald sie sich meldet, sage ich Ihnen Bescheid. Sie weiß ja noch gar nichts von der Erbschaft. Ich empfange zwar ihre Post und darf sie öffnen, aber so weit, dieses Erbe anzunehmen, geht meine Vollmacht nicht.«

Nach dem Gespräch fuhr Kari zu Sesle. Es war ein warmer Tag, daher setzten sie sich auf eine Bank bei einer Grünfläche nahe des Boarding Houses der Klinik, in dem Sesle ein Apartment bezogen hatte. Sesle atmete schwer und platzierte beide Hände unter ihren Bauch. »Langsam wird es Zeit«, sagte sie lächelnd. »Willst du mal fühlen, wie mich da jemand tritt?«

Sie nahm Karis Hand und legte sie behutsam auf die riesige Kugel. Kari lachte, als sie die Bewegungen des Ungeborenen spürte.

»Wird Magnus bei der Geburt dabei sein?«, wollte sie wissen.

»Oh nein!« Sesle wedelte erschrocken ab. »Männer haben im Geburtssaal nichts verloren. Meine Meinung.

Außerdem befürchte ich, dass er in Ohnmacht fallen würde. Geburten haben nichts Romantisches an sich. Ich bin da konservativ.« Sie zog eine fröhliche Grimasse. »Und du? Wie sieht es bei dir aus?«

»Was meinst du?« Kari zog ihre Hand zurück und blickte ihre Freundin fragend an.

»Na, Liebe, Beziehung, Kinder.«

»Gleich mehrere?«, brummte Kari, grinste und wurde danach schlagartig ernst.

»Ich weiß im Moment nicht so richtig, wie es weitergeht«, gestand sie dann. »Es gibt jemanden, mit dem ich mir mehr vorstellen könnte. Aber ...«, sie brach ab, weil sie nicht wusste, wie sie es ausdrücken sollte.

»Lass mich raten. Er ist verdammt sexy, betreibt eine Kneipe in Utersum und hat etwas an sich, das anziehend und gefährlich zugleich wirkt.«

»Hör mal!«, rief Kari in gespielter Empörung aus. »Du bist glücklich verheiratet!«

»Allerdings. Dennoch habe ich Augen im Kopf.« Sesle wurde ernst. »Du bist verknallt in diesen Sörensen. Stimmts?«

Kari biss sich auf die Lippe.

»Ich weiß kaum etwas über ihn. Das flößt mir ein bisschen Angst ein.«

»So kenne ich dich gar nicht.« Sesle lachte komplizenhaft auf. »Du warst doch schon immer diejenige, die auf Bad Boys stand.«

»Ich? Niemals«, wehrte Kari lachend ab. Dann wurde sie wieder ernst.

»Manchmal muss man nicht viel über einen anderen Menschen wissen, um sich ihm nahe zu fühlen«, fuhr Sesle fort.

»Ja, ich habe mich verliebt«, presste Kari nach einer Weile hervor. »Wollte es zunächst nicht wahrhaben. Jetzt, wo ich monatelang Zeit hatte, darüber nachzudenken ...« Erneut hielt sie inne. Sesle sah sie ruhig an und wartete. Schließlich durchfuhr Kari ein Ruck. »Nachgedacht habe ich in den vergangenen Monaten tatsächlich viel über mein Leben. Als ich im Februar, nach meiner Suspendierung, hierher zurückkam, nicht wusste, wie es beruflich weitergehen würde, wollte ich schnellstmöglich wieder weg. Zurück in meinen Job, nach Berlin. Mein Kopf war nicht frei. Und was dann geschah, weißt du ja.« Beide blickten betroffen vor sich hin. Der Tod einer ihrer besten Freundinnen hatte sie tief erschüttert. Und ein Band neu geknüpft, das in den Jahren zuvor durch ihre unterschiedlichen Leben gelockert gewesen war.

»Dann durfte ich zurück. Zwar nur in einen Schreibtischjob, aber immerhin, und plötzlich sehnte ich mich hierher.«

Sesle nickte kaum wahrnehmbar.

»Mir war Berlin zu laut, zu hektisch, zu beliebig geworden. Es fühlt sich an, als ob meine Zeit dort um sei. Aber die Frage, wie es weitergehen soll, kann ich nicht beantworten.«

Sesle runzelte nachdenklich die Stirn. »Was, wenn du dich in den Norden versetzen lässt? Zur Polizei? Oder zur Kripo? Von Husum oder Flensburg ist es ein Katzensprung auf die Insel.«

Karis Stiefelspitzen malten flüchtige Figuren in das Gras unter ihr. »Habe ich dran gedacht. Weiß aber nicht, ob mich das erfüllt.«

»Ist es denn so viel anders als das, was du jetzt machst?« Sesle schien wirklich erstaunt. Kari lachte.

»Na ja, in einigen Dingen schon.« Sie würde es besser nicht ausführen. Sie fühlte sich bei Außeneinsätzen einfach wohler als in der immer verwaltungslastiger gewordenen Polizeiarbeit. Allerdings war ihre Tätigkeit als Zielfahnderin manchmal belastend gewesen. Sich mit Verdächtigen anfreunden, um Beweise für einen Mord zu sammeln. Oder sich in einen berüchtigten Clan einschleusen. Wollte sie das noch?

»Aber du überlegst ernsthaft?« Sesle beugte sich nach vorn, so gut es eben ging, und legte Kari eine Hand aufs Knie.

Kari hob den Blick. Schaute in das schier unendliche Blau des Himmels. Sog die würzige Luft ein. Nahm die Ruhe wahr, die sie umgab.

»Ja«, sagte sie dann. »Ich überlege ernsthaft.«

Nach dem Gespräch mit Sesle fuhr Kari nach Dagebüll, nahm dort die Fähre und verbrachte den größten Teil der Überfahrt an Deck. Sah, wie das Festland immer kleiner wurde, schließlich verschwand. Beobachtete die Möwen, die mit heiserem Kreischen dicht über den Köpfen der Fahrgäste dahinsegelten. Roch den Duft nach Tang und Salz und genoss das Schaukeln in den Wellen. In Wyk angekommen nahm sie den Bus zurück nach Utersum, stieg in Mitte aus und schlug den Weg durch die kleinen, gewundenen Straßen zu ihrer Kate ein, als sie plötzlich von hinten angebellt wurde.

»Hey«, rief sie erfreut, als sie Olga erkannte. Die dunkelbraune Deutsch-Drahthaar-Hündin wedelte heftig mit dem Schwanz und legte die Vorderpfoten auf Karis Schenkel.

»Olga! Aus!« Die Stimme gehörte einer schmächtigen Frau, die Kari, obwohl sie sie damals in Wyk gemeinsam mit Bent lediglich im Profil gesehen hatte, sofort erkannte. Dünnes blondes Haar, aus dem man vermutlich niemals so etwas wie eine Frisur würde machen können, ein blasses Gesicht mit hellen Augen. Dafür eine erstaunlich kräftige Stimme, der der Hund gehorchte.

»Olga und ich, wir kennen uns«, sagte Kari schlicht.

»Ach ja?« Die Augen der Frau zeigten Neugier.

»Bent hat mich mal zu Ove mitgenommen. Ihrem Bruder, wenn ich richtig liege?«

»Zu Ove? Ja, das ist mein Bruder. Ich bin Ada.« Sie hob die Hand zum Gruß.

»Kari Lürsen.«

»Ah«, sagte Ada und musterte Kari auf einmal noch einen Tick interessierter. »Olga freundet sich normalerweise mit niemandem an«, fuhr sie dann fort. »Sehr ungewöhnlich.«

Kari dachte an ihre erste Begegnung mit dem Tier. Es hatte gleich gefunkt, wenn man so sagen wollte. Auch jetzt bewegte der Schwanz sich immer noch heftig vor Wiedersehensfreude.

»Wir müssen«, meinte Ada und schnippte mit den Fingern. Olga sprang auf, hechelte Kari noch einmal erfreut an und folgte dann ihrem Frauchen. Kari blickte den beiden schmunzelnd hinterher.

Zu Hause angekommen, stellte Kari die Schachtel mit den Fotos auf den Wohnzimmertisch, wusch sich die

Hände und ging zu Jette hinüber. Die saß hinter dem Haus und löste ein Kreuzworträtsel.

»Der Automensch war da und hat den Wagen mitgenommen. Er bringt ihn morgen früh zurück, mitsamt den vier neuen Reifen.« Sie hob nicht den Kopf bei ihren Worten, sondern fuhr fort: »Sag mal, was ist eine amerikanische Polizeibehörde mit drei Buchstaben?«

»FBI«, schlug Kari vor. Jette trug es ein und legte mit einem zufriedenen Seufzen das Heft weg. »Deine Freundin ist sehr nett«, bemerkte sie. »Aber glaub ja nicht, dass ich nicht merke, dass ihr beiden da etwas ausheckt.« Sie blickte zu Kari hinüber. Eher nachdenklich als verärgert oder irritiert.

»Jette, ich mache mir Sorgen um dich«, brachte Kari es auf den Punkt. »Daher dachte ich, eine neue Bekanntschaft bringt dich auf andere Gedanken.«

»Das tut sie. Ich mag Tanja«, lautete die schlichte Antwort. »Aber dennoch, glaub nicht, mich hier jetzt betütteln zu müssen. Das gibt mir das Gefühl, alt und unnütz zu sein.«

Kari beugte sich gerührt zu Jette und legte ihre Hand auf die der Älteren. »Das bist du nicht. Ich kenne kaum einen Menschen, der so in sich ruht wie du. So einen klaren Kompass hat. Deswegen hat es mich beunruhigt, dich so neben dir stehend zu erleben.«

Jettes Augen zeigten einen Schimmer von Rührung. »Manchmal denkt man zu viel über unnütze Dinge nach«, sagte sie. »Und wenn man es begriffen hat, hört man damit auf.«

»Und, hörst du damit auf?«

Jette schwieg lange, bevor sie antwortete. »Ich versuche es«, sagte sie schließlich.

Dann schwiegen sie beide und Kari hatte das Gefühl, dass es ein gutes Schweigen war. Eines, das mehr verriet als verbarg und das war schon mal ein guter Anfang.

»Ich muss noch ein bisschen arbeiten.« Mit diesen Worten verabschiedete sich Kari eine Weile und zwei Tassen Tee später.

Zu Hause betrachtete sie den Karton, den Margot Viering ihr mitgegeben hatte. Sie hatte es kaum erwarten können, sich alle Fotos anzusehen. Doch jetzt spürte sie, dass ein anderes Gefühl stärker war. Sie hätte sich lieber an einem neutralen Ort mit Bent getroffen, hatte es aber versäumt, ihn anzurufen. Sprach etwas dagegen, ihn in seiner Kneipe aufzusuchen? Sie blickte auf die Uhr. Kurz vor zehn. Sie lächelte, schnappte sich ihre Jacke und verließ das Haus.

Die *Blaue Möwe* war an diesem Abend nicht oder nicht mehr gut besucht. Ein einsamer Zecher saß an der Theke und betrachtete Kari interessiert. Ein Paar stritt sich halblaut in einer der Nischen. Im hinteren Teil saßen zwei Frauen, die leise und begleitet von dramatischen Gesten miteinander redeten.

»Moin«, grüßte Bent. Es war ihm nicht anzusehen, ob er sich über ihr Auftauchen freute. Kari hob die Hand und setzte sich an die Theke, so weit entfernt wie möglich von dem einsamen Gast. Der bestellte gerade noch ein Bier, das Bent ihm in aller Seelenruhe zapfte, bevor er zu Kari kam.

»Ich habe einen schönen neuen Whisky«, sagte er leise. »Den würde ich gerne mit dir anbrechen.«

»Okay.« Kari trank gelegentlich gerne Whisky und Bents Geheimtipps hatten sich bisher immer als gut erwiesen.

»Es dauert noch ein bisschen, bis ich schließe. Ich bringe dir erst einmal einen Wein. Okay?«

Ein leises Kribbeln lief Karis Wirbelsäule auf und ab. Sie begriff Bents Worte als Einladung, etwas mit ihm allein zu trinken, wenn alle Gäste weg waren. Sie nickte. Aber ganz so leicht sollte es für ihn nicht sein. Immerhin gab es die Sache mit Larissa zu klären. Kari musste sich eingestehen, dass sie eifersüchtig war auf diese Frau. Sie hatte nicht vor, Bent diesen Umstand zu verschweigen.

Als Bent das Glas mit dem Wein vor ihr abstellte, berührten sich ihre Finger kurz. Ob Absicht oder nicht – Karis Herz fing an, heftig zu schlagen.

Beruhige dich, suggerierte sie sich stumm. Sie war doch kein Teenager mehr. Warum bloß fühlte sich das zwischen ihr und Bent so an?

Er lächelte ihr vom Zapfhahn aus zu und sie lächelte zurück. Sie nippte an ihrem Wein und genoss den Geschmack. Dann senkte sie den Kopf, starrte auf den Tresen und überlegte, was sie als nächstes im Fall Timo Knaup tun würde. Sie kam nicht weit. Der einsame Zecher rutschte von seinem Barhocker und kam, bereits leicht schwankend, auf sie zu.

»Kennen wir uns nicht von irgendwoher?« Er klang nicht mehr ganz nüchtern, aber auch nicht betrunken.

»Tut mir leid, aber ich glaube nicht«, versuchte Kari das Gespräch sofort zu beenden. »Außerdem warte ich auf jemanden.« Das stimmte ja, irgendwie.

»Ich habe Sie schon einmal gesehen«, beharrte er. Kari musterte den Mann scharf. Von Berufs wegen prägte sie sich Gesichter schneller ein als andere. Aber dieses hier rief nichts in ihr ab. Sie schüttelte sanft den Kopf. Bent blickte mit gerunzelter Stirn zu ihr herüber. Doch sein Eingreifen war nicht nötig. Der Gast zuckte mit den Schultern und verschwand auf die Toilette. Das Paar hatte ausgestritten.

»Zahlen!«, rief der Mann und Bent ging zu ihnen hinüber. Gleich darauf verließ auch das Frauenpaar die Kneipe. Lachend und gut gelaunt. Der einsame Gast kam zurück und erfuhr von Bent, dass es Zeit war, nach Hause zu gehen. Als die Tür hinter ihm zufiel, schloss Bent ab und drehte sich zu Kari um. Sie saß noch immer am Tresen und sah zu, wie er langsam auf sie zukam. *Wie ein Raubtier, das sich an seine Beute anschleicht*, dachte sie. Da stand er bereits vor ihr. Sah sie an. So direkt, dass ihr schwindelig wurde, obwohl sie kaum einen Schluck von ihrem Wein getrunken hatte.

»Nun, Kari Lürsen. Wie stehen die Dinge zwischen uns heute Abend?«

Sie atmete flach. Ihr ganzer Körper reagierte auf ihn, obwohl er sie nicht einmal berührte. »Ich zeige es dir«, sagte sie, legte die Hände um sein Gesicht und zog ihn zu sich. Eine halbe Ewigkeit verharrten sie so, sie blickte in seine dunklen Augen, in denen Flämmchen tanzten. Feuer, die sie angezündet hatte und die auch in ihrem Inneren brannten. Er sagte nichts, aber sie spürte, dass sich etwas verändert hatte. Die Atmosphäre zwischen ihnen war wie die Luft vor einem Gewitter. Das sich entlud, als sie ihn an sich zog und küsste.

Kapitel 21

Kari erwachte im sicheren Bewusstsein, dass sich etwas in ihrem Leben verändert hatte. Es dauerte nur einen Moment, bis sie wusste, was es war. Sie hatten es am Vorabend kaum noch in Bents Wohnung oberhalb der Kneipe geschafft. Der Whisky war vergessen gewesen, dennoch hatte sich alles angefühlt wie ein einziger Rausch. Sie hob den Kopf. Ihre und seine Klamotten lagen wild um das Bett zerstreut. Bent lag neben ihr auf dem Rücken und schlief, einen Arm über die Stirn gelegt. Sie beobachtete, wie sich seine Brust hob und senkte. Er atmete gleichmäßig und ruhig. Kari pellte sich aus der Decke und trat zum Fenster. Draußen wurde es nur zögerlich hell, graue Wolken hingen tief. Ihre Stimmung war ganz anders. Sie lächelte.

»Willst du schon gehen?«

Sie drehte sich um. Bent hatte die Augen geöffnet. Seine Blicke streichelten ihren nackten Körper. *Nein*, dachte sie, *ich will nicht gehen*. Lächelnd kroch sie zurück ins Bett, in seine Arme und dann dachte sie an gar nichts mehr.

Sie frühstückten in der Küche. Kari fiel hungrig über Eier, getoastetes Sauerteigbrot, Orangensaft und Kaf-

174

fee her. Bent wollte schwimmen gehen, aber Kari schüttelte den Kopf bei der Vorstellung, morgens in die kalten Fluten zu steigen.

»Ich bin kein Wassermensch«, erklärte sie und leckte sich etwas von der auf dem heißen Brot geschmolzenen Butter vom Finger. »Im Gegensatz zum Rest meiner Familie.« Hein war zur See gefahren. Ihre Eltern waren zu Lebzeiten ihres Vaters oft mit dem Segelboot unterwegs gewesen. Und ihr Bruder Carl liebte jede Form von Wassersport.

»Ich fühle mich unwohl, sobald ich mehr als fünf Meter vom Ufer entfernt bin.« Sie lachte ein bisschen verlegen auf. Aber so war es nun mal. Sie liebte das Meer, wenn sie es ansehen konnte. Sich darin zu bewegen war nicht ihr Fall.

Sie verließen das Haus gemeinsam. Bent zog sie zum Abschied an sich und sie küssten sich, bevor er in seinen Wagen stieg. Kari sah ihm hinterher. Als sie sich umdrehte, verschwand ein Schatten hinter der Front der *Blauen Möwe*. Hatte dort jemand gestanden und sie beobachtet? Sie lief die Straße entlang und blickte seitlich am Haus hinunter. Es war niemand zu sehen. Sie zuckte mit den Achseln und setzte ihren Weg fort.

Schon fünf Minuten später betrat sie ihr eigenes Grundstück.

Es war reine Gewohnheit, dass sie beim Hineingehen den Briefkasten öffnete. Die Post kam normalerweise nicht so früh am Vormittag. Dennoch hielt sie gleich darauf einen Umschlag in Händen. Sie runzelte die Stirn. Das Kuvert war nicht beschriftet, wies weder eine Briefmarke noch einen Absender auf. Sie nahm es mit ins Haus, öffnete es noch stehend und zog ein zwei

Mal gefaltetes Blatt Papier heraus. Als sie es aufklappte, blickte ihr das Gesicht einer jungen Frau entgegen. Es war die Kopie eines Ausweises. Melanie Böhme hieß die Abgebildete, geboren am neunten Juni 2001, wohnhaft in Hamburg. Kari starrte auf das Blatt in ihren Händen. Wer hatte ihr diese Nachricht zukommen lassen. Und warum? Sie hob den Kopf, sah nachdenklich vor sich hin. Es gab nur eine junge Frau, der momentan ihr Interesse galt. Es war die Freundin von Timo Knaup. Aber wenn weder die Polizei noch die Kripo sich mit ihr befasst hatten, nicht einmal wussten, dass es sie gab und daher laut Aussage von Peter Hansen ihre Identität nicht kannten, wer konnte ihr diese Nachricht dann zugespielt haben?

Kari öffnete ihren Laptop, loggte sich in ihr Dienstprogramm ein und ließ die Daten von Melanie Böhme durchlaufen. Sie hatte sofort zwei Treffer. Die Frau war wegen Drogendelikten und Prostitution vorbestraft. Wenn die Anschrift stimmte, wohnte sie in Hamburg. Kari zögerte nicht lange und schrieb eine kurze Nachricht an Emma Winterfort.

Kann ich heute Ihren Flugservice nutzen? Ich müsste dringend nach Hamburg.

Die Ministerpräsidentin antwortete bereits eine Viertelstunde später mit

Geht klar

Außerdem schickte sie eine Mobilnummer.

Zur Klärung der Details. Können Sie fortan nutzen, wann immer Sie sie benötigen. Kein Chauffeur dort, nehmen Sie ein Taxi.

Der Himmel über Hamburg war nicht weniger grau als der auf der Insel. Es roch nach Regen und Abgasen und Hafenwasser. Die gesuchte Adresse in der Nähe des Bahnhofs Dammtor gehörte zu einem alten und ziemlich heruntergekommenen Haus. Neben Melanies standen noch zwei weitere Namen an einem Klingelschild, das zu einer Wohnung im zweiten Stock führte. Kari stieg die knarrenden Holzstufen hinauf, folgte dabei dem Geruch nach Staub und kaltem Zigarettenrauch. Auf der Etage angekommen stellte sie fest, dass an keiner der beiden Türen ein Name angebracht war. Sie nahm aber nicht an, dass das ordentliche Schuhregal mit den Kinderstiefeln zur Wohngemeinschaft von Melanie gehörte und wandte sich der gegenüberliegenden Wohnung zu. Zunächst reagierte niemand auf ihr Klingeln. Erst als Kari nicht lockerließ, hörte sie von drinnen ein Poltern. Jemand fluchte, dann wurde die Tür aufgerissen.

»Was!?!«, schrie sie ein junger Mann in einem schmutziggrauen, langärmeligen Shirt mit strähnigem Haar und üblem Mundgeruch an, sodass sie versucht war zurückzuweichen.

»Ich will zu Melanie«, sagte sie stattdessen ruhig.

Der Kerl musterte sie. Ihre Stiefel, ihre Jeans, das Shirt und die leichte Baumwolljacke. Sie wusste, dass sie damit wirkte, als könne sie eine Bekannte von Melanie sein. Dennoch knurrte er misstrauisch »Und wer bist du?«

»Kari«, sagte sie einfach. Endlich öffnete er die Tür weiter. Aus blauen Boxershorts lugten dünne Beine heraus. Karis Blick fiel auf die dunklen Punkte an seinen nackten Füßen. Sie war in einer Fixerhöhle gelandet. Jetzt, wo mehr Licht das Gesicht ihres Gegenübers erhellte, erkannte sie seine stecknadelkopfgroßen Pupillen.

»Melanie schläft«, bedeutete er ihr und wollte die Tür schließen. Blitzschnell stellte Kari ihren Fuß dazwischen.

»Dann wecke ich sie. Es wird sie interessieren, was ich ihr zu sagen habe.« Ihr Ton hatte sich verändert. War nicht mehr so freundlich. Der Kerl starrte sie an. Der war kein Held. Der dachte nur an seinen nächsten Schuss. Hoffte sie. Denn sonst konnte das hier noch recht ungemütlich werden. Während der Kerl ohne Namen überlegte, was er machen sollte, hörte sie, wie die Tür der Wohnung gegenüber geöffnet wurde. Eine Kinderstimme sagte etwas auf Türkisch. Eine tiefe Männerstimme antwortete. Kari drehte den Kopf. Ein vielleicht fünfjähriges Mädchen in ordentlichen pinken Kinderklamotten, ein gepflegter Mann, vermutlich Mitte dreißig, der seine Tochter gerade auf den Arm hob, damit sie den derangierten Kerl an der Tür nicht sah. Der Blick des Vaters sprach Bände. Er war nicht angetan von dieser Nachbarschaft. Vielleicht hatte es auch schon Ärger gegeben, denn als jetzt auch noch die Frau gegenüber aus der Wohnung trat, ließ der Kerl Kari endlich eintreten und schloss schnell die Tür. Im selben Moment wünschte Kari, sie wäre draußen geblieben. Es roch entsetzlich. Sie atmete so flach es ging.

»Dort drüben.« Ein dürrer Finger zeigte auf eine der geschlossenen Türen. Dann schlurfte Melanies Wohnungsgenosse in sein eigenes Zimmer zurück. Die Tür fiel mit einem lauten Knall zu.

Kari blickte sich um. Sie befand sich in einer fensterlosen Diele, aus der fünf Türen abgingen. Eine stand offen und erlaubte den Blick in eine Küche, bei deren Anblick einem übel werden konnte. Eine führte vermutlich ins Bad. Sie ging auf das Zimmer zu, auf das der Mann gezeigt hatte. Klopfte an. Nichts rührte sich. Sie versuchte es erneut. Keine Reaktion. Vorsichtig drückte sie die Klinke nach unten. Der Raum war nicht verschlossen. Langsam schob sie die Tür auf. Im Inneren war es dunkel und sehr warm. Gerade so, als habe jemand die Heizung voll aufgedreht. Erfreulicherweise drang aus dem Zimmer kein Gestank. Im Gegenteil, es duftete nach Räucherstäbchen. Sandelholz, tippte Kari.

»Frau Böhme?«, rief sie. Endlich erfolgte eine Reaktion. Jemand stöhnte leise, Bettwäsche raschelte.

»Ich komme jetzt rein«, verkündete Kari. Ihre Hand tastete nach dem Lichtschalter. Als sie ihn betätigte, wurde der ganze Raum in ein orangefarbenes Licht getaucht – das Ergebnis eines dünnen Schals, der über die Deckenlampe geworfen worden war. »Wer bist du?«, krächzte eine Frauenstimme.

»Ich bin Kari Lürsen. Können wir miteinander reden?« Sie ließ die Tür halboffen stehen und trat an das Bett, das eigentlich nur eine Matratze auf dem Boden war. Dort schälte sich nun langsam eine Person aus den vielen Decken und Kissen. Trotz der diffusen Lichtverhältnisse erkannte Kari, wie blass sie war.

»Bist du Melanie?«

»Ja.« Kaum zu verstehen.

»Wo können wir miteinander sprechen?«

»Sprechen?«

Langsam wurde die Frau im Bett etwas wacher. Setzte sich auf. Kari schaute ihr direkt ins Gesicht. Es war zweifellos das Konterfei der Frau auf dem kopierten Ausweis, den man ihr geschickt hatte. Im Flur wurde eine Tür geöffnet, jemand schlurfte hustend dort herum. Wasser wurde auf- und wieder abgedreht, etwas fiel in der Küche scheppernd zu Boden. Kari entschied, so schnell es ging aus dieser Wohnung zu verschwinden. Zunächst aber schob sie die Zimmertür etwas zu und trat an Melanies Bett.

»Über Föhr.«

»Föhr?«

Langsam kam es ihr vor, als würde sie mit einem Papagei reden.

»Du warst dort. Mit Timo. Vor eineinhalb Jahren. Klingelt es jetzt bei dir?«

Melanie hob den Arm und kratzte sich am Kopf. Der Geruch nach altem Schweiß nahm Kari fast den Atem.

»Nope.« Sehr gesprächig war Karis Gegenüber nicht.

»Was heißt das? Du warst nicht dort oder du erinnerst dich nicht?«

Jetzt endlich hatte sie die volle Aufmerksamkeit der jungen Frau.

»Ich war noch nie in diesem Ort, Föhr.«

»Föhr. Die Insel«, verbesserte Kari sie.

»War ich nicht«, hielt Melanie dagegen.

»Kennst du Timo?«, wollte Kari nun wissen.

»Timo? Sagt mir nichts«, nuschelte Melanie. Sie drehte sich halb und griff nach einem Glas, das neben einem unordentlichen Klamottenberg auf dem Boden stand. Es war blind vor Schmutz und leer. »Kann ich mal aufstehen?« Melanies Handbewegung schien anzudeuten, dass sie wenig anhatte unter ihrer Decke. Kari erhob sich seufzend, blickte sich in dem unaufgeräumten Raum um, ging zum Fenster und zog die Vorhänge beiseite. Graues Regenwetterlicht fiel ins Zimmer. Es hatte angefangen zu regnen. Sie hatte wohl eine Sekunde zu lange so gestanden. Als sie die Bewegung hinter sich spürte, drehte sie sich blitzschnell um. Nicht schnell genug. Sie sah gerade noch einen Baseballschläger auf sich zurasen, bevor sie ins Dunkel fiel.

Kapitel 22

»Verdammt, die Alte ist ein Bulle.« Woher kannte sie diese kratzige Stimme? Nur langsam klärte sich der Nebel in Karis Gehirn.

»Hat sie Geld dabei?« Drängendes Flüstern.

»Das Handy kann ich verkaufen.« Fiebrige Hände an ihrer Jacke.

»Hier, Kohle.« Melanie hatte die Scheine in der Innentasche entdeckt.

»Ruf an, er soll was vorbeibringen.« Eine dritte Stimme. Schrill vor Gier. Vielleicht war da schon einer auf Turkey.

»Wir müssen sie verschwinden lassen.« Das war wieder die kratzige Stimme des Kerls von der Tür.

»Bist du verrückt.« Melanie. Sie sprang auf. »Wir müssen eh hier raus. Warum nicht gleich. Wir lassen die Alte einfach liegen.«

»Hey Mel, bist du noch ganz dicht. Unsere Sachen, die nehme ich mit.«

Kari war jetzt vollkommen wach und folgte der Unterhaltung mit geschlossenen Augen. Die drei hatten sie, getrieben von Geldsorgen und ihrer Sucht, einfach ausrauben wollen. Dabei ihren BKA-Ausweis entdeckt. Suchten jetzt einen Ausweg aus dem Dilemma. Das waren Fixer, aber keine Mörder. Oder doch? Wenn Melanie Böhme Timo Knaups Freundin und mit ihm auf Föhr gewesen war, wofür alles sprach, könnte auch sie die Täterin im Fall Franzen sein. Er hatte den Mord womöglich gestanden, um sie zu decken. Schützte sie bis heute. Kari spürte – und roch – dass die drei sich erhoben und entfernt hatten. Sie teilten das Geld auf, stritten in der nächsten Sekunde darüber, was ihr Handy wert war. »Du willst uns linken!«, schrie Melanie denjenigen an, der sich als Experte aufspielte. Mit diesem Streit waren die drei derart beschäftigt, dass sie nicht mitbekamen, dass Kari die Augen öffnete. Melanie stand neben ihr, lediglich mit einer Unterhose und einem weiten Schlabbershirt bekleidet. Der Kerl mit der kratzigen Stimme trug immer noch denselben Aufzug, in dem er ihr die Tür geöffnet hatte. Der Dritte im Bunde war ein kleiner Dünner mit einem unordentlichen blonden Schopf. Er zappelte herum und selbst auf die Entfernung und aus ihrem Winkel heraus erkannte Kari den kalten Schweiß auf seinem Körper. Der war eindeutig auf Turkey. Das hieß, er war unberechenbar, aber auch schwach. Sie blinzelte. Der Baseballschläger, mit dem man sie niedergestreckt hatte, lag neben ihrem rechten Fuß am Boden. Ihr Kopf schmerzte höllisch. Sie überschlug kurz ihre Möglichkeiten. Es waren nicht viele. Sie musste die drei überrumpeln, solange sie um Geld stritten und nicht auf sie achteten. Ihr Moment war gekommen, als der auf Turkey versuchte, dem anderen einen Schein aus der Hand zu reißen. Die beiden Männer waren sofort in ein Handgemenge verwickelt. Melanie heulte auf, als sie angerempelt wurde und zu Boden ging. Im selben Moment sprang Kari auf, griff nach dem Baseballschläger und schrie, so laut sie konnte.

»Aufhören! Ruhe hier drin!«

Die beiden Männer fuhren auseinander und zu ihr herum. Melanie blickte mit schmerzverzerrtem Gesicht zu ihr auf.

Kari ließ den Baseballschläger demonstrativ auf und ab wippen.

»Wenn hier einer einen Mucks macht, stehen sofort die Bullen auf der Matte. Habt ihr das kapiert?«

Turkey wollte sich auf sie stürzen, wurde aber von Boxershorts gestoppt. Melanie robbte am Boden weg.

»Liegenbleiben!«, schrie Kari. Melanie hielt mitten in der Bewegung inne. Sie blickte angstvoll, die beiden Männer wirkten nervös.

»So. Ich sage euch jetzt was. Ihr zwei«, Kari deutete auf die Männer, »geht jetzt ins Badezimmer.«

»Was?« Turkey blinzelte verständnislos.

»Ins Bad. Los!« Kari hatte keine Lust auf Diskussionen.

»Und du stehst auf«, forderte sie von Melanie. Die hatte sich beim Sturz auf den Boden den Ellbogen angeschlagen und rieb ihn mit schmerzverzerrtem Gesicht.

Alle drei trotteten zur Tür hinaus. Turkey machte noch einen Versuch zu flüchten und erhielt von Kari dafür einen heftigen Schlag gegen die Schulter. Danach herrschte Ruhe. Kari ließ die beiden Männer ins Badezimmer vorausgehen.

»Du«, sie wandte sich an Melanie, »schließt sie jetzt ein. Aber vorher«, sie blickte die drei mit kalten Augen an, »gebt ihr mir mein Handy zurück. Das Geld könnt ihr behalten. Sofern ihr die nächste halbe Stunde keinen Mucks macht.«

»Aber ...«, setzte Turkey an.

»Schnauze!«, brüllte Kari. Der Kerl taumelte, als habe sie ihn geschlagen.

»Und Ruhe jetzt. Sonst garantiere ich euch, dass eure Nachbarn schneller mit der Polizei hier auf der Matte stehen, als ihr bis drei zählen könnt.«

Nachdem sie ihr Handy zurückerhalten und Melanie ihre beiden Mitbewohner im Bad eingeschlossen hatte, winkte Kari die junge Frau wieder in ihr Zimmer zurück. Die Tür blieb dieses Mal ganz offen. Aus dem Bad kamen jammernde Geräusche.

»So. Und jetzt von vorn. Du warst mit Timo vor einundeinhalb Jahren auf Föhr. Ihr hattet eine Ferienwohnung in Oevenum gemietet. Was ist dort geschehen?«

Melanie rieb sich immer noch heftig den Arm. Ihre Augen wirkten riesig in dem schmalen Gesicht.

»Ich war dort nicht«, behauptete sie erneut. »Einen Timo kenne ich nicht.«

»Wie kommt dann dein Ausweis dorthin?« Kari entsperrte ihr Mobiltelefon und zeigte Melanie den Zettel, den sie abfotografiert hatte. Melanies Gesichtsfarbe wechselte von kränklich auf leichenblass.

»Das ist mein Ausweis«, erklärte sie überflüssigerweise.

»Genau. Und wenn du nicht auf Föhr warst, erkläre mir doch bitte, wie dieses Dokument dorthin kommt. Es wird ja nicht alleine herumspaziert sein.« Melanie verzog das Gesicht. Auf einmal wirkte sie jünger als einundzwanzig. Fast noch wie ein Kind. Und wie ein Kind heulte sie nun auf.

»Das war ich nicht. Das wusste ich nicht. Ich will nichts mit den Bullen zu tun haben. Bitte glauben Sie mir.« Sie schien endlich begriffen zu haben, was Sache war. Ihre Angst stand im Raum wie eine dritte Person. »Ich wollte Sie auch nicht niederschlagen. Aber …« Eine hilflose Geste auf das Chaos um sie herum vervollständigte wortlos den Satz.

»Noch einmal – wie kommt dein Ausweis nach Föhr?«

Melanie ließ sich auf ihre Matratze plumpsen, zog die Knie an und legte ihren Kopf darauf. Ihr magerer Rücken zuckte, sie weinte immer noch.

»Wenn ich es Ihnen sage, lassen Sie mich dann laufen?«

»Sofern du nichts Schlimmes getan hast«, erwiderte Kari. Ihr Gegenüber konnte ja nicht wissen, dass sie gar keine offizielle Handhabe hatte.

»Der Ausweis, den habe ich einer Freundin geliehen. Die hatte ihren verloren und konnte nicht zu den Bu… also … egal jetzt. Wir sehen uns ähnlich«, nuschelte Melanie in ihre Knie. Sie hob den Kopf, wischte sich die Tränen aus dem Gesicht und blinzelte Kari verständnisheischend an. Im Badezimmer wurde es laut. Es hörte sich an, als ob einer der beiden, vermutlich Turkey, den Schrank dort zerlegte und sein Kumpel ihn daran hindern wollte. Lange würde das mit den beiden nicht gut gehen.

»Welche Freundin? Wie heißt sie?«

Melanie zog geräuschvoll die Nase hoch und zuckte mit den Schultern.

»Wir kennen uns nur so«, behauptete sie.

»Hör mal, wenn du mir jetzt nicht die Wahrheit sagst …«

Ein lautes Krachen aus dem Badezimmer unterbrach sie. Kari sprang auf, schlug mit dem Baseballschläger gegen die Tür und schrie: »Ruhe da drin. Je lauter ihr werdet, desto länger dauert es!«

»Die Alte schmiert uns an«, jammerte Turkey aus dem Inneren.

»Sie hat gesagt, wir können das Geld behalten«, wies ihn sein Kumpel auf das Wesentliche hin.

Kari betrachtete die Tür. Sie wirkte nicht stabil.

»Ein Mucks noch und ihr seid geliefert!«, schrie sie den beiden zu. Innen kehrte Ruhe ein.

Melanie hatte der Diskussion stumm gelauscht.

»So, meine Liebe. Du stehst jetzt auf, ziehst dir eine Hose an und ich nehme dich mit«, verkündete Kari mit energischer Stimme.

»Was? Nein ... ich ... ich ... nein, ich kann nicht«, stammelte die junge Frau.

»Doch. Ich habe keine Lust, mit dir hier meine Zeit zu verplempern. Auf der Polizeiwache wirst du dich vielleicht schneller erinnern. Wir sperren dich dort in eine Zelle und warten, bis dir wieder einfällt, wem du deinen Ausweis geliehen hast.«

Die bloße Aussicht malte den Schock direkt in Melanies Gesicht.

»Nein. Tun Sie das nicht. Ich sage Ihnen alles.« Und das tat sie.

Als Kari das Haus verließ, warf sie unten den Badezimmerschlüssel in den Briefkasten der WG. Selbst wenn Melanie schnell war, würden ihre beiden Mitbewohner Kari nicht mehr einholen können. Der Baseballschläger landete in der nächstbesten Mülltonne, bevor sie im leichten Laufschritt zum Bahnhof Hamburg-Dammtor joggte, dort ein Taxi nahm und sich zum Flughafen bringen ließ. Den Piloten rief sie von unterwegs an. Erfreulicherweise konnten sie praktisch sofort starten. Die Geschichte, die Melanie Böhme ihr erzählt hatte, ging wie folgt: Es gab da eine Freundin, die zusammen mit einem massiven Drogenproblem auf der Straße lebte. Diese Freundin hatte in der Entzugsklinik einen Typen aufgerissen, damit war wohl Timo gemeint, der ein Helfersyndrom hatte und der sich in besagte Cheyenne verliebte. Ziemlich heftig, wenn man Melanie Glauben schenken konnte. Da Timo sie vermutlich bis heute schützte, nahm Kari das als gegeben hin. Bevor die beiden nach Föhr aufbrachen, hatten sie einen Abstecher nach Holland gemacht.

»Dafür hat sie den Ausweis gebraucht«, meinte Melanie. »Für alle Fälle, hat sie gesagt.« Ja, im Ausland war man besser mit einem entsprechenden Dokument unterwegs. Und weil die beiden fast gleich alt waren und sich ähnlich sahen, hatte Melanie ihren Personalausweis verliehen. Obwohl Kari nun den Namen von Timos Freundin kannte und wusste, dass die beiden sich in der Entzugsklinik kennengelernt hatten, fehlte ihr die letzte Anschrift, unter der Cheyenne gemeldet gewesen war. Die war der Klinik sicher bekannt, aber dort würde man sie nicht so ohne Weiteres herausrücken. Da Kari über keinerlei offizielle Befugnisse verfügte, musste sie anders an die Daten rankommen. Falls Cheyenne straffällig geworden war, würde sie sie aufgrund des Vornamens womöglich finden können. Falls nicht, sah sie schwarz.

Kari beschloss, ein zweites Mal mit Timo zu sprechen. Erneut nach Frankfurt zu fliegen erschien ihr übertrieben. Sie schickte eine Anfrage an die JVA Preungesheim und erhielt, kaum auf Föhr gelandet, überraschend schnell eine Antwort. Ja, eine Videokonferenz über ein geschütztes System war möglich. Sie würde Timo nun mit dem Namen seiner Freundin konfrontieren. Er sollte ruhig wissen, dass sie sie ausfindig gemacht hatte. Vielleicht fiel ihm dann auch ein, wo sie sich aufhalten könnte.

In Utersum angekommen, hatte Kari noch Zeit bis zum Videocall. Sie nutzte sie, indem sie sich die Fotos ansah, die Margot Viering ihr mitgegeben hatte. Auffallend waren Berthas gelöste Gesichtszüge auf den Ablichtungen, die sie gemeinsam mit ihrer Patentochter Melissa zeigten. Bertha musste die Kleine über alles geliebt haben. War es schmerzlich für sie gewesen, sie nach dem Bruch mit Margot nicht mehr wiederzusehen? Die bedrückende Atmosphäre, die Kari im Haus der Franzens verspürt hatte, bekam jetzt eine weitere Bedeutung. Bertha war zu ihren Eltern zurückgekehrt. Sie hatte dabei bestimmt nicht vergessen, wie befreiend das Gefühl des Zusammenlebens mit ihrer Freundin und deren Tochter gewesen war. Selbst wenn Margot kurz danach mit Berthas Ex-Verlobtem Johann zusammengekommen war. Bertha hätte sich selbst eine kleine Wohnung mieten können. Warum nur hatte sie sich derartig diktatorischen Eltern untergeordnet? Das Haus und damit ihr Erbe zu verlieren war womöglich ein Grund. Reichte das aus, um das eigene Leben zu verpassen? Nachdenklich scrollte Kari durch die Bilder auf ihrem Handy. Bertha, mit trotzigem Stolz im Gesicht, den Schlüssel zum Haus in der Hand. Mit dem Schmuck. Kari war klar, dass es sich dabei um die Preziosen von Berthas Mutter handeln musste. Bertha hatte die Stücke privat nicht getragen. Die Fotos wirkten daher wie Trophäen. Seht her, ich habe euch und eure Gefühlskälte überlebt! Verwunderlich war es nicht. Von Pastor Conradi wusste Kari bereits, dass Bertha ein spätes Kind gewesen war. Bertha war 1936 geboren, ihre Mutter damals fast schon nicht mehr im gebärfähigen Alter. Hatten die Franzens sich über ihren Nachwuchs gefreut? Oder war die Schwangerschaft eine unangenehme Überraschung für sie gewesen? Eines konnte man mit Sicherheit sagen – Berthas Bindung an Vater und Mutter war nicht eng gewesen, womöglich hatte sie sie gehasst, hatte aber im Leben die Kraft nicht aufbringen können sich von ihnen loszusagen. Doch im Tod hatte sie nicht mehr in ihrer Nähe sein wollen. Das sprach Bände. Margot Viering hatte ihre Freundin Bertha nie wieder zu deren Eltern begleitet, sie auch nicht dort besucht, nachdem Bertha nach Oevenum zurückgekehrt war. Zu schrecklich waren der lebensfrohen Margot die Stunden in diesem ungastlichen Haus in Erinnerung geblieben. Berthas Eltern hatten überdies alles darangesetzt, die Freundschaft der beiden Frauen zu zerstören. So betrachtet wirkte die Tatsache, dass Bertha ausgerechnet deren Tochter Melissa das Anwesen vermacht hatte, fast schon wie der sprichwörtliche Mittelfinger, den sie ihren Eltern damit zeigte.

Kari nahm ein Foto nach dem anderen aus dem Karton und legte alles, was sie gesehen hatte, auf einen ordentlichen Stapel. An der Ansichtskarte blieb sie hängen. *Sommermädchen*, das klang heiter. Entsprach aber gar nicht dem Foto, das auf Amrum aufgenommen worden war. Keines der Kinder lachte oder lächelte. Alle blickten ernst, wenn nicht sogar verschreckt in die Kamera. Was für ein Erholungsheim das wohl gewesen war? Ein Klopfen an der Tür riss Kari aus ihren Betrachtungen. Jette stand vor dem Haus, sie hielt zwei Zucchini in der Hand.

»Bei mir sind sie dieses Jahr gewachsen wie Unkraut«, mit diesen Worten überreichte sie Kari das Gemüse.

»Komm rein, setz dich. Magst du einen Kaffee?«

»Hast du denn einen?« Jette hob schnuppernd die Nase.

»Wollte gerade einen kochen.« Das entsprach der Wahrheit. Kari verzog sich in die Küche, Jette nahm im Wohnzimmer Platz. Als Kari mit dem Kaffee zurückkam, deutete die Ältere auf den Stapel Fotos.

»Arbeit?«

»Ja. Es ist merkwürdig, auf was für Lebenslinien man dabei manchmal stößt.« Sie schenkte sich und Jette ein.

»Hast du mal etwas von einem Kindererholungsheim auf Amrum gehört?«

Jettes Stirn legte sich in Falten. »Da gab es einige«, sagte sie. »Da kamen Kinder aus ganz Deutschland hin. Solche, die Bronchitis hatten oder Lungenkrankheiten. Das war lange vor deiner Zeit.« Sie nippte an ihrem Kaffee und schmatzte anerkennend.

»*Nordsee-Stern* hieß eines davon. Kanntest du das?«

»Das ist abgebrannt«, erklärte Jette, ohne nachdenken zu müssen. »Muss irgendwann in den Neunzigern gewesen sein.«

»Weißt du etwas darüber?«

»Nur, was so gemunkelt wurde. Von Brandstiftung war die Rede, weil die Betreiber verschuldet waren. Es war aber wohl nachweislich ein Unfall. Alte Leitungen oder so.«

»Kam jemand zu Schaden?« Kari dachte an die kleinen Mädchen vom Foto.

»Nein. Damals war das Heim schon geschlossen. Es war ein altes Gemäuer, nicht sehr komfortabel. Heute steht dort auf dem Gelände ein Apartmenthaus mit Ferienwohnungen.« Jette schielte auf die Fotos. Kari schob ihr das hinüber, welches das Heim noch in voller Pracht zeigte.

»Was schätzt du, wann das war?«

»Siebziger Jahre, denke ich, wegen der Klamotten der Kinder«, lautete Jettes Antwort, die sich mit Karis Überlegungen deckte.

»Fällt dir was auf?«

Jette wiegte den Kopf. »Sehen alle sehr ernst aus. Gar nicht wie fröhliche Kinder.«

»Ja, das denke ich auch«, meinte Kari und legte das Foto zurück auf den Stapel.

Dann fiel ihr ein, was sie Jette noch fragen wollte.

»Sag mal, hast du zufällig heute früh jemanden an meinem Briefkasten gesehen?«

»Nein, niemanden«, antwortete Jette. »Warum fragst du?«

»Ich habe anonym Post erhalten.«

»Was Schlimmes?«

»Eher etwas, was mir bei meiner Arbeit helfen sollte. Ich kann mir nur nicht erklären, warum, und wer daran ein Interesse haben könnte.«

Draußen rumpelte ein Fahrzeug heran und beide erhoben sich. »Der Volvo ist da«, stellte Jette bei einem Blick aus dem Fenster fest. Tatsächlich, da stand das Auto wieder mit vier nagelneuen Reifen. Kari konnte nur hoffen, dass es kein zweites Mal zu einer Schlitzerei kommen würde.

Timo Knaup machte im Videocall erneut einen nervösen und fahrigen Eindruck. Er wirkte jedoch an diesem Tag ein wenig frischer. Kari konfrontierte ihn sofort mit ihren Erkenntnissen.

»Die junge Frau, die sich Cheyenne nennt, wo könnte sie sich aufhalten?«

Ihrem Gegenüber quollen fast die Augen aus dem Kopf. »Woher kennen Sie ihren Namen?«

»Es stimmt also. Es handelt sich um Ihre Freundin.«

Er versuchte noch ein paar Minuten, kraftlos zu leugnen, gab aber schließlich zu, was nicht mehr zu vertuschen war.

»Cheyenne, ist das ihr richtiger Vorname?«

Timo bejahte.

»Und der Familienname?«

»Probst. Aber ich will nicht, dass sie in die Sache reingezogen wird«, sagte Timo leise. »Bitte, lassen Sie sie da raus.«

»Timo. Ist Ihnen eigentlich klar, worum es hier geht?«

Über den Bildschirm hinweg sah er sie mit waidwundem Blick an. Kari konnte sich in diesem Moment nicht vorstellen, dass dieser schwächlich wirkende Mann mit der taffen Ministerpräsidentin verwandt sein sollte.

»Sie sagen, dass Ihr Geständnis falsch war. Dass Sie Frau Franzen nicht getötet haben, sondern sie schon nicht mehr lebte, als Sie das Haus betraten. Sie haben ihr Geld gestohlen und das Warum hat sich für mich jetzt dadurch beantwortet. Sie brauchten dieses Geld für Ihre drogenabhängige Freundin. Mit der Sie vorher in Amsterdam waren. Wozu? Um Stoff zu kaufen? Direkt nach dem Entzug? Sie haben sich lautstark in einem Lokal um Geld gestritten, es gibt Zeugen. Wissen Sie, Timo, selbst wenn Sie Ihr Geständnis jetzt zurückziehen, ist das ein starkes Motiv. Die Liebe zu einer Frau, die abhängig ist und Geld benötigt. Das Sie ihr durch einen Mord verschafft haben!«

»Nein«, heulte ihr Gegenüber auf. »So war das nicht.« Er wiederholte seine neuste Version, wonach er Bertha Franzen tot im Haus gefunden hatte. »Es stimmt, Cheyenne und ich hatten uns gestritten. Die ganzen Tage. Ich musste raus, den Kopf frei kriegen, wir waren beide ständig auf Dope, ich dachte, mir platzt der Schädel, und ich konnte nicht mehr. Da habe ich von der Straße aus die Tasche in der Diele liegen sehen und völlig überstürzt gehandelt. Meine Freundin wusste von nichts, sie ist ja im Apartment geblieben.«

Ja, das sie nach seinem Abgang durchsucht hatte, ganz sicher in der Hoffnung, doch noch etwas zu finden. Stoff oder Bares oder beides. Was war dann geschehen? Die junge Frau hatte die Ferienwohnung spätestens am darauffolgenden Morgen verlassen. Als die Kripo dort auftauchte, war sie bereits weg. Wohin war sie gegangen, ohne Geld? Warum hatte sie nicht auf ihren Freund gewartet? Warum hatte er nicht dafür gesorgt, dass sich jemand um sie kümmerte? Aus Angst, sie mit in die Sache hineinzuziehen? Und wer zum Teufel hatte Kari die Ausweiskopie von Melanie Böhme in den Briefkasten geworfen? Fragen, die Timo Knaup nicht beantworten konnte. Eines jedoch verriet er Kari dann überraschend doch noch. »Cheyenne hat Verwandte in Italien. Trento heißt der Ort. Vielleicht ist sie dort.«

Jo Weinheimer reagierte sofort auf Karis Nachricht mit der Frage, ob er jemanden vor Ort in Trento hatte, der Timos Aussage diskret überprüfen könnte.

Geht klar, schrieb er.

Wenig später kam eine zweite Nachricht.

Wie geht es dir? Kommst du voran?

Sie überlegte kurz, was sie ihm antworten sollte, und schrieb dann die Wahrheit. Nämlich, dass es momentan keine Spur zu einer anderen Täterperson gab und Timo Knaup sich mit seinem Verhalten nicht gerade entlastete. Details nannte sie nicht.

Nach diesem Gedankenaustausch brauchte Kari dringend frische Luft und Bewegung, um ihren immer noch schmerzenden Kopf frei zu kriegen. Sie zog sich um und schlug den Weg zum Strand ein, den sie zehn Minuten später erreichte. Die Sonne hatte sich tagsüber nur selten gezeigt und es kühlte bereits ab. Was viele Menschen dennoch nicht davon abhielt, das Strandleben bis zur buchstäblich letzten Minute zu genießen.

Kari ging zum Meer hinunter und spazierte auf dem feuchten Sand entlang. Die Luft roch nach Tang und Algen, gelegentlich vermischt mit dem leichten Duft von Sonnenlotion. Während ihr Blick den Wellenbewegungen des Meeres folgte, bis sie am Horizont verschwanden, dachte sie nach. Die Nacht mit Bent hatte etwas in ihr angestoßen. Es hatte sich anders angefühlt als die kurzen Affären, die sie in den vergangenen Jahren gehabt hatte. Am Morgen hätte sie es noch nicht benennen können. Jetzt wusste sie, dass es die Intensität war, mit der sie beide sich aufeinander eingelassen hatten. Sie würde mit ihm über Larissa sprechen müssen, um für klare Verhältnisse zu sorgen. Und dann? Sie konnte nicht über diesen Punkt hinaus denken und vertröstete sich. Alles würde sich weisen. Wichtig war ihr auch Jette. Sie schien wieder ganz die Alte zu sein, hatte Kari erzählt, dass Tanja am Vorabend bei ihr gewesen war. Die beiden waren dabei, sich anzufreunden. Ein Gedanke, der Kari gefiel. Sie mochte beide Frauen, kannte Tanja bisher zwar kaum, wusste aber, dass sie und Jette sich in vielen Dingen ähnlich waren.

Karis Gedanken kehrten zu den Geschehnissen des Tages zurück. Sie befühlte die Beule an ihrem Hinterkopf. Was für ein Glück, dass Melanie nicht wirklich hart zugeschlagen hatte. Dafür war sie viel zu schwach. Unwillkürlich schüttelte sie den Kopf. Was für ein Dasein! Inmitten von Dreck und Chaos, immer bestimmt von der Gier nach dem nächsten Schuss. Sie fühlte sich nicht verantwortlich für das, was andere Menschen mit ihrem Leben anstellten. In diesem Fall hätte sie dennoch am liebsten jemanden von der Drogenberatung in die verwahrloste Wohnung geschickt. Ob Cheyenne in einer ähnlichen Umgebung hauste? Vermutlich noch schlimmer. Wenn sie tatsächlich auf der Straße lebte, hatte sie gar kein Dach über dem Kopf. An die Geschichte mit der Verwandtschaft in Italien glaubte Kari nicht. Falls es sich als wahr herausstellen würde, wäre sie überrascht.

Als jemand mit einer Tüte voll fettigem Inhalt an ihr vorbeiging, überfiel sie der Hunger regelrecht. Sie drehte um, ging zu der Bude, die sich neben dem *Haus des Gastes* oberhalb der Dünen befand, und kaufte sich eine Portion Fish & Chips, die sie auf dem Nachhauseweg verspeiste. Dort angekommen holte Kari ihr Handy heraus und tippte die Nummer von Tanja Sievers an. Die hob bereits nach dem zweiten Klingeln ab.

»Was hältst du davon, nachher bei mir vorbeizukommen?«, schlug sie Kari vor. »Wir trinken eine Tasse Tee und unterhalten uns. Am Telefon mag ich das nicht so gerne.«

Kapitel 23

Kari war mit dem Rad nach Dunsum gefahren. Der Ort war mehr als übersichtlich und gliederte sich dennoch in Groß-Dunsum und Klein-Dunsum, wobei eine der angeblichen Frozzeleien zwischen den beiden Mini-Gemeinden darin bestand, darüber zu streiten, welcher Ortsteil wohl wirklich größer war. Da konnte die Geburt von Zwillingen im einem Teil bei gleichzeitigem Todesfall im anderen ganz schön was durcheinanderwirbeln.

Tanjas Haus lag unweit der Uaster Klant. Ein gepflegter, sandfarbener Bau mit Reetdach und hellgrauen Fenstern, einem kurz geschorenen Rasen und versetzten, von Hecken umgebenen Beeten. Das Haus, einst gedacht für ein Paar, das sich spät gefunden und für ein gemeinsames Leben auf Föhr entschieden hatte, schien auf den ersten Blick zu groß für eine Person.

Tanja empfing Kari mit einer festen Umarmung. Sie führte sie im Erdgeschoss herum, zeigte ihr unter anderem ihr Behandlungszimmer für die Homöopathie sowie ein zweites, das sie gerade umgestaltete, um dort ihre Meditationskurse abzuhalten. Danach setzten sie sich in einen hellen Wohnraum, der trotz der sparsamen Möblierung durch einen flauschigen Teppich auf

dem weich schimmernden Parkett und die großforma-
tigen gerahmten Drucke von Miro und Dali gemütlich
wirkte. Tanja servierte Tee und Käsegebäck, und als
Kari erst einmal in den ledernen Freischwinger sank,
wollte sie gar nicht mehr aufstehen.

»Du willst wissen, was ich dir wegen Jette raten
kann«, griff Tanja recht schnell das Thema auf. »Wie gesagt, ich bin keine Ärztin. Grundsätzlich halte ich aber
nichts davon, Symptome zu behandeln. Vielmehr sollte
man die Ursache bekämpfen. Da kommst du ins Spiel.
Ihr kennt euch schon lange, ihr vertraut euch. Wenn du
herausbekommst, was Jette so bedrückt, könntest du es
mit ihr gemeinsam angehen.« Sie blickte Kari über den
Rand ihrer dampfenden Teetasse an. Die biss sich auf
die Lippen. Sie wusste ja Bescheid. Glaubte es zumindest. Aber das konnte sie Tanja unmöglich sagen. Niemand wusste etwas über *die Sache*, wie sie es insgeheim
nannte. Nur sie selbst, Jette und Karis Mutter Trine. Die
war weit weg, in Esbjerg, und momentan keine Hilfe.

»Deine Besuche tun Jette gut«, meinte Kari etwas
hilflos.

»Sie lenken sie ab. Das ist nur vorübergehend. Ich vermute, sie fühlt sich ein bisschen einsam. Mit deinem
Großvater hat sie sich gut verstanden. Täglich einen
Klönschnack gehalten, gelegentlich abends ein Glas getrunken. Jetzt steht das Haus meist leer und etwas fehlt
ihr.«

»Jette ist bekannt und beliebt im Ort«, meinte Kari
matt. »Sie ist auch nicht die einzige Alleinstehende.«

»Tja«, murmelte Tanja. »Manchmal ist es einfach eine
Frage der Wellenlänge.« Die schien jedenfalls sowohl

mit Kari als auch zu Tanja zu stimmen. Beide schwiegen eine Weile und Kari bemerkte wieder einmal, wie gut das mit Tanja ging. Sie gehörte zu den Menschen, bei denen dem Schweigen nichts Belastendes anhaftete.

»Aber jetzt erzähle mir mal, wie es dir so geht«, forderte Tanja ihre Besucherin nach einer Weile auf. Kari deutete auf die Stelle an ihrem Kopf, an der sich die Beule gebildet hatte.

»Mir hat heute jemand mit einem Baseballschläger eins auf die Mütze gegeben«, seufzte sie.

»Um Himmels willen!« Tanja stellte ihre Tasse ab und sprang mit entsetztem Gesichtsausdruck auf. »Das ist gefährlich! Was, wenn du eine Gehirnerschütterung hast.«

»Das fühlt sich anders an«, erklärte Kari. »Ich spreche aus Erfahrung.« Dennoch wehrte sie sich nicht, als die Heilpraktikerin gleich darauf die Stelle mit einer merkwürdig riechenden Tinktur betupfte. »Was ist das? Riecht komisch.«

»Das ist Arnika. Soll die Schwellung in Schach halten.«

Zusätzlich bekam Kari noch ein paar Kügelchen in die Hand. »Unter der Zunge zergehen lassen«, forderte Tanja streng und gab Kari weitere Globuli in einer kleinen Papiertüte mit. »Heute jede Stunde fünf Stück. Morgen dreimal am Tag. So lange, bis der Schmerz nachlässt.«

Kari lächelte matt und bedankte sich. Es war eine Weile her, dass sich jemand so liebevoll um sie gekümmert hatte. Dennoch brach sie kurz danach auf und radelte durch die Dunkelheit nach Utersum zurück. Sie stellte ihr Rad am Schuppen ab, machte sich etwas frisch und beschloss, zu Fuß zur *Blauen Möwe* zu gehen.

Auch an diesem Abend war in Bents Kneipe nicht wirklich viel los. Eine Gruppe Jugendlicher zechte lautstark und gab unausgegorene Lebensweisheiten von sich. Ein Paar teilte sich eine Flasche Wein und unterhielt sich leise.

Larissa saß an der Bar.

Sie musterte Kari mit einem merkwürdigen Blick.

»Was macht deine Tracht?«, fragte sie.

»Hat sich erledigt«, erwiderte Kari knapp und hievte sich auf einen Barhocker. Bent kam zu ihr und lächelte sie verschwörerisch an.

»Du besitzt eine Föhrer Tracht?«

Kari antwortete ausweichend. Die Wahrheit war natürlich, dass sie überhaupt keine hatte. Woher auch. Ihre Großmutter väterlicherseits war schon lange tot, ihre Mutter Trine war Dänin und hatte nie eine besessen, die sie ihr hätte vererben können.

»Kaffee oder Wein?«, wollte Bent wissen, den Blick immer noch intensiv auf Kari geheftet.

»Gerne einen Grauburgunder«, erwiderte sie.

»Später hätte ich noch einen guten Whisky.« Er blinzelte ihr kurz zu bei diesen Worten und Kari spürte, wie sich eine leichte Hitze auf ihrem Hals ausbreitete bei dieser unverhohlenen Einladung.

»Was riecht hier den so komisch?« Larissa verzog den Mund und beugte sich zu Kari hinüber. »Falls das ein Parfüm ist, würde ich es wechseln.« Kari verdrehte innerlich die Augen und betete dabei, die andere möge schleunigst verschwinden. Als sich wenig später die

Tür der Kneipe öffnete, Larissas Freundinnenclique hereinspazierte, aufgebrezelt und sichtlich unternehmungslustig, war es so weit. Larissa rutschte vom Hocker. Sie warf Bent einen Luftkuss zu, den der mit einem professionellen Lächeln erwiderte, und stolzierte inmitten ihrer Entourage hinaus.

Kurz nach zehn war Schluss. Bent drehte den Schlüssel hinter dem letzten Gast im Schloss und kam zu Kari an den Tresen. Er legte die Hände auf ihre Hüften und blickte ihr in die Augen. »Zeit für einen Whisky?«

»Zeit für mehr«, antwortete sie. Als er sich lösen wollte, hielt sie seine Hände fest. »Aber erst, wenn du mir eine Frage beantwortest.«

»Nur zu.«

»Läuft da was zwischen dir und Larissa?«

Seine Hände verschwanden von ihren Hüften und er trat einen Schritt zurück. Sein Blick wurde ernst. »Nicht mehr.«

»Oh«, entfuhr es Kari. Was hatte sie erwartet. Er war in vielen Dingen direkt.

»Okay«, sagte sie gedehnt, als er nicht reagierte. »Seit wann?«

»Meinst du denn, das wäre etwas, das wir miteinander besprechen müssten?«

»Ja, schon.«

»So wie das, was in den letzten Monaten bei dir in Berlin lief?«

Er hatte sie kalt erwischt. Kari atmete tief ein und wieder aus. »Da lief nichts.«

»Kari.« Er trat wieder zu ihr, berührte sie aber nicht. »Du bist im Mai gegangen. Hast dich monatelang nicht

gemeldet. Was denkst du denn, wie das auf mich gewirkt hat?« Er wandte sich von ihr ab und ging hinter
seine Theke zurück. Holte eine Flasche Whisky unter
dem Tresen hervor, stellte sie auf die polierte Platte, daneben zwei Tumbler. Mit einem Blick vergewisserte er
sich, dass sie auch einen wollte, und goss anschließend
großzügig ein. Kari biss sich auf die Lippe und wartete,
bis er fortfuhr. »Was ich dir gesagt habe, was ich dich
gefragt habe, das war so gemeint.«

Warum bleibst du nicht? Hier. Bei mir.

Sie wollte zu einer Antwort ansetzen, doch er hielt sie
mit einer Handbewegung davon ab. Er war noch nicht
fertig.

»Deine Reaktion konnte ich damals schon nicht richtig einordnen. Okay, du hattest mir von deinem Fehl-
schlag erzählt. Zumindest so weit, dass ich mir etwas
zusammenreimen konnte. Aber mal ehrlich – einfach
zu gehen, sich nicht mehr zu melden.« Er brach ab,
schüttelte den Kopf. Dann hob er sein Glas, prostete ihr
zu und sie tranken beide einen Schluck. Der Whisky
rollte sanft über ihre Zunge und wärmte sie von innen.
Ganz im Gegensatz zu Bents nächsten Worten. »Ich
habe keinerlei Tendenzen, wie ein Mönch zu leben, und
tue es daher nicht.« Ein kalter Stahl bohrte sich durch
Karis Brust. »Gleichzeitig kann ich unterscheiden zwischen einer Nacht aus Lust und Laune und einem Gefühl, das mir auf Dauer mehr gibt. Viel mehr.« Er trank
erneut, stellte sein Glas ab und sah sie mit dieser Intensität an, die ihren ganzen Körper in Aufruhr versetzte.

»Und Larissa – das war eine Nacht?«

»Ein Wochenende.« Er löste den Blick nicht von ihr.

Sie nickte langsam. »Verstehe«, sagte sie nur, obwohl sie gerne mehr gewusst hätte. »Sie wirkt, als sei sie in dich verliebt.«

»Ja«, antwortete Bent einfach. »Es war schön mit ihr. Unkompliziert. Es war dennoch sofort klar, dass es nicht weitergehen würde. Wir haben das beide gemerkt. Ich habe den Schlussstrich gezogen, bevor es unangenehm hätte werden können.« Wieder ein Schluck aus dem Glas. »Dachte ich jedenfalls.«

»Wie lange ... wie lange ist es her?«

Er runzelte die Stirn. »Ist das wichtig?«

»Für mich schon«, sagte sie.

»Ungefähr vier Wochen.«

Die Aussage beruhigte sie, dann sie zeigte ihr, dass er Larissa nicht einfach abserviert hatte, sobald sie, Kari, wieder auf der Bildfläche aufgetaucht war.

Trotz allem Unbehagen und der Eifersucht, die sie beim ersten Zusammentreffen mit Larissa im Restaurant empfunden hatte, verhielt sich Kari stets solidarisch mit Frauen. Die Vorstellung, Bent könnte die andere leichtfertig gekränkt oder verletzt haben, sagte ihr nicht zu. Es gab daneben aber eine weitere offene Frage.

»Ich habe euch neulich gesehen. Abends im Wagen. Ihr wirktet sehr vertraut.«

Bent sah sie mit leicht gerunzelter Stirn an. »Ach so«, erwiderte er dann. »Das stimmt. Larissa wollte wissen, was das mit uns beiden ist.«

»Zwischen dir und mir? Was hast du ihr gesagt?«

»Dass ich es nicht weiß, es aber an dem, was zwischen ihr und mir nicht mehr ist, nichts ändert.«

»Wenn es doch vorbei ist, warum wollte sie dann diese Aussprache?« Kari leuchtete das nicht wirklich ein.

»Sie hat sich wohl trotz der Klarheit zwischen uns plötzlich wieder Hoffnungen gemacht.«

Kari drehte das Glas auf dem Tresen hin und her. Offenbar hatte ihr Auftauchen auf der Insel doch etwas in Larissa bewirkt.

»Was mich betrifft ...«, setzte sie zu einer Erklärung darüber an, dass sie keine Affäre gehabt hatte. Aber er ließ sie nicht ausreden.

»Du bist mir keine Rechenschaft schuldig. Was ich will, ist Offenheit. Klarheit darüber, wie du es dir mit uns vorstellst.« Er beugte sich zu ihr, strich mit dem Daumen leicht über den Handrücken ihrer Rechten, die sie um das Glas gelegt hatte.

»Was willst du?«, fragte sie heiser.

»Dasselbe wie vor ein paar Monaten.«

Bleib hier. Bei mir.

Sie wollte ihm gerade antworten, als ihr Handy klingelte. Verwirrt zog sie es aus ihrer Tasche.

»Jette«, stellte sie alarmiert fest. Wenn ihre Nachbarin so spät anrief, bedeutete das nichts Gutes. Bents Blick wurde angespannt.

»Ja?«, meldete sich Kari atemlos. Um vor Entsetzen fast umzufallen, als sie die aufgeregte Stimme ihrer Nachbarin hörte.

»Komm schnell, Kari. Bei dir brennt es.«

Kapitel 24

Als Bent und Kari nur Minuten später bei Karis Kate ankamen, schlugen die Flammen bereits hoch. Glühende Funken stoben in den dunklen Nachthimmel, der Qualm brachte einige der Menschen, die, teils im Schlafanzug, auf der Straße standen, zum Husten. Wildes Stimmengemurmel übertönte das Knistern. Die Aufregung der Leute war fast mit Händen zu greifen. Alle hatten Angst, dass der Brand sich ausweiten würde. Die Utersumer Wehr war bereits eingetroffen. Jeder Ort auf Föhr, und war er noch so klein, verfügte über eine eigene Feuerwehr. Brannte nämlich erst einmal eines der reetgedeckten Häuser, hatte es der Feuerteufel leicht, von einem zum anderen zu springen. Schnelle Reaktionsfähigkeit war vonnöten. Trotz der schlimmen Situation war Kari beeindruckt von den gut aufeinander eingespielten Einsatzkräften. Jemand schubste sie zwar grob zur Seite, allerdings nur, um sie in Sicherheit zu bringen und selbst näher an den Brandherd zu gelangen. Bent war auf einmal neben ihr und zog sie weg vom Grundstück auf die Straße. »Gott sei Dank«, stieß er aus, als er sah, was genau brannte. Es war nicht das Haus, sondern die Garage und der danebenstehende Holzschuppen. Der jedoch lichterloh. Jette stand mit entsetzter Miene da und beobachtete von ihrem Grundstück aus, wie das Feuer bekämpft wurde. Kari presste sich eine Faust auf den Mund.

»Das war Brandstiftung«, sagte sie halblaut zu Bent, der immer noch fassungslos auf das Szenario aus Flammen, Wasser und herumeilenden Feuerwehrleuten starrte. Wie sonst hätte dieser Brand entstehen können? Als plötzlich eine Explosion das Garagendach anhob und einige Meter weit wegschleuderte, schauderte es Kari. Bents Wagen war in die Luft geflogen.

»Oh Gott. Dein Lamborghini«, rief sie aus. Der Oldtimer würde nicht einmal mehr Schrottwert haben.

»Sei's drum«, antwortete Bent gelassen. »Ich brauche die Karre nicht. Hat auch sein Gutes, wenn sie jetzt weg ist.«

»Was meinst du?« Kari konnte ihren Blick nicht von dem allmählich unter den Bemühungen der Wehr kraftloser werdenden Brand abwenden.

»Die Vergangenheit. Dieser Teil von ihr ist damit endgültig abgeschlossen.«

Es war zwei Uhr morgens, als die letzten Feuerwehrleute und die bereits vor längerer Zeit eingetroffene Polizei das Gelände verließen. Am nächsten Tag würde ein Gutachter kommen. Es galt, die Brandursache festzustellen. Als sie endlich zu Bett gingen, fühlte sich Kari wie im Fieber und auch Bent war ungewohnt nervös. Sie lagen nebeneinander und fanden keinen Schlaf.

»Jemand hat es auf mich abgesehen«, flüsterte Kari schließlich in die Dunkelheit hinein. Sie setzte sich auf und legte die Arme um ihre angezogenen Knie.

Bent drehte sich zu ihr und stützte seinen Kopf auf. »Wie kommst du darauf? Hätte genauso gut mir gelten können.« Er klang nicht überzeugt.

Kari schüttelte den Kopf. »Erstens: Niemand weiß von dem Lamborghini und daher auch nicht, wem er gehört.« Nämlich einem Hamburger Großkriminellen, mit dem Bent vor Jahren einmal zu tun gehabt hatte. »Zweitens: Vorgestern wurden die Reifen von Jettes Volvo, den ich nutze, wenn ich auf der Insel bin, zerstochen. Alle vier.«

»Was?« Bent fuhr auf. »Das ist ja eine Schweinerei.«

»Du sagst es. Und drittens: Ich habe das dumpfe Gefühl, bei meinen Recherchen in ein Wespennest nach dem anderen zu stechen.«

»Das ist bei dir ja nichts Neues. Aber überleg mal: Wenn jemand dir etwas hätte zuleide tun wollen, hätte diese Person doch wohl kaum den Schuppen in Brand gesteckt. Sondern das Haus. Dass du nicht daheim warst, konnte niemand wissen.«

»Hm«, machte Kari. »Da ist was dran.«

»Was bedeutet das also?«, fuhr Bent fort. »Für mein Dafürhalten wollte dir jemand einen Schrecken einjagen, nicht dich töten.«

»Aber warum? Nur, weil ich einen alten Fall beleuchte?«

»Du bist eine gute Ermittlerin. Womöglich hast du bereits eine Spur oder eine Information gefunden, die jemanden nervös macht.« Nun setzte auch Bent sich auf. So dicht neben sie, dass sich ihre Schultern und Arme berührten. Seine Haut war warm.

»Mag sein, momentan sehe ich das nicht. Drehe mich eher im Kreis.«

»Willst du darüber reden?«

Wollte sie? Durfte sie? Sie seufzte.

»Okay, dann nicht.« In seiner Stimme lag ein liebevoller Unterton und er fuhr ihr dabei mit der Hand übers Haar.

»Autsch«, sie zog unwillkürlich den Kopf weg und griff sich an die Beule.

»Was ist das denn?« Bent hatte die Ausbuchtung natürlich gespürt, drehte die Nachttischlampe an und inspizierte die Stelle.

Als Kari ihm schilderte, was geschehen war, schüttelte er fassungslos den Kopf. »Du hast das hoffentlich angezeigt?«, fragte er streng. Um dann die Verletzung näher zu untersuchen. Der Geruch von Tanjas Tinktur musste ihm dabei in die Nase gestiegen sein. »Ehrlich gesagt riecht das sehr merkwürdig«, stellte er fest.

Das waren auch Larissas Worte gewesen. Als Bent sie jetzt aussprach, wurde etwas in Karis Erinnerung angestoßen. Es hatte nichts mit dem Ei an ihrem Kopf zu tun.

»Sag mal, wenn jemand einen strengen Geruch wahrnimmt, was kann das sein?«

Die Verwirrung stand Bent ins Gesicht geschrieben. »Verdorbene Lebensmittel. Gülle. Verwesungsgeruch.«

»Das meine ich nicht. Etwas, das zwar nicht wirklich schlecht riecht, aber streng.« Bent hob die Schultern und ließ sie wieder sinken. »Ist subjektiv. Ich mag süßliche Parfüms nicht. Mit dem Geruch von Currywurst kannst du mich jagen. Und wenn mir jemand mit Räucherstäbchen kommt, renne ich davon.«

Wider Willen musste sie schmunzeln. Der Geruch nach kaltem Rauch und verbranntem Holz schwebte immer noch über dem Grundstück und wehte durch das gekippte Fenster herein. Wenigstens das schien Bent nichts auszumachen.

»Warum fragst du?«

Sie zögerte. »Meine Ermittlungen, sie drehen sich um den Mord an Bertha Franzen in Oevenum. Der Täter, oder vermeintliche Täter, so klar ist die Sache nicht, behauptet, die Frau sei bereits tot gewesen, als er das Haus betrat. Und dass er dort etwas wahrgenommen habe. Er sagte: *Es hat merkwürdig gerochen in der Diele. Ein Geruch, den ich nicht kenne, nicht benennen kann.* Und dass es sich dabei nicht um einen süßlichen Duft und nicht um ein Parfüm gehandelt hat.«

Bent schien skeptisch. »Was auch immer. Alte Menschen benutzen manchmal Sachen, die uns komisch vorkommen oder die wir nicht mehr kennen. Lavendel. Kölnisch Wasser.«

Kari musste an Herrn Gutjahr denken. Der Notar war wohl ein Fan von *Old Spice*, auch ein eher aus der Mode gekommenen Duft.

»Glaubst du dem jungen Mann?«, wollte Bent wissen.

»Das steht nicht zur Debatte. Ich arbeite unter der Prämisse, dass er es nicht war. Aber bisher spricht wenig dafür. Er sagt mir nicht immer die Wahrheit. Und da ist noch etwas.« Sie hielt inne, bevor sie vorsichtig weitersprach. »Jemand hier auf der Insel hat ein Interesse an dem Fall. Hat mir anonym einen Hinweis geschickt auf die Freundin des Jungen.«

»Die, mit der er sich bei mir in der Kneipe gestritten hat?« Kari nickte. Sie knabberte nervös an ihrer Unterlippe. »Auf der Suche nach ihr bin ich in dieser Fixerwohnung gelandet.«

Sie deutete auf ihre Beule. »Es war die falsche Person, aber sie hat mich auf die richtige Spur gebracht. Nützt im Moment nichts, denn angeblich ist Timos Freundin in Italien. Aber das glaube ich nicht.«

»Er schützt sie, oder?«

»Möglich.«

»Gibt es Erben?«

»Ja, aber die Person ist völlig unverdächtig. Sie hat sicher nichts mit Bertha Franzens Tod zu tun.«

»Feinde?«

Kari lachte dumpf auf. »Spielst du jetzt Kommissar?«

Bent lächelte. »Warum nicht? Ich kann dir doch helfen.«

»Ich weiß nicht. Du kanntest die Tote nicht. Der Ansatz ist ja immer der, dass man das Umfeld beleuchtet. Menschen werden selten einfach so, quasi im Vorübergehen umgebracht. Häufige Motive sind Hass, Rache, Habgier. Verletzte Gefühle.«

»Und da findest du nichts?«

Kari schnaufte. »Frau Franzen war wohl kein angenehmer Mensch, eher schwierig. Aber für Hass habe ich keine Hinweise gefunden. Genauso wenig wie für Rache und Habgier. Über verletzte Gefühle kann ich nichts sagen, das ist ein weites Feld.«

»Dann war sie vielleicht wirklich das Zufallsopfer eines jungen Mannes, der dringend Geld brauchte. Für seine Freundin, mutmaße ich mal aufgrund des Streits.«

»Was hattest du für einen Eindruck von ihr?«

»Sie war nervös, fahrig, vibrierte.«

»Wie eine Drogensüchtige?«

»Sie sah gepflegt aus. Wie jemand, der regelmäßig zu essen bekommt. Also – eher nicht. Oder eben nicht typisch.«

»War sie auf Turkey?«

»Nein.« Seine abgeklärte Reaktion verriet Kari, dass er sich auskannte. »Möglicherweise war sie beunruhigt, dass es dazu kommen könnte. Wollte sich versichern, dass immer genügend Geld für Stoff da war.«

Kari seufzte. »Die beiden kamen gerade aus dem Entzug. Müssen direkt danach wieder angefangen haben. Er zwar nicht mit Alkohol, dafür wieder mit LSD, sie, so vermute ich, mit harten Drogen.«

»Kari, willst du meine Meinung hören?«

Sie wandte ihm den Kopf zu. »Ja, klar.«

»Versuche nicht, es der Ministerpräsidentin recht zu machen. Vielleicht hat der junge Mann, der ihr wohl irgendwie am Herzen liegt, einfach Panik bekommen, sobald er im Knast saß. Da wäre er nicht der Erste. Und du bist jetzt diejenige, die auf Biegen und Brechen etwas herausfinden soll, das ihn entlastet. Einen anderen Täter suchen, den es vielleicht gar nicht gibt.«

Kari verzog das Gesicht zu einer Grimasse. Natürlich hatte Bent den Bezug zu Emma Winterfort sofort hergestellt. Das hätten auch andere mit weniger Begabung dafür, Geschehnisse miteinander in Verbindung zu bringen, geschafft.

»Möglich«, sagte sie daher nur. »Aber wenn das so ist, wer versucht dann, meine Ermittlungen zu behindern?«

Kapitel 25

Der Schlaf kam erst im Morgengrauen, und als Kari Stunden später erwachte, war sie allein. Verwirrt erhob sie sich. Auf dem Küchentisch lag ein Zettel von Bent.

Bin schwimmen. Sehen wir uns heute Abend? Würde gerne für dich kochen.

Die Vorstellung, von ihm bekocht zu werden, behagte ihr. Sie rekelte sich und ging so, wie sie war, zum Hintereingang hinaus in den Garten. Das Bild, das sich ihr bot, war schrecklich. Tür und Dach der Garage waren zerborsten, das Auto darin verkohltes Blech. Die Scheune komplett verbrannt, nur noch schwarze Balken waren übrig. Auch Karis Rad war nicht mehr. Sie hatte es, wie alles andere, von ihrem Großvater Hein geerbt und plötzlich machte es sie traurig, dass es durch das Feuer zerstört worden war. Sie ging auf die Brandstelle zu und schaute sich in dem Durcheinander aus übereinanderliegenden angekokelten Balken, schwarz verbrannten Überresten von Gartengeräten und geschmolzenen Kunststoffteilen, die einst mal Gartenmöbel gewesen waren, um. Vorsichtig stocherte sie mit dem Fuß zwischen einigen mit Ruß überzogenen

Blechteilen herum. Sie war sich sicher, dass in der Scheune keinerlei brennbares Material gelagert worden war. Wie hatte sich das Feuer dann so schnell ausbreiten können? Eine Frage, die nur eine Antwort zuließ. Kari ging zurück zum Haus, als ihr etwas ins Auge fiel. Ein Stück entfernt glitzerte etwas unter einem Strauch. Sie bückte sich, um es aus dem Gras aufzuheben. Im ersten Moment wusste sie nicht, was sie da in der Hand hielt. Dann erkannte sie eine große Haarnadel mit einem silbernen Knopf. Das war keine herkömmliche Haarnadel, sondern eine, die zur Föhrer Tracht gehörte. Sie betrachtete das Fundstück mit gerunzelter Stirn. Als ihr klar wurde, was das bedeutete, verschwamm die Welt für einen Moment. Vor ihrem inneren Auge lief ein mögliches Szenario ab: Jemand schlich durch den Garten. Platzierte etwas Brennbares an oder in der Scheune. Übergoss das Ganze mit Benzin. Zündete es an. Verlor dabei diese Haarnadel. Die im Haar getragen worden war? Eher nicht. Wer würde in voller Tracht herumlaufen, um einen Brand zu legen? Keine Frau, die bei Verstand war. Eventuell aber hatte eine, die sowieso mit den Materialien zu tun hatte, dieses Stück verloren. Es womöglich bislang gar nicht bemerkt, dass ihr etwas aus der Tasche gefallen war. Kari stellte sich Larissa vor. Wie sie sich am Freitag aus der *Blauen Möwe* verabschiedet hatte. Mit einem Blick, der Kari verraten hatte, dass die Geschichte mit Bent für sie noch lange nicht vorbei oder aus Eifersucht sogar wieder neu entflammt war. Das gab es ja. Man trennte sich im Guten. Bis eine andere Frau oder ein anderer Mann auftauchten. Manch erloschene Liebe erfuhr durch Neid auf den oder die Neue erneut eine heiße Phase.

Kari hob den Kopf, das Fundstück noch immer zwischen ihren Fingern drehend. Sie überlegte. Ein Gutachter war angekündigt. Er würde sich zum vermeintlichen Brandhergang äußern. Kari ging davon aus, dass er zum selben Schluss kommen würde wie sie. Dass es sich um Brandstiftung handeln musste. Und sie hatte nun eine Ahnung, wer dafür verantwortlich war. Sie nahm den Haarschmuck mit ins Haus, legte ihn dort in einen leeren Papierumschlag. Danach duschte sie und ging zu Jette hinüber. Die war nicht da, ihr Rad stand nicht am Platz. Kari war bereits vor ihrem Fund unruhig gewesen. Nun nahm das Gefühl von Nervosität zu. Sie hatte keinen genauen Plan für diesen Tag. Wo sollte sie ansetzen? Sie checkte ihre Nachrichten. Sesle schrieb, sie könne die Geburt ihres zweiten Kindes kaum abwarten und fühle sich schrecklich allein in ihrem Apartment. Von Jo gab es keine Information über Italien. Während sie unruhig auf und ab lief, stellte sie sich immer wieder dieselbe Frage: Wer hatte ihr die Fotokopie von Melanie Böhmes Ausweis in den Briefkasten geworfen? Und jedes Mal kehrten ihre Überlegungen zu einer bestimmten Person zurück. Sie beschloss, sie aufzusuchen. Dieses Mal rief sie nicht vorher an.

Frau Hansen öffnete ihr die Tür und erbleichte, als sie sah, wer vor ihr stand.

»Guten Morgen«, grüßte Kari. »Ist Ihr Mann zu sprechen?« Die Herrin des Hauses hob eine Hand an den Hals. Weil sie nichts sagte, wirkte das, als würde sie ihre Worte mit Gewalt zurückhalten. Dann endlich schüttelte sie den Kopf. »Er ist unten, am Strand. Spielt dort Schach.«

Kari wusste, wo sich das große Schachfeld an der Promenade befand, und verabschiedete sich. Bevor die Tür geschlossen wurde, fiel ihr noch etwas ein. »Ihr Sohn, Andreas, ist der zufällig hier?« Frau Hansen traten fast die Augen aus dem Kopf. Dunkelrote Flecken breiteten sich auf ihrem Hals aus.

»Was wollen Sie denn von ihm?«

»Er war doch zusammen mit Ihrem Mann im Dienst an dem Abend, um den es mir geht.«

»Davon ist mir nichts bekannt.« Frau Hansen straffte die Schultern und blickte ihre ungebetene Besucherin auf eine Weise an, die Kari an die berühmt-berüchtigte Löwenmutter denken ließ. Andreas war längst ein erwachsener Mann. Es gab dennoch etwas, vor dem seine Mutter glaubte, ihn schützen zu müssen.

»Aber man redet doch über solche Dinge«, setzte Kari nach.

»Selbstverständlich nicht«, lautete die wenig überzeugende Antwort. Frau Hansen hatte sich gefangen. Sie sah Kari direkt in die Augen. »Das sind Dienstinterna, über die weder mein Mann noch mein Sohn zu Hause sprechen.« Die Geste, mit der sie die Tür schloss, war eindeutig.

Peter Hansen stand mit konzentrierter Miene neben dem überdimensionalen Spielfeld und verfolgte den Zug eines Spielers. Als er Kari auf sich zukommen sah, wandte er sich mit ein paar Worten an seine Begleiter und kam ihr entgegen.

»Gehe ich recht in der Annahme, dass es nicht die Lust auf ein kleines Spielchen ist, die Sie herführt?«

Kari warf einen Blick zu den anderen Beobachtern und bejahte. »Ich wollte mit Ihnen sprechen. Über Melanie Böhme.«

Der pensionierte Polizist zuckte mit keiner Wimper. »Lassen Sie uns ein paar Schritte auf der Promenade gehen«, schlug er vor und gab mit einer Handbewegung die Richtung zum Leuchtturm vor. Kari folgte ihm. Erst als sie ein kleines Stück gegangen waren, blieb er stehen, drehte sich zu ihr um und fragte: »Wer ist Melanie Böhme?«

»Auf jeden Fall nicht die junge Frau, mit der Timo Knaup befreundet war.«

Seine Miene sprach Bände. Er konnte seine Überraschung nicht verbergen, sagte aber nichts.

»Jemand hat mir einen Zettel mit der Fotokopie eines Ausweises von Frau Böhme in den Briefkasten geworfen. Anonym. Ich glaube, dass Sie das waren. Bei der Frage nach dem Warum fällt mir nur ein, dass sich dadurch meine Untersuchung wieder zu Timo Knaup als einzig möglichem Täter wenden soll. Was wiederum den Rückschluss zulässt, dass es durchaus den Wunsch gibt, es möge nicht anders sein als bisher angenommen. Oder andersherum: In welche Richtung soll ich, bitte schön, nicht schauen?«

Hansen starrte sie an. Er wirkte verwirrt. »Aber, wenn sie es doch nicht ist ...«

»Warum dachten Sie denn, dass sie es sei?«

Er wich einer Passantin aus, fasste Kari am Arm und zog sie an den Rand der Promenade. Eine gelbe Holztafel mit einer Biene darauf verkündete inmitten eines Fleckchens Wildblumenwiese *Föör üüs Imen – Für unsere Bienen*. Es wirkte wie das Projekt einer Schulklasse

zum Bienenschutz. Sie wandte sich ihrem Gesprächs-
partner zu, der in Richtung Meer blickte.

»Die junge Frau, deren Ausweis Sie erhalten haben, ist
am Tag nach dem Mord an Bertha Franzen aufgefallen,
weil sie in einem Supermarkt in Wyk geklaut hat. Sie
hatte kein Geld bei sich, aber eine gültige Fahrkarte für
die Fähre nach Dagebüll. Wir haben ihre Personalien
aufgenommen und sie gehen lassen. Die Verbindung
zu Timo Knaup habe ich erst hergestellt, nachdem Sie
von einer Freundin gesprochen haben, die verschwunden ist.«

»Ihnen ist eine Ladendiebin im Gedächtnis geblieben?«

»Ehrlich gesagt war die junge Frau ziemlich renitent.
Sie hat uns beschimpft, einem Kollegen gegenüber
wurde sie fast handgreiflich. Zu diesem Zeitpunkt hätten wir keine Verbindung zu der Gewalttat in
Oevenum herstellen können. Und auch zu keinem spä-
teren. Lediglich jetzt, unter Berücksichtigung der Gesamtumstände, habe ich mir die Frage gestellt, ob sie
die Betreffende war, mit der Timo Knaup zusammen
war. Angeblich.« Kari überhörte den spitzen Ton des
letzten Wortes.

»Und da sind Sie dann einfach in ihre alte Dienststelle
spaziert und haben ein bisschen in den Akten gewühlt?
Woher haben Sie denn überhaupt die Kopie des Ausweises? Normalerweise macht die Polizei doch keine,
nimmt lediglich Personalien auf.«

Hansen wurde rot und fuhr sich mit einer nervösen
Geste durchs Haar.

»Der Kaufhausbesitzer und ich, wir kennen uns gut. Er hat die Kopie damals angefertigt. Dachte, wir bräuchten das.«

»Und daran haben Sie sich erinnert und mir einen Abzug davon in den Briefkasten geworfen.« Kari hörte selbst, wie anklagend und streng ihre Stimme klang. Hansen verzog den Mund. »Ich habe meine Kontakte. Aber wenn Sie mich jetzt danach fragen, weil sie jemanden reinreiten wollen, dann weiß ich offiziell nicht einmal mehr, worüber wir hier gerade sprechen. Sollte ich je danach gefragt werden.« Eine steile Falte stand auf seiner Stirn. Er hatte auf Angriffsmodus geschaltet. »Frau Lürsen, ich habe Sie selbstverständlich unterstützt. Auch wenn ich pensioniert bin, betrachte ich Sie doch als Berufskollegin. Verständlicherweise wollte ich dabei kein Aufsehen erregen. Wenn ich Ihre Art zu agieren richtig interpretiere, geht es Ihnen genauso.«

Sie maßen sich einige Sekunden mit Blicken. Es war Kari, die einlenkte. Wenn sie mit Hansen jetzt in Streit geriet, war gar nichts gewonnen. Im Gegenteil. Es stimmte. Es war wertvoller, ihn auf ihrer Seite zu haben als gegen sich.

»Aber jetzt sagen Sie mir mal, wer die junge Frau wirklich war«, forderte er sie auf. »Wir haben die Sache nicht weiterverfolgt, weil das Kaufhaus die Anzeige zurückgezogen hat, nachdem ein Entschuldigungsbrief mit Geld kam.« Zeitgleich wandte er sich um und sie nahmen ihren Spaziergang wieder auf.

»Die fragliche Person ist eine Bekannte von Frau Böhme. Sie hat sich den Ausweis ausgeliehen, falls sie Ärger mit der Polizei bekommt. Was ja tatsächlich eingetreten ist«, beantwortete Kari seine Frage.

»Verstehe. Also heißt die Freundin des Mörders nicht Melanie.«

»Nein.« Er musste ja nicht wissen, dass sie den Namen der richtigen Person bereits herausgefunden hatte. Nur nicht wusste, wo sie gerade steckte. Viel wichtiger waren ihr andere Fragen, die sie Peter Hansen noch stellen wollte.

»Sie haben sicherlich von dem Brand bei mir gehört?«

Er nickte bedächtig. »Ich war sehr froh zu erfahren, dass Ihnen nichts geschehen ist.«

»Jemand wollte mir einen Schrecken einjagen und hat die Scheune angezündet.«

»Sie sind sich sicher, dass es Brandstiftung war?« Hansen wirkte überrascht.

»Wie sonst sollte sich das denn abgespielt haben?«

Hansen zuckte mit der Schulter. »Jugendliche. Haben vielleicht geraucht oder einen Joint gebastelt in Ihrer Scheune. Das Haus stand immer wieder längere Zeit leer.«

Kari erschrak. Sie musste Jette fragen. Aber die hätte doch bestimmt etwas gesagt, wenn Karis Grundstück von einigen übermütigen Teenagern als Treffpunkt auserkoren gewesen wäre.

»Möglich«, gab sie zu. »Aber unwahrscheinlich.«

»Was sagt der Gutachter?«

»Werden wir sehen, wenn er da war. Zu dem Thema Feuer wollte ich Sie noch etwas fragen. Stichwort: Kindererholungsheim *Nordsee-Stern* auf Amrum. Kennen Sie das?«

Hansen wirkte zum zweiten Mal innerhalb kurzer Zeit komplett verwirrt. Er war stehen geblieben. »Was hat das denn mit Ihnen zu tun? Ich meine, das Haus ist abgebrannt vor … ich weiß nicht mehr wie vielen Jahren. Stellen Sie da etwa eine Verbindung zu dem Feuer bei Ihnen her?«

»Nein«, beeilte Kari sich ihm zu versichern. »Das nicht. Aber ich würde gerne mit jemandem sprechen, der oder die dort früher gearbeitet hat. Fällt Ihnen da zufällig ein Name ein?«

Peter Hansen war kein Name eingefallen. Es war offensichtlich, dass er den Brand auf der Nachbarinsel damals kaum zur Kenntnis genommen und sich in der Zwischenzeit niemals damit beschäftigt hatte. Sie hatten den Weg zurück überwiegend schweigend zurückgelegt und sich auf Höhe des Schachbretts voneinander verabschiedet. Kari war erst einige Schritte weiter gegangen, als sich ihr Telefon meldete. Es war nicht Jo, wie sie gehofft hatte. Sondern Margot Viering.

Sie wirkte fast etwas schüchtern, was so gar nicht zu der lebhaften Person passte, die Kari kennengelernt hatte.

»Denken Sie, ich könnte mir das Haus von Bertha einmal ansehen?«, fragte sie. Kari trat mit dem Handy am Ohr etwas zur Seite, stand mit dem Rücken zu einem Modegeschäft voller Anoraks und Windjacken und betrachtete beiläufig die Menschen, die mal mit eiligen Schritten, mal schlendernd an ihr vorbeizogen.

»Natürlich«, sagte Kari. »Es gehört ja eigentlich Ihrer Tochter. Ich gebe Ihnen die Anschrift der Person, die einen Schlüssel hat.«

»Nein, nein«, unterbrach Frau Viering sie. »Ich wollte fragen, ob Sie es mir zeigen würden.«

»Ich?«, fragte Kari verblüfft.

»Es behagt mir nicht, ohne Begleitung dorthin zu gehen. Die Vorstellung, allein in diesem Haus zu sein, ist mir unangenehm«, stellte Frau Viering klar.

Kari erinnerte sich an ihren Eindruck von dem Haus, diese Kälte, die jeder Raum ausgestrahlt hatte. Und sie dachte zurück an das, was Margot Viering ihr über ihren einzigen Besuch dort erzählt hatte. »Ich verstehe«, sagte sie dann. »Natürlich. Gerne. Sagen Sie mir einfach, wann Sie nach Föhr kommen, und dann treffen wir uns vor dem Haus in Oevenum. Ist das in Ordnung für Sie?«

»Ja«, beeilte Frau Viering sich ihr zu versichern. »Ich dachte an morgen. Wenn Sie da Zeit hätten.«

Morgen, das war der Sonntag. Für Kari spielte das keine Rolle.

»Rufen Sie mich an, bevor Sie in Dagebüll auf die Fähre gehen. Das sollte zeitlich ausreichen. Die Adresse kennen Sie?«

Nein, daran konnte Frau Viering sich nicht mehr erinnern und Kari diktierte sie ihr. Gleich nachdem sie aufgelegt hatte, rief sie Göntje Petersen an.

»Morgen? Ich weiß nicht, ob ich da Zeit habe«, erklärte die ihr gleich darauf in diesem quengeligen Tonfall, der Kari innerlich auf die Palme brachte.

»Kein Problem. Ich bin in Wyk und komme dann nachher vorbei, um den Schlüssel abzuholen.« Sie legte auf, bevor Göntje weitere Bedenken vorbringen konnte. Dann atmete sie tief ein, beschloss, einen Kaffee in einem der Lokale an der Promenade zu trinken, und schlug danach die Richtung zum Parkplatz ein, auf dem ihr Wagen stand.

Es war bereits Nachmittag, als Kari nach Utersum zurückkehrte. Jette wuselte auf ihrem Grundstück herum. Sie wirkte wie immer und Kari dachte schon, dass sie vielleicht die Flöhe hatte husten hören.

»Da war einer da vorhin«, mit diesen Worten winkte Jette sie zu sich. »Ein Gutachter. Hat sich alles genau angesehen. Mich befragt.« An der Art, wie Jette nach dieser Aussage ihre Kiefermuskeln anspannte, konnte Kari erkennen, dass sie über etwas verärgert war. »Die haben Hinweise auf Brandstiftung gefunden.«

Das wunderte Kari nicht. Die Haarnadel hätte es nicht einmal gebraucht.

»Was haben sie denn gefunden?«

Jette zuckte mit den Schultern. »Du sollst dort anrufen. Der Mann hat dir eine Visitenkarte in den Briefkasten geworfen.«

Sie rieb sich den Nacken. »Als ich das Feuer bemerkte, brannte es bereits lichterloh.« Das sprach ebenfalls für Brandbeschleuniger. Kari wurde es erneut mulmig. Wer wollte sie so dringend von der Insel vergraulen, dass zu solchen Mitteln gegriffen wurde? Sie machte sich nicht nur um sich selbst Sorgen, sondern auch um Jette.

»Versprich mir, dass du zuerst auf dich aufpasst. Sollte so etwas noch einmal geschehen«, forderte sie ihre Nachbarin auf. Die riss die Augen auf. »Was heißt das denn? Dass du erwartest, der Feuerteufel könnte erneut zuschlagen?«

»Jemand will mir Angst machen«, antwortete Kari. Sie strich sich mit der Hand durchs Haar und stieß heftig den Atem aus.

»Wegen der Sache, hinter der du her bist?«

»Jedenfalls kann ich mir keinen anderen Grund vorstellen.«

Kari fischte die Karte des amtlichen Gutachters aus
dem Briefkasten, bevor sie ins Haus ging. Der Mann
hatte seinen Samstag geopfert, aber die angegebenen
Bürozeiten gingen erst am Montag los. Sie legte die
Karte in eine Schublade in der Küche, genau neben den
Umschlag mit der Haarnadel. Dann klappte sie ihren
Laptop auf. Es war zwar unwahrscheinlich, dass jemand wie Cheyenne, die laut Aussage ihrer Freundin
Melanie auf der Straße lebte, auf Social Media vertre-
ten war, aber einen Versuch war es wert. Die meisten
Leute posteten ja unbekümmert zu jeder Tages- und
Nachtzeit, wo sie sich aufhielten. Tatsächlich hatte Kari
kein Glück. Es gab eine ganze Reihe von jungen Frauen
mit diesem ungewöhnlichen Vornamen. Doch keine
passte vom Aussehen und den Inhalten ihrer Posts her.
Seufzend lehnte Kari sich zurück. Sie fühlte sich wie in
einer Sackgasse. Cheyenne Probst konnte überall stecken. Vielleicht war sie erneut mit einem falschen Ausweis unterwegs. Vielleicht sogar tatsächlich in Italien.
Selbst wenn nicht, wo sollte man eine junge Frau finden, die keinerlei feste Bezugspunkte und Anlaufstel-
len in ihrem Leben hatte? Und keine der Personen, mit
denen Kari über Bertha Franzen gesprochen hatte,
schien etwas mit ihrem Tod zu tun zu haben oder infrage zu stellen, dass Timo Knaup die alte Dame umgebracht hatte. Wenn sie ehrlich war, zweifelte sie durchaus selbst am Widerruf des Geständnisses. Doch das
durfte sie nicht davon abhalten, allen Spuren nachzugehen. Kari stand auf, dehnte und streckte sich. Ihr

fehlte das Studio, in dem sie in Berlin trainierte. Nicht nur Konditionstraining, sondern auch Boxen, Kickboxen und Krav Maga waren dort im Angebot. Ob sie sich einen Sandsack ins Zimmer hängen sollte, um wenigstens auf den ein bisschen eindreschen zu können? Sie musste schon von Berufs wegen in Form bleiben. Die Monate auf Föhr, in denen sie lediglich gelaufen war, hatten bei ihrer Rückkehr nach Berlin eine regelrechten Aufholjagd notwendig gemacht. Nun fühlte sie sich erneut eingerostet. Wie lange würde ihr Auftrag sie noch hier festhalten? Das war momentan nicht einmal abzuschätzen.

Sie überlegte gerade, ob ein Spaziergang zum Strand ihr guttun würde, als ihr Handy sich meldete. Es war Jo.

»Kari. Geht es dir gut?« Wie üblich, wenn er etwas loswerden wollte, wartete er ihre Antwort nicht ab. »Cheyenne Probst ist mitnichten bei Verwandten in Italien. Wir haben erstaunlicherweise nichts über sie. Sie war gemeinsam mit Timo Knaup in dieser Entzugsklinik im Harz. Die beiden wurden fast zeitgleich entlassen. Die Anschrift, die Cheyenne dort angegeben hatte, gehört ihrer Oma. Die alte Dame hat ihre Enkelin allerdings schon seit Jahren nicht mehr gesehen. Sammelt trotzdem fleißig die Post. Na ja.« Er gab einen undefinierbaren Laut von sich. »Dann schriebst du, dass ein Peter Hansen dir vermutlich Informationen über eine andere junge Frau ... wie hieß sie noch gleich ...« Kari hörte das Rascheln von Papier.

»Melanie Böhme«, vervollständigte sie Jos Satz.

»Ah. Ja. Genau. Aber das ist nicht so wichtig. Was interessant sein könnte: Sagt dir der Name Andreas Hansen etwas?«

»Peter Hansens Sohn. Ja. Wir sind uns mal begegnet.«

»Der Junior ist in die Fußstapfen des Vaters getreten. Macht allerdings keine gute Figur.« Wieder raschelte Jo mit Papier. »Hatte bereits zweimal ein Disziplinarverfahren am Hals. Am dritten ist er knapp vorbeigeschrammt.«

»Lass mich raten – sein älterer Herr hat sich für ihn ins Zeug gelegt?«

»Möglich«, meinte Jo. »Auf jeden Fall muss der Sohnemann aufpassen, dass er keine Dummheiten mehr macht.«

Kari griff sich an die Stirn. Sie hatte sofort wieder Timo Knaups Worte im Sinn.

Dass der jüngere der beiden Polizisten ihn heftig bedrängt hatte. Auch körperlich. Ein Umstand, der ihn auf einen Horrortrip gebracht hatte. *Mir wurde himmelangst. Ich dachte, ich müsste sterben. Der Teufel erschien mir und drohte, mich mitzunehmen, weil ich einen Mord begangen hatte.* Das waren seine Worte gewesen.

»Andreas Hansen hat Timo Knaup vom Moment seiner Verhaftung an unter Druck gesetzt. Verbal und körperlich. Knaup musste die Nacht auf der Wache in Wyk verbringen. Er stand unter Drogen und das hat seine Angst vor den Attacken des anderen noch einmal geschürt.«

»Du weißt, was das heißt?«, fragte Jo leise.

Ja, sie wusste es. Andreas Hansen hatte keinerlei Interesse daran, dass der Fall Timo Knaup erneut aufgegriffen wurde. Im Gegenteil. Sollte Timo unter dem Eindruck seiner wiedergefundenen Erinnerung den Polizisten und seine Art des Umgangs mit ihm als Verdächtigem publik machen, wäre das gar nicht gut. Für Hansen junior stand womöglich seine Anstellung, sein Beamtenstatus auf dem Spiel. Noch etwas bedeutete dieser Umstand. Frau Hansen war nicht umsonst nervös, sobald Kari auftauchte. Sie wusste Bescheid. Und ihr Mann ebenso.

»Kari. Wir können da momentan nicht vorpreschen. Das ist dir klar?«

Ja, das war ihr bewusst. Das Licht, das sie ins Dunkel des Falls bringen sollte, war das eine. Dass sie das so diskret wie möglich abwickeln musste, das andere. Emma Winterfort konnte unmöglich lediglich aufgrund der Aussage ihres Neffen die Arbeit der Polizei kritisieren. Als Ministerpräsidentin würde es einem Super-GAU gleichen, wenn sie es täte und sich die Angelegenheit danach als Windei von Timo entpuppen würde. Der war so unzuverlässig und log derartig dreist, dass es absolut verständlich war, hier sämtliche Fakten hieb- und stichfest auf dem Tisch haben zu wollen. Genau das war Karis Aufgabe. Diese Untersuchung so zu Ende zu bringen, dass es keineswegs so aussah, als ob die Politikerin ihren Neffen auf Biegen und Brechen aus dem Knast holen wollte. Kari musste alles daransetzen, eine eventuelle Entlastung von Timo mit Beweisen zu untermauern.

»Pass auf dich auf.« Jos Stimme klang ungewöhnlich drängend.

Kapitel 26

Bent empfing sie am Abend an der Tür.

»Hallo«, sagte er und strich mit den Fingern zart durch ihr Haar, bevor er sie kurz auf den Mund küsste. »Schön, dass du da bist.«

»Das duftet ja verlockend.« Kari hob schnuppernd die Nase.

»Rinderbäckchen, liebevoll geschmort.« Er schmunzelte. Der einzige zum Essen geeignete Tisch in Bents Wohnung stand in der Küche. Er war mit schwerem, blaugrauem Porzellan und geschliffenen Gläsern für zwei Personen gedeckt. Aus der Musikanlage auf dem Lowboard neben dem Fenster klang sanfte Musik von Norah Jones. Auf dem Herd schmurgelten Fleisch und Gemüse, im Ofen buk etwas auf einem Blech. »Dazu gibt es Wurzelgemüse und Polenta.« Kari, die selbst eine denkbar schlechte Köchin war, lief das Wasser im Mund zusammen.

»Magst du einen Aperitif? Crodino mit Sekt? Beides alkoholfrei.«

Sie nickte, und als sie, die Gläser in der Hand, am gekippten Fenster der Küche standen, von wo der Blick auf das weitläufige Grundstück nebenan fiel, stellte

Bent ein Schälchen mit kleinem grünem Gebäck zwischen sie auf das Fensterbrett. »Amuse-Gueules. Pikante Macarons mit Moringa und Spinat.«

Sie kostete und riss die Augen auf. Sie hatte nicht einmal gewusst, dass es so etwas gab. Ein Biss in das fluffige Gebäckstückchen mit der würzigen Cremefüllung entlockte ihr sofort ein entzücktes Stöhnen. »Das schmeckt fantastisch. Selbst gemacht?«,

Fast beleidigt nickte er. »Natürlich.«

Die Musik wechselte zu einer sonoren, leicht kratzigen Männerstimme, die in Kari sofort etwas auslöste, das sie mit tiefen, fast verzweifelten Gefühlen in Verbindung brachte.

»Wer ist das?«, wollte sie wissen.

»Van Morrison«, antwortete Bent. »*I'll be your Lover, too*. Ein Song aus dem Film *Proof of Life* mit Meg Ryan und Russell Crowe.«

»Kenne ich nicht.« Kari nippte an ihrem Drink.

»Sie spielt die Ehefrau eines Mannes, der in Südamerika entführt wurde. Er soll mit den Erpressern verhandeln. Sie verlieben sich ineinander.«

»Und – wird was aus ihnen?«

»Nur in der Realität. Die beiden waren mal kurze Zeit ein Paar. Im Film nicht. Sie hat nicht den Mut dazu. Sie bleibt bei ihrem Mann, in ihrem gewohnten Leben.«

Sie blickten sich an auf eine Weise, die die unausgesprochenen Fragen sichtbar werden ließ, die zwischen ihnen standen. Schließlich räusperte sich Kari. Bent nahm ihr das leere Glas ab, stellte es in die Spüle und bat sie mit einer Handbewegung zu Tisch. Erst als sie saßen, das Essen in den Tellern vor ihnen dampfte, die

Gläser mit einem, wie Bent sagte, soliden, nicht zu verspielten Rosé gefüllt waren, kamen sie auf das Thema zurück. »Du weißt ja, dass ich beim BKA arbeite«, begann sie. Um gleich darauf – eine Gabel voller Fleisch, Polenta und Gemüse war in ihrem Mund verschwunden – genüsslich die Augen zu schließen. »Das ist köstlich«, sagte sie, als sie gekaut und geschluckt hatte. Bent griff über den Tisch, streichelte mit dem Daumen sanft über ihren Handrücken und widmete sich danach wieder seinem Essen. Kari unterdessen hatte das Gefühl, dass das, was sie ihm sagen wollte, keinen Aufschub duldete, und sprach zwischen jedem Bissen weiter.

»Zunächst war ich im Zeugenschutz aktiv, danach als verdeckte Ermittlerin in der Zielfahndung.« Er nickte, das war ihm bekannt. »Ich mag meine Arbeit. Oder, besser gesagt, ich mochte sie.« Sie legte eine längere Pause ein, in der sie schweigend weiteraßen. Bent war ein guter Zuhörer, kein Blick, keine Geste drängte sie, gleichwohl sie an der Aufmerksamkeit, die er ihr widmete, merkte, wie wichtig ihm das, was sie sagte, war.

»Als ich im Februar auf die Insel kam, hatte ich nur einen Gedanken – schnell wieder zurück nach Berlin, in meinen Job. Dann sind so viele Dinge passiert.« Sie hielt kurz inne. Wie ein Film liefen die letzten Monate vor ihren Augen ab. Eine alte Freundschaft, die wieder aufgelebt war. Eine andere, die der Tod zerstört hatte. Menschen, die in ihr Leben getreten waren, die ihr guttaten. Das Gefühl, sich in einer Gesellschaft zu befinden, die nicht von Verbrechen, Gier und Hass dominiert wurde. Ihre Zuneigung für Bent, in den sie sich verliebt hatte. »Ich habe angefangen nachzudenken. Darüber, wie es weitergehen könnte. Seit ich wieder hier auf Föhr bin, merke ich, dass ich nicht mehr weitermachen will wie bisher.«

Sie aßen zu Ende. Bent erhob sich. Er räumte schweigend das Geschirr ab, füllte ihre Gläser auf und setzte sich wieder. Sein Blick lag konzentriert auf ihr.

»Weißt du, wie das ist, wenn du nie jemandem trauen kannst? Mit niemandem darüber reden, was du gerade tust? Dich an Menschen herantastest, die du eines Verbrechens verdächtigst, die du überführen willst, ihnen dabei Freundschaft vorspielen musst oder gar mehr? So oft lügen musst, dass du manchmal selbst die Wahrheit nicht mehr siehst?«

Bent sagte nichts, aber in seinem Blick veränderte sich etwas.

»Ich habe es gespürt, als ich zurück in Berlin war. Nein«, berichtigte sie sich sofort, »seit ich wieder hier bin, spüre ich es.« Sie verstummte abrupt. Es stimmte. Die Dinge hatten sich verändert. Ihr Lebensplan, über Jahre verfolgt, hatte in einer Sackgasse geendet. »Die ganze Zeit hat Jo, mein Vorgesetzter, mich im Innendienst beschäftigt und ich habe mit den Hufen gescharrt. Wollte unbedingt raus, in den Einsatz. Jetzt spüre ich, dass es mir eher Angst macht.« Erneut schwieg sie.

Bent beugte sich zu ihr. »Was genau macht dir Angst?«

Ihr Blick irrte durch den Raum. Kehrte zu ihrem Gegenüber zurück. »Wer immer eine Rolle spielt, weiß womöglich irgendwann nicht mehr, wer er oder sie wirklich ist. Das wurde mir klar. Dass ich mich nicht vollends verlieren will.«

»Du könntest zurück in den Zeugenschutz. Hast du ja im Mai bewiesen, dass du es noch draufhast.«

»Dann wäre mein Dienstsitz weiterhin Berlin«, gab sie zu bedenken. Bents Miene entspannte sich und auch Kari lächelte. Etwas war gesagt worden, ohne dass sie es ausgesprochen hatte. Sie tranken von ihrem Wein und schwiegen.

Bent war derjenige, der das Gespräch wieder aufnahm.

»Egal, wie du dich entscheidest. Es gibt immer eine Möglichkeit.«

»Wofür?«, fragte sie mich hochgezogenen Brauen, weil sie seinem Gedankengang nicht folgen konnte.

»Für uns«, antwortete er. »Wenn du es willst. Ich für meinen Teil will es.«

Sie starrte ihn an. »Du würdest ...« Was? Sie in Berlin besuchen, sobald ihre Arbeit und ihre Zeit es zuließen? Auf sie warten, während sie irgendwo in geheimer Mission unterwegs war? Auf einen Schlag holte die ganze Misere der letzten Monate sie ein. Dass sie weder ihm noch sich selbst hatte Hoffnungen machen wollen, die womöglich der Realität nicht hätten standhalten können.

»Mit dir eine Möglichkeit suchen. Ich könnte mir eine Zweitwohnung in Berlin nehmen, beispielsweise.«

»Du ... was?« Kari blieb buchstäblich der Mund offen stehen.

»Der junge Mann, der heute Abend die Schicht übernommen hat, könnte öfter kommen, die Kneipe schmeißen muss ich nicht unbedingt selbst.«

Kari griff nach ihrem Glas und trank gierig die letzten Schlucke. Auf einmal standen viele Fragen im Raum. Dass die *Blaue Möwe* zwar nicht schlecht lief, aber nicht gerade eine Goldgrube war, brauchte sie nicht zu erwähnen. Gleichzeitig zeugte alles hier in der Wohnung von Bents gutem und dabei kostspieligem Geschmack.

»Ich habe dir erzählt, womit ich früher mein Geld verdient habe«, schmunzelte er, als könnte er ihre Gedanken lesen.

»Das machst du doch nicht mehr, oder?«, fragte sie erschrocken.

Bent war ein erfolgreicher Berufsspieler gewesen, hatte in Casinos abgesahnt.

»Nein. Aber ich habe ein gutes Händchen dafür, mein Geld zu vermehren. Ganz legal. An der Börse.« Er erhob sich und kam zu ihr herüber. Zog sie vom Stuhl und an sich. »Du brauchst dir darüber keine Sorgen zu machen. Lass uns lieber überlegen, wie wir den weiteren Abend gestalten. Ich hätte da so eine Idee.«

Ihr ging das alles ein wenig zu schnell. Doch vielleicht hatte er recht. Zu viele schwere Gedanken, die sich erst einmal setzen mussten.

Kapitel 27

Erst am nächsten Morgen, beim gemeinsamen Frühstück in Bents Küche, kam Kari wieder auf das Thema des Vorabends zurück. Sie hatten wenig Schlaf gefunden in der Nacht und selbst als Bents Atem tief und gleichmäßig geworden war, hatte Kari weiter wach gelegen.

»Meine Freundin Sesle bekommt ihr zweites Kind«, begann sie das Gespräch. »Sie hat mich bei unserem letzten Treffen gefragt, ob ich Patentante werden möchte.«

»Und? Willst du?«

»Patin zu werden bedeutet im Grunde genommen, dem Kind in allen Lebenslagen beizustehen, auch, es in seinem christlichen Glauben zu begleiten.«

»Kannst du das? Willst du das?«

»Die formalen Voraussetzungen erfülle ich. Ich bin getauft und konfirmiert. Was den Glauben betrifft, da denke ich, dass Sesle als Pfarrerin die geeignete Person ist. Ich hingegen betrachte mich eher als Lotsin durch das Leben. Das kann ich vermutlich sehr gut.« Sie schmunzelte.

»Also bist du bereit?«

»Aber ja, ich habe mich gefreut über den Vorschlag.«

»Noch ein Grund, öfter auf der Insel zu sein«, meinte er mit einem Funkeln in den Augen.

»Kann man so sehen. Und Jette ist ebenfalls einer. Ich mache mir Sorgen um sie.«

»Deine Nachbarin? Sie mag mich nicht. Denkt vermutlich, sie muss dich vor mir beschützen« Bent schmunzelte. »Jedes Mal, wenn sie mich auf deinem Grundstück sieht, bekomme ich es mit der Angst zu tun.« Er lachte kurz auf. »Aber mir ist auch aufgefallen, dass sie erschöpft wirkt. Was ist mit ihr?«

Kari kämpfte mit sich. Es gab so viele Dinge, über die sie nie mit jemandem hatte reden können. Die sie mit sich selbst hatte ausmachen müssen. Dass sie nicht darüber sprechen konnte, was mit Jette los war, nicht einmal mit Tanja, die sich so sehr bemühte, lag ihr auf dem Herzen.

»Es scheint, als ob Jette traumatisiert ist, den Grund dafür aber selbst nicht kennt. Man muss die Ursache bekämpfen, aber das geht nicht so einfach.«

»Aha. Und du kennst den Grund?«

»Wie kommst du darauf?«, fragte sie verblüfft.

»Kann ich dir ansehen«, lautete die Antwort. »Du wirktest eben schuldbewusst. So, als hättest du etwas mit Jettes Trauma zu tun.«

Kari ließ sich überrascht in ihren Stuhl zurückfallen. »Wieso kannst du mich so gut lesen?«, wollte sie wissen.

»Berufsspieler müssen das können. Beim Pokern beispielsweise hängt viel davon ab, auch die kleinste Regung deiner Mitspieler richtig interpretieren zu können.«

»Verstehe«, murmelte sie.

»Wie kannst du Jette helfen?«

Kari schluckte bei Bents Frage. Spielte mit den Toastkrümeln auf ihrem Teller und blickte in ihre leere Kaffeetasse. Bis sie endlich den Blick hob. »In Jettes Garten liegt eine Leiche vergraben. Die werde ich ausbuddeln und wegbringen, sodass sie nicht mehr jeden Tag daran erinnert wird, was vor ein paar Monaten geschehen ist.«

Was vor ein paar Monaten geschehen war, wusste Bent nicht, daher brachte ihn Kari nun, da sie sich ihm anvertraut hatte, auf den Stand der Dinge.

»Der Mann, der dich damals in deinem Haus überfallen hat? Dich töten wollte? Der angeblich abgehauen ist?«

Kari nickte schweigend.

»Stattdessen kam er ums Leben, und um das zu vertuschen, habt ihr, du und Jette, ihn bei ihr auf dem Grundstück vergraben?« Es war ein bisschen anders gewesen, vor allen Dingen gab es eine dritte beteiligte Person. Zu deren Schutz fühlte Kari sich verpflichtet. Daher sprach sie nicht darüber, entschied vielmehr, es sei gut so. Alles musste Bent nicht wissen. »Wenn es ein Unfall war, warum habt ihr nicht die Polizei geholt?«, fragte er.

»Es ging nicht. Mein Einsatz war streng geheim. Er und das Leben meiner Schutzperson wären gefährdet gewesen. Ich konnte das nicht riskieren. Nicht für einen Auftragskiller.« Der letzte Satz kam trotziger als beabsichtigt.

»Mannomann.« Bent erhob sich, fuhr sich mit den Fingern durchs Haar und tigerte durch die Küche. Kari beobachtete ihn dabei.

»Jette muss ich vor dieser Aktion aus dem Haus schaffen, was schwierig genug wird«, fuhr sie fort, ihm ihren Plan zu erklären. »Und ich brauche einen anderen Ort für die Überreste.«

Bent schüttelte verständnislos den Kopf. »Kari, Kari, Kari«, brummte er dabei. Um sich dann zu ihr zu beugen.

»Du wirst gar nichts machen«, sagte er bestimmend. »Ich werde das übernehmen. Du sagst mir, wo und wann, und kümmerst dich um Jette in der Zeit.«

»Das geht nicht.« Sie erhob sich ebenfalls. »Ich will dich da nicht mit reinziehen.«

»Kari.« Er legte die Hand an ihre Wange, hob ihr Gesicht leicht an. »Ich bin da schon mittendrin. Und in solchen Situationen fühle ich mich am besten, wenn ich etwas tun kann. Lass mich das also für dich übernehmen. Einverstanden?« Sie zögerte, nickte aber schließlich. Vielleicht hatte er recht und es war besser so. Nicht nur für Jette, sondern auch für sie selbst.

Nachdem sie über ihr Vorhaben gesprochen hatten, beendeten sie das Frühstück. Während Bent die Küche aufräumte, telefonierte Kari mit Tanja. Die wirkte etwas überrumpelt von der Frage, ob sie sich vorstellen könnte, einen Ausflug mit Jette zu machen, stimmte dann aber überraschend schnell zu. »Wir sind morgen verabredet, ich wollte mit ihr zum Bingo gehen.« Tanja überlegte kurz. »Wie lange brauchst du denn?«

Wenn Kari das wüsste. »So lange wie möglich«, sagte sie schließlich.

»Okay«, erwiderte Tanja. »Dann weiß ich, wie ich es anstelle.«

»Und?«, fragte Bent, als Kari fertig war.

»Tanja nimmt Jette morgen mit nach Amrum. Die beiden wollen Bingo spielen gehen. Ich kann nur hoffen, dass Jette sich nicht sträubt. Normalerweise kriegt man sie schwer aus dem Haus und noch schwerer von der Insel.«

Nun war der Zeitpunkt gekommen, mit Bent über Karis Fund und ihre Vermutung zu sprechen.

»Eine Haarnadel?«, fragte er ungläubig.

»Keine normale.« Sie zückte ihr Handy, rief ein Foto der Föhrer Tracht auf und hielt es Bent unter die Nase.

»Sieht für mich aus wie ein Bommel auf zwei Beinen«, brummte er.

»Ich habe mich gefragt, wie dieses Accessoire in meinen Garten kommt.«

»Lag es in der Nähe der Brandstelle?«

»Das nicht, aber klar ist doch, dass irgendjemand die Haarnadel auf meinem Grundstück verloren haben muss. Jemand, der dort eigentlich nichts zu suchen hatte. Wer fällt dir da ein?«

Bent sah sie an, seine Augen waren fast schwarz.

»Kari. Willst du damit andeuten, dass Larissa den Brand bei dir gelegt hat?«

Sie biss sich auf die Lippe und zuckte mit den Schultern. »Ich werde sie fragen müssen«, stellte sie klar. »Gibst du mir ihre Adresse?«

Bent sah nicht aus, als ob ihm diese Vorstellung zusagen würde. »Ihre Privatanschrift eher nicht«, meinte er dann. »Aber ich weiß, dass sie montagmorgens immer im Dörpshus in Nieblum ist, um dort auszuhelfen.« Gut, würde sie eben am Montag dorthin fahren. Bent sagte nichts mehr zu der Sache, er war tief in Gedanken versunken.

Später fuhren sie gemeinsam nach Wyk, um auf dem sonntäglichen Fischmarkt einzukaufen. Der Tag war sonnig und es war richtig warm geworden. Gerade so, als ob der Sommer am Ende noch einmal zeigen wollte, was noch in ihm steckte, bevor er dem Herbst das Revier überließ. Entsprechend viele Menschen waren unterwegs auf dem Gelände direkt am Hafen. Die Händler überboten sich damit, ihre Ware anzupreisen. Neben den Einheimischen, die zügig ihre Einkäufe erledigten, bummelten gut gelaunte Touristen zwischen den Ständen herum, einige kauften ein, andere labten sich an Fischbrötchen und Bratwurst, viele zückten ihre Kameras oder Smartphones, um das Treiben abzulichten. Während Bent zielgerichtet einen Gemüsestand aufsuchte, schlenderte Kari zwischen den Ständen mit Krabben, Föhrer Käse, Hagebutten- und Sanddornmarmeladen, Lammfellen und vielem mehr herum. Sie genoss die unbeschwerte Stimmung, die die trüben Gedanken des früheren Morgens vertrieb. Dabei entdeckte sie eine bekannte Gestalt.

»Moin, Frau Kahlenberg«, begrüßte sie die ehemalige Nachbarin von Bertha Franzen. Die hatte sie nicht gehört, beugte sich gerade zu einem Fischverkäufer hinüber. Als die beiden ihr Gespräch beendeten, tippte Kari der anderen auf die Schulter. »Frau Kahlenberg, hallo«, wiederholte sie ihren Gruß. Die Angesprochene erschrak derartig, dass ihr das Portemonnaie, das sie in Händen gehalten hatte, zu Boden fiel. Kari beugte sich hinab, um es aufzuheben. Es war aufgeklappt und aus der Seite mit der transparenten Hülle blickten sie zwei

Mädchengesichter an. Die beiden lächelten unbeschwert in die Kamera. Es war ein Schwarz-Weiß-Bild und anhand der Kleidung und der Frisuren tippte Kari darauf, dass es aus den Siebzigerjahren stammte.

»Sind Sie das?«, fragte sie und reichte Frau Kahlenberg lächelnd ihre Geldbörse zurück.

Die riss sie ihr buchstäblich aus der Hand und drückte sie an sich.

»Entschuldigung«, stammelte Kari. Die Frau wirkte gerade so, als habe sie einen Diebstahl befürchtet. »Ich wollte Sie nicht erschrecken, aber als ich Sie gesehen habe, dachte ich, ich gehe mal zu Ihnen. Wir konnten uns ja bisher nie unterhalten.« Bisher hatte Herr Kahlenberg immer das karge Wort geführt. Kari hoffte, dass sich seine Gattin offener zeigen würde. Doch danach sah es gerade nicht aus.

»Ein schönes Jugendfoto. Ich konnte nicht umhin, es zu sehen.« In Frau Kahlenbergs Miene veränderte sich etwas. Sie wirkte auf einen Schlag verletzlich und zerbrechlich.

»Das bin ich mit meiner Schwester Brigitte«, erwiderte sie leise. Ihre Stimme hatte einen weichen Unterton.

»Lebt sie auch hier auf Föhr?« Jetzt, wo die Frau einmal angefangen hatte zu sprechen, wollte Kari den Faden nicht abreißen lassen.

Die Reaktion von Frau Kahlenberg jedoch war merkwürdig. Ihre Augen wurden groß, sie starrte Kari entsetzt an. »Nein«, antwortete sie, womöglich noch leiser als vorhin, dabei gehetzt wirkend. »Brigitte lebt nicht mehr.« Damit drehte sie sich um und verschwand im

Gewühl, bevor Kari sie noch irgendetwas zu Bertha Franzen fragen konnte.

»Wer war das?« Bent war neben sie getreten. Eine Tragetasche mit seinen Einkäufen in der Hand.

»Das war die Nachbarin der Frau, die ermordet wurde«, sagte Kari leise. »Ihr Mann ist ein missmutiger und mundfauler Kerl. Mit ihr habe ich gerade das erste Mal gesprochen.«

»Macht einen ausgesprochen ängstlichen Eindruck.« Bent legte den Arm um Karis Schultern, drehte sie in eine bestimmte Richtung. »Wie wäre es mit einem Glas Champagner und Austern?«

»Igitt. Austern.« Kari schüttelte sich beim Gedanken an den Geschmack. »Aber ein Glas Champagner nehme ich gerne. Ausnahmsweise.« Sie machte sich nichts aus perlenden Getränken. Normalerweise. Heute hatte sie Lust darauf. Dennoch ging ihr Frau Kahlenbergs merkwürdige Reaktion nicht aus dem Kopf. Sie hatte fast gewirkt, als hätte sie Angst vor Kari.

Kapitel 28

Obwohl Kari sich alle Mühe gegeben hatte, vor Margot Viering bei Bertha Franzens Haus zu sein, sah sie bei ihrer Ankunft deren ehemalige Freundin schon von Weitem vor dem Anwesen stehen.

»Ich habe mir ein Taxi genommen und war ganz schnell hier«, verriet ihr die Ältere, als sie sich am Zugang begrüßten. Gemeinsam betraten sie das Haus, das jetzt Margot Vierings Tochter Melissa gehörte. Innen war es dunkel und kühl. Göntje hatte nach dem Einbruchversuch sämtliche Vorhänge vorgezogen.

»Möchten Sie alleine herumgehen und ich warte hier auf Sie?«, wollte Kari wissen. Margot Viering war in der Diele stehen geblieben. Die Hände vor dem Bauch gefaltet, die Stirn gerunzelt, blickte sie um sich.

»Nein. Bitte begleiten Sie mich«, bat sie leise. Nebeneinander gingen sie durch die Räume im Untergeschoss. Stiegen dann in den ersten Stock hinauf. Wie Kari war auch Margot Viering verwirrt, als sie dort den einzigen ungepflegten Raum betraten.

»Hier ... das war das Zimmer von Berthas Eltern.« Sie flüsterte fast, gerade so, als fürchte sie, die Schatten der Toten könnten aus den Ecken kriechen. Jetzt war Kari auch klar, warum hier alles so vernachlässigt war. Bertha war es nicht nur nicht wichtig gewesen, das ehemalige Zimmer ihrer Eltern zu pflegen. Sie hatte es absichtlich vernachlässigt. In Berthas Schlafraum standen sie eine Weile stumm nebeneinander. Margot Vierings unruhige Finger und der verkrampfte Ausdruck ihres Gesichts zeigte Kari, wie sehr es in der anderen arbeitete. Die Freundschaft der beiden Frauen hatte irgendwann geendet. Jetzt wirkte es so, als ob Bertha über ihren Tod hinaus die Hand nach der alten Freundin ausstrecken wollte. Auch wenn sie den Umweg über deren Tochter genommen hatte.

Sie stiegen wieder hinunter. Im Wohnzimmer lag das Fotoalbum, das Margot fast ehrfürchtig aufnahm. Als sie auf die Fotos von Bertha mit ihr und Melissa stieß, seufzte sie tief.

»Ich wusste, dass sie einsam war. Möglicherweise sogar gern. Aber dass ihr Leben so ereignislos gewesen ist, erschüttert mich schon.« Eine Weile starrte sie auf die Fotos, aus denen Bertha ihren damaligen Verlobten geschnitten hatte.

»Sie sieht aus, als habe die Beziehung zu Johann ihr gut getan«, merkte Kari an. »Dieser selbstbewusste Ausdruck in den Augen. Die Haltung.«

Margot Viering atmete so heftig ein und aus, dass Kari besorgt zu ihr hinüberblickte. »Also, das mit Johann und mir.« Sie brach ihren Satz ab, atmete erneut hörbar und fuhr dann fort. »Sie war sehr glücklich damals. Ihr Leben schien eine Wendung zum Besseren zu nehmen. Ich weiß das. Aber es gehören immer zwei zum Glücklichsein dazu. Das war ihr mit Johann nicht vergönnt. Glauben Sie mir, wenn es noch eine Chance gegeben hätte, dass die beiden wieder zusammenkommen, ich hätte mich nicht in den Weg gestellt. Trotz der großen Liebe, die ich für meinen Mann empfunden habe.«

Sie ließ das Fotoalbum sinken, drehte sich um sich selbst, um den Raum auf sich wirken zu lassen. Dann, als habe alle Kraft sie verlassen, kippte ihr Kopf nach vorn. Kari nahm ihr das Album behutsam aus den Händen und stellte es zurück. Margot Viering würde jederzeit wiederkommen können. Sämtliches Inventar gehörte ihrer Tochter Melissa. Im Moment schien es jedoch genug zu sein, was auf Margot einstürmte. Als sie den Kopf hob, sah Kari zwei glänzende Spuren auf ihren Wangen. Margot machte keinerlei Anstalten, die Tränen wegzuwischen. Erst als Kari sanft den Arm um sie legte, schniefte sie laut auf.

»Ich habe Ihnen nicht alles gesagt«, meinte sie dann. »Aber hier möchte ich nicht mehr bleiben. Gehen Sie mit mir noch einen Kaffee trinken?«

Das *Macke Pudel* war Café und Deli in einem. Sie hatten den kurzen Weg von Bertha Franzens Haus hierher zu Fuß zurückgelegt. Im Café verschwand Margot Viering, nachdem sie ihre Bestellung aufgegeben hatten, erst einmal über die Treppe hinauf auf die Toilette. Kari blieb etwas ratlos zurück, musterte die Fotogalerie an der Wand gegenüber und die Konfitüren auf dem Regal. Durch die offene Durchreiche hindurch hörte sie das Klappern von Töpfen. Der Duft nach Currylinsen, Kaffee und frisch gebackenem Kuchen hing in der Luft. Es war nicht zu übersehen gewesen, wie sehr der zweite Besuch im ungastlichen Haus der Franzens Berthas ehemalige Freundin aufgewühlt hatte. Wie viele Jahre lagen zwischen den beiden Stippvisiten in Oevenum? Fünfzig? Oder mehr?

Als Margot zurückkam, wirkte sie ein wenig erfrischt, das Gesicht gepudert, die Haare sauber zurückgestrichen und sie duftete nach einem leichten Eau de Cologne. Die Getränke und der Kuchen wurden serviert. Margot Viering nahm ihre Gabel auf, starrte auf den Eierlikör-Kuchen vor ihr, legte die Gabel wieder ab und wandte sich Kari zu.

»Berthas Kindheit war fürchterlich«, begann sie unvermittelt. »Ihre Eltern zeigten ihrer Tochter gegenüber eine Strenge, die mich heute noch frösteln lässt. Bertha war, ihren eigenen Worten zufolge, ein dickliches Kind. *Alles an mir war ein bisschen zu rund, ein bisschen zu viel*, beschrieb sie es mir damals. Die Folge davon waren Hungerkuren, die sie über sich ergehen lassen musste. Stellen Sie sich das einmal vor: Die Eltern saßen am Tisch und aßen ihre Mahlzeit, die zwar nicht üppig war, immerhin herrschte Krieg. Dennoch: Die Tochter sitzt daneben und bekommt nicht mehr als ein Glas Wasser.« Margot Viering legte endgültig die Gabel zur Seite. Auch Kari schob ihren halb gegessenen Karottenkuchen von sich. »Natürlich war Bertha unglücklich. Sie sagte, sie habe jeden einzelnen Tag ihrer Kindheit und Jugend Hunger leiden müssen. In so jungen Jahren!« Margot warf die Hände in einer hilflosen Geste in die Luft. »Dazu kamen drakonische Strafen, wenn sie sich in ihrem Elend manchmal selbst etwas zu essen besorgt hat. Einmal hat eine Schulkameradin ihr ein Marmeladenbrot zugesteckt. Als Berthas Eltern die Krümel im Ranzen ihrer Tochter entdeckten, schlugen sie sie

windelweich und ließen sie die Nacht in der Abstellkammer verbringen.«

»Was für eine schreckliche Geschichte.« Kari wurde
ganz elend bei der Vorstellung, dass jemand sein eigenes Kind derartig misshandelte.

»Die ständige Litanei, die sie sich anhören musste, um
Entbehrungen und Disziplin. *Wer sich gehen lässt*, so das
Mantra ihrer Eltern, *ist ein verachtenswerter Mensch*. Sie
hatte gar keine Chance, erst recht nicht, als sie dann in
die Pubertät kam und weibliche Formen entwickelte.
Etwas, das bei den alten Franzens wohl die Alarmglocken schrillen ließ. Von da an machten sie ihrer Tochter das Leben noch mehr zur Hölle.«

»Das arme Mädchen«, entfuhr es Kari.

»Damit nicht genug«, fuhr Margot Viering fort. »Bertha durfte sich nicht kleiden wie ihre Schulkameradin-
nen. Ihre Eltern erlaubte lediglich dunkle Anziehsa-
chen. Keineswegs modisch durfte es sein. Schlicht und
einfach. Bertha entwickelte damals ein großes Talent
dafür, Kleidungsstücke selbst zu nähen oder abzuän-
dern. Als sie ihre Lehre begann, hingen immer ein paar
Klamotten im Spind, die sie vorher aufgepeppt hatte.
Damit konnte sie sich, zumindest außerhalb des Ein-
flussbereichs ihrer Eltern, bewegen, ohne gleich als Au-
ßenseiterin abgestempelt zu werden.«

Margot Viering griff nach ihrem Teeglas, trank konzentriert einige Schlucke, tupfte sich die Lippen mit der
Serviette ab und starrte an Kari vorbei in den Raum,
ohne die anderen Gäste wahrzunehmen. Kari war sich
sicher, dass sie gleich etwas sehr Wichtiges über Bertha
erfahren würde, und sie hatte recht.

»Trotz allem schaffte Bertha es nicht, sich von ihren Eltern zu lösen. Weder die Beziehung zu Johann noch die Freundschaft und das Zusammenleben mit mir stärkten sie genug. Es war schmerzhaft für mich, mitansehen zu müssen, wie sehr sie sich immer wieder unter Druck setzen ließ. Eine toxische Beziehung war das.« Ein Seufzen unterstrich diese Worte. »Trotzdem habe ich lange nicht begriffen, wie tief die schlimmen Erlebnisse ihrer Kindheit sich in Berthas Seele gegraben hatten.« Die Augen von Karis Gegenüber wurden feucht und sogleich mit einem Taschentuch abgetupft. »Nachdem Sie bei mir waren, kam das alles wieder hoch«, erklärte Margot Viering. »Auch das, was ich von meinem Mann erfahren habe. Bertha hat mir erzählt, sie habe die Verlobung mit Johann gelöst. Der Grund, den sie angab, leuchtete mir schon damals nicht wirklich ein. Sie sagte, er habe sie bedrängt. Sie aber wollte sich bis zur Ehe aufsparen. So ihre Worte.«

»Moment mal«, unterbrach Kari sie. »Bertha wurde im Jahr 1936 geboren. Sie war also schon über dreißig, als sie mit Johann zusammen war.«

»Das stimmt. Dennoch, er war ihr einziger Freund.« Margot Viering sah Kari vielsagend an.

»Wollen Sie damit sagen, dass Bertha zu dieser Zeit noch Jungfrau war?«

»Wenn Sie mich fragen, hat sich an diesem Zustand bis zu ihrem Lebensende nichts geändert. Sie hatte weder vor noch nach Johann eine Beziehung«, erklärte Margot trocken.

Das musste Kari sacken lassen. Auf einmal bekam der selbstbewusste Gesichtsausdruck, der ihr auf den Fotos mit dem später herausgeschnittenen Johann aufgefallen war, eine ganz neue Bedeutung. Wie furchtbar musste es gewesen sein, danach nie wieder begehrt worden zu sein, nie wieder selbst jemanden zu begehren.

»Indes, Berthas Version stimmte nicht. Johann hat mir später einen völlig anderen Grund genannt. Außerdem war er es gewesen, von dem die Trennung ausging.« Margot Vierings Finger spielten nervös mit dem Teelöffel. »Er sagte mir, er habe es nicht mehr ertragen können, dass Bertha zwei Gesichter hatte.«

»Was hat er denn damit gemeint?«, fragte Kari, als ihr Gegenüber nach diesen Worten eine Pause einlegte.

»Bertha war zu diesem Zeitpunkt bereits jeden Sommer in einem Erholungsheim auf Amrum tätig. Das Foto, das ich Ihnen gezeigt habe. Sie erinnern sich?«

Kari nickte. All die ernst dreinblickenden Kinder.

»Dort gab es Ärger. Eine Mitarbeiterin beschwerte sich über die Methoden, die insbesondere Bertha anwandte.« Frau Vierings Blick flatterte, sie zog ihre Handtasche näher zu sich. »Diese junge Frau war nicht damit einverstanden, wie die Kinder, die man ja zur Erholung geschickt hatte, behandelt wurden.«

»Wie wurden sie denn behandelt?« Kari hatte sich vorgebeugt. Die Arme auf den Tisch gelegt, sah sie ihre Begleiterin ernst an.

»Schlecht.« Margot Viering erwiderte Karis Blick mit derselben Intensität. »Man hat sie gequält. Statt ihnen die Erholung zu gestatten, wegen der sie gekommen waren, behandelte man sie denkbar übel. Und eine der Mitarbeiterinnen, die es am schlimmsten trieben, war Bertha.«

»Und als Johann das erfuhr, verließ er sie.«

»Ja und nein. Es war so, dass auch Johann gelegentlich Berthas andere Seite zu spüren bekommen hatte. Sie konnte gemein sein. Gehässig. Er hat sie geliebt und lange darüber hinweggesehen. Bis er es eines Tages nicht mehr konnte. Das hatte viel mit dem Miteinander der beiden Verlobten zu tun. Den ewigen Missstimmungen, die Berthas Verhalten nach sich zog. Aber auch damit, dass Johann erfuhr, wie Bertha im Beruf sein konnte.«

Margot Vierings Stimme brach ein. Sie schluckte heftig, trank den Rest ihres Tees auf einmal aus und winkte der Kellnerin, um sich einen Cognac zu bestellen. »Bertha war so streng zu den Kleinen, dass ihre Kollegin es irgendwann nicht mehr mitansehen konnte. Erst sprach sie mit Bertha. Als das nichts nutzte, mit der Leitung des Erholungsheims.«

»Was geschah dann?«

»Erst einmal nichts. Die Beschwerde wurde von der Heimleitung ignoriert.«

»Was?« Kari glaubte, sich verhört zu haben.

»Frau Lürsen. Das war Anfang der Siebzigerjahre. Die Welt war eine andere, der Umgang mit Schutzbefohlenen sowieso. Um es klar zu sagen: Bertha war durchaus auf Linie mit den Betreibern des Erholungsheims. Kinder, das war das Credo, mussten eine harte Hand spüren. Nur so seien sie in der Lage, später die Schärfen des Lebens zu bewältigen.«

Kari ließ sich in ihren gepolsterten Stuhl zurücksinken. Was wollte Margot Viering ihr sagen? Dass Bertha ihre Macht missbraucht hatte?

»Das Schlimme daran ist, dass Bertha mir lange Briefe schrieb und ich das damals alles nicht einordnen konnte. Ich kannte lediglich Berthas Sicht, die mir ganz plausibel schien. Die Jahre vergingen, die Verbindung zu Bertha war irgendwann abgebrochen. Erst dann erfuhr ich durch Johann peu à peu die Wahrheit. Ich will es klar sagen: Ich war schockiert. Sie wissen ja, dass ich Bertha zur Patentante von Melissa gemacht habe. Niemals hätte ich mir damals träumen lassen, dass eine Frau, die derartig unter der harten Hand ihrer Eltern leidet, genauso mit Schutzbefohlenen umgeht! Aber das, was ich weiß, möchte ich jetzt nicht mehr für mich behalten. Vielleicht hat es gar nichts mit Berthas Tod zu tun. Es ist ja alles so lange her. Gleichzeitig gefällt mir die Möglichkeit nicht, dass es doch damit zu tun haben könnte und jemand ungestraft davonkommt.« Sie zog einen Umschlag aus ihrer Tasche, und als sie ihn in Händen hielt, sah Kari, wie stark die Finger ihres Gegenübers zitterten.

»Was ich sagen will: Bertha schrieb mir damals aus Amrum. Unter anderem über diese junge Kollegin. Beklagte sich über sie. Renitent sei sie, würde sich in alles einmischen. Ihre, also Berthas, Autorität untergraben. Solche Sachen.«

Margot Viering schaute seufzend auf ihre Tasche. »Und jetzt, nach so langer Zeit, als ich diese Briefe erneut las, frage ich mich, ob da ein Hass genährt wurde, der sich irgendwann Bahn brach.«

»Sie meinen, diese ehemalige Kollegin könnte Schuld an Berthas Tod tragen?« Margot Viering hob die Schultern und ließ sie wieder sinken. »Wer weiß das schon? Ihre Beschwerden wurden ignoriert und sie gerügt,

weil sie am pädagogischen Konzept des Heims, das angeblich wissenschaftlich fundiert und jahrzehntelang
erprobt war, zweifelte.«

»Mit welchem Ergebnis?«

»Sie wurde entlassen.«

Kari war erschüttert gewesen über das, was sie von
Margot Viering über Bertha Franzen und ihre Tätigkeit
im Kindererholungsheim *Nordsee-Stern* erfahren hatte.
Am Ende des Gesprächs hatte sie der anderen versichern müssen, nicht schlecht über sie zu denken. »Ich
habe all das lange Jahre einfach in mir vergraben. Es
war nicht wichtig für mich und mein Leben. Aber nun,
da Bertha meiner Tochter ihr Haus vermacht hat und
ich all die Geschichten, die wir damals miteinander geteilt haben, noch einmal durchlebe, musste ich die
Dinge neu einordnen.« Sie hatte traurig gewirkt bei diesen Worten.

Kari hatte Margot Viering zurück nach Wyk gebracht
und am Anleger gewartet, bis die Fähre abgelegt hatte.
Erst dann war sie zum Auto zurückgegangen. Hatte der
Versuchung nicht widerstehen können, die abfotogra-
fierten Briefe, die Margot Viering schließlich aus ihrer
Tasche gezogen und auf den Tisch gelegt hatte, sofort
zu lesen. Berthas steile Handschrift erkannte sie sofort
wieder. Der weinerliche Tonfall, der gelegentlich ins
Überhebliche rutschte, gefiel ihr nicht. Dennoch – hätte
sie als Freundin das damals bemerkt? Margot Viering
war ein offener, loyaler, freundlicher Mensch. Sie hatte
Bertha nie misstraut. Selbst als ihr eigener Mann ihr
seine Sicht der Dinge geschildert hatte, hatte sie die

ganze Wahrheit nicht sehen wollen. Bis zu dem Zeitpunkt, als Karis Auftauchen Erinnerungen aufgewühlt
hatte und Margot plötzlich alles, was sie über ihre alte
Freundin wusste, infrage stellen musste.

Bertha sprach in ihren Briefen lediglich von *Heidrun*.
Von Margot wusste Kari, dass damit Heidrun Wolfram
gemeint war. Eine junge Frau, deren Eltern eine Metzgerei in Wittdün auf Amrum betrieben hatten. Vermutlich gab es die nicht mehr und auch Heidrun hatte
durch Heirat einen anderen Namen angenommen.
Doch Kari war froh, dass all diese Informationen genug
Möglichkeiten boten, die Frau ausfindig zu machen. Sie
legte das Handy zur Seite, startete den Motor und fuhr
zurück nach Utersum.

Den Rest des Sonntags verbrachte Kari am Strand. Sie
hatte einfach keine Lust, die schwarze Ruine der abge-
brannten Scheune zu betrachten. Im Haus fühlte sie
sich auf einmal eingeengt und unwohl bei dem Gedanken, dass ihr jemand Fremdes zu nahe gekommen war.
Gleichzeitig beschäftigte sie die Geschichte von Bertha
Franzen. Ebenso die Frage, wie sie Heidrun Wolfram
ausfindig machen konnte. Margot Viering hatte recht.
Es war viel zu lange her. Die junge Frau hatte Stress mit
ihrer Kollegin Bertha gehabt. Sie hatte keinerlei Unter-
stützung durch die Heimleitung erfahren. War entlassen worden. Aber sie hatte auf Amrum gelebt, Bertha
auf Föhr. Hätte sie jemals den Wunsch gehabt, sich zu
rächen, hätte sie doch niemals so viele Jahre gewartet!
Dennoch verspürte Kari das dringende Bedürfnis, mit
Heidrun zu sprechen. Doch jetzt saß sie am Bootsanle-

ger und sah den Menschen zu, die sich am Strand tummelten. Ein Liebespaar döste in einem Strandkorb, die Beine ineinander verknotet. Eine Mutter cremte ihrer Tochter die Arme ein. Zwei Jungs, vielleicht drei, vier Jahre alt, rannten mit ihren Eimerchen zwischen dem Wasser und ihrer prall aufgepumpten Planschinsel hin und her, um sie zu füllen. Die Plastikpalme am Rand hüpfte auf und ab, als die beiden endlich kreischend ihr kleines Becken erklommen, um sich gegenseitig mit dem Wasser vollzuspritzen. Später sah Kari Ada und Olga schnellen Schrittes oben am Deich entlanglaufen. Am liebsten hätte sie sich den beiden auf ihrem Abendspaziergang angeschlossen. Doch sie waren schon verschwunden, bevor Kari sich erhoben hatte. Als erst die Kinder in und dann auch noch die Erwachsenen um die Planschinsel anfingen sich zu streiten, erhob sich Kari.

Als sie vom Strand zurückkehrte, startete sie eine Suche im Internet. Es gab im Amrumer Telefonbuch kaum Frauen mit dem Namen Heidrun. Keine davon trug den Familiennamen Wolfram. Es war sowieso nicht davon auszugehen, dass die Betreffende noch auf der Nachbarinsel lebte, und eine *Metzgerei Wolfram* fand Kari auch nicht. Als sie weitersuchte, wurde sie auf einen Artikel aufmerksam, der sich mit den Gepflogenheiten in Erholungsheimen beschäftigte. *Ein Verschickungskind klagt an*, lautete die Überschrift. Auf drei Seiten wurde geschildert, was einigen Kindern, die in den Sechziger- und Siebzigerjahren zur Erholung an die Nordsee geschickt wurden, widerfahren war. Damals, von den 1950er- bis in die 1980er-Jahre, betraf das Millionen von Kindern. Weil sie zu dünn waren, zu dick, an Asthma oder anderen chronischen Krankheiten litten. Ein Aufenthalt in den Bergen oder an der See sollten den Kleinen helfen. Gutes Essen, frische Luft, unbeschwertes Zusammensein mit Kindern, so lautete das Rezept. Doch an vielen Orten herrschte noch die sogenannte Zucht und Ordnung. Ein pädagogisches Regime, das auf Zwang, Strafe und Gewalt setzte. Schaudernd las Kari, dass magere Kinder regelrecht zum Essen gezwungen wurden.

Erbrach ich, musste ich das Erbrochene wieder essen, berichtete ein ehemaliger Teilnehmer. Anderen wurden Mahlzeiten aufgezwungen, die sie nicht mochten oder nicht vertrugen. Übergewichtige jedoch mussten hungern. Generell herrschte ein rauer Umgangston. Den Kindern wurden harte Strafen angedroht, sobald sie sich auflehnten.

Als Kari zu Ende gelesen hatte, stieß sie laut die Luft aus. Das System aus gezieltem Mobbing bis hin zu körperlichen Züchtigungen bereitete schon beim Lesen Unbehagen. Dass Kinder derartig getriezt worden waren, machte fassungslos. War Heidrun Wolfram die einzige Mitarbeiterin im ehemaligen *Nordsee-Stern* gewesen, die sich gegen solche Methoden ausgesprochen hatte? Gab es weitere? Und wie hatte die junge Frau es damals aufgenommen, nach ihrer Kritik an Bertha entlassen zu werden? Kari spürte ein Kribbeln auf der Kopfhaut. War sie sich erst kürzlich vorgekommen wie in einer Sackgasse, fühlte sie jetzt, wie ihr Jagdfieber neu erwachte.

Kapitel 29

Am nächsten Morgen fegte ein heftiger Wind über die Insel und Kari wurde durch ein lautes Klopfen an der Tür geweckt.

»Du?«, fragte sie schlaftrunken, als sie Bent auf der Schwelle stehen sah.

»Ja, ich.« Er schwenkte eine Schaufel.

»Oh Gott«, entfuhr es Kari.

»Sag bloß, du hast es vergessen?«, fragte er streng.

Kari schüttelte den Kopf. »Tanja kommt nachher. Sie und Jette machen einen Ausflug nach Amrum rüber. Da haben wir genügend Zeit.«

»Du bleibst hier. Ove hilft mir. Wir fangen an, sobald du uns grünes Licht gibst.« Er stellte die Schaufel vor der Haustür ab und kam herein. »Du siehst müde aus.« Er strich ihr über den Rücken und küsste sie auf die Stirn.

»Bin ich. Die ganze Sache um Bertha Franzens Tod wirft immer mehr Fragen auf. Inzwischen bin ich tief in ihre Vergangenheit eingetaucht und die Frau wird mir von Tag zu Tag unsympathischer.« Gleichzeitig bedauerte sie sie. Wer als Kind derartig hartherziger Eltern aufwuchs, tat sich vermutlich schwer damit, ein normales Gefühlsleben zu entwickeln. Bertha hatte unter der harten Hand ihrer Eltern gelitten, es aber nicht

255

geschafft, sich zu lösen. Dafür hatten dann die Kinder leiden müssen, über die sie Gewalt hatte. Kari schüttelte die schreckliche Vorstellung ab.

»Machst du uns einen Kaffee? Ich spring mal schnell unter die Dusche«, bat Kari.

Als sie eine halbe Stunde später in die Küche kam, saß Bent am Tisch. Eine Tasse Kaffee neben sich, überflog er auf seinem Handy die Nachrichten des Tages. Als Kari eintrat, erhob er sich, um ihr ebenfalls einzuschenken. Beide blickten sich vielsagend an, als Karis Mobiltelefon klingelte. Es war Tanja. Sie und Kari verständigten sich mit wenigen Worten. Als das Gespräch beendet war, sah Bent fragend zu Kari. »Weiß sie Bescheid?«

»Nein. Alles, was ich ihr gesagt habe, war, dass wir ungestört in Jettes Garten arbeiten müssen. Dass das, was wir dort machen, das Trauma auflösen kann.«

Eine halbe Stunde später hörten sie einen Wagen vorfahren. Kurz nachdem Türen zugeschlagen wurden und das Auto sich wieder entfernt hatte, traf bei Kari eine Nachricht ein.

Sind unterwegs. Viel Glück.

»Ihr könnt anfangen«, sagte sie. Um dann, in einer Aufwallung von Schuld, nach Bents Schulter zu greifen. »Soll nicht doch ich selbst es tun?«, fragte sie. »Mir behagt es gar nicht, einfach nur danebenzustehen, während du etwas in Ordnung bringen musst, das mit dir nichts zu tun hat.«

»Erstens – ich muss gar nichts. Ich möchte dir helfen. Zweitens – gerade weil ich unbeteiligt bin, geht es mir leichter von der Hand.« Er griff nach seinem Handy, wählte eine Nummer, sagte ein paar Worte und ging hinaus. Zehn Minuten später hörte Kari Bent und Ove auf dem Nachbargrundstück miteinander sprechen.

Sie holte den Umschlag mit der Haarnadel und die Karte des Gutachters aus der Schublade, den sie anrufen wollte. Fast gleichzeitig begann Olga draußen wie wild zu bellen und Kari stellten sich die Nackenhaare auf. Der Hund! Er konnte nicht dort bleiben. Er würde die ganze Aktion gefährden. Zwar standen die Häuser hier alle weit auseinander, das Bellen würde dennoch Aufmerksamkeit erregen. Wenn dann jemand die zwei Männer in Jettes Garten sah ... Sie lief aus dem Haus, in den Nachbargarten hinüber, griff nach Olgas Halsband und zog das Tier von Jettes Kater fort, der dem Hund fauchend und mit gesträubtem Fell gegenüberstand. Ove sah Kari unbewegt an, dennoch konnte sie erkennen, wie ungewöhnlich er es wohl fand, dass sein Hund einer fremden Person folgte.

»Komm, Olga, wir machen einen Spaziergang«, lockte sie das Tier, das sich nicht so schnell beruhigen wollte, bevor sie sich abwandte und die beiden Männer tun ließ, was getan werden musste.

Gut eingepackt in ein wollenes Schultertuch machte Kari mit Olga zunächst einen langen Spaziergang. Danach wählte sie die Nummer des Sachverständigen. Der bestätigte, was Kari beriets vermutet hatte: Man habe Hinweise auf Brandstiftung gefunden. Das Behördliche ginge nun seinen Weg. Kari, der es vorrangig um ihre und Jettes Sicherheit ging und nicht um die Frage, wer bestraft wurde und wer ihr welchen Schaden eventuell ersetzen musste – vorausgesetzt, dieser jemand wurde überhaupt jemals gefasst –, nahm alles erst einmal so hin. »Kann ich die verbrannten Überreste abtransportieren lassen?«, wollte sie wissen und bekam grünes Licht.

Sie steckte das Telefon ein und sah zu Olga hinunter. Die Hündin saß brav neben ihr und schaute sie aus ihren schönen braunen Augen wachsam an. »Wenn ich einen Wachhund hätte, wäre das wohl nicht passiert«, meinte Kari und kraulte das Tier am Kopf, was ihm sichtlich gefiel.

»Kommst du mit zur Trachtengruppe?«, wollte sie dann wissen. Olga legte den Kopf schief, was Kari als Einverständnis wertete.

Larissa öffnete ihr auch an diesem Tag die Tür zu dem Raum im Dorfhaus in Nieblum.

»Du?« Ihre Miene verfinsterte sich.

»Ja. Ich.« Kari maß ihr Gegenüber mit Blicken, die andere Menschen nervös gemacht hätten. Nicht so Larissa. Die verschränkte die Arme vor der Brust und sah Kari unbewegt an.

»Bei mir hat es in der Nacht von Freitag auf Samstag gebrannt.«

»Ach was?« Larissa zog eine Braue nach oben, sonst rührte sich nichts in ihrem glatten Gesicht.

»Brandstiftung.«

Jetzt sah die andere nicht mehr ganz so stoisch aus. »Das ist ja schrecklich«, stieß sie aus.

»In meinem Garten habe ich etwas gefunden.« Sie zog den Umschlag hervor, ließ die Haarnadel auf ihre Handfläche fallen und hielt sie Larissa hin. Die beäugte das Schmuckstück kurz, bevor sie, sichtlich erschrocken, einen halben Schritt zurückwich. Sie hatte erkannt, was Kari in Händen hielt.

»Das ist infam«, zischte Larissa. »Du willst mir doch nicht unterstellen, ich hätte etwas mit dem Brand deines Hauses zu tun?«

Kari stutzte. Larissa schien nicht zu wissen, dass die Scheune gebrannt hatte. Oder konnte sie sich derartig verstellen?

»Wenn du etwas damit zu tun hast, wirst du nicht ungeschoren davonkommen.«

»Du drohst mir?« Auf Larissas Stirn erschien eine tiefe Falte.

»Ich finde meine Worte nicht bedrohlich. Es ist wesentlich bedrohlicher, wenn jemand Feuer legt und damit Leib und Leben anderer Menschen gefährdet. Ich wollte dir nur sagen, dass ich in dieser Angelegenheit nicht lockerlassen werde.« Mit diesen Worten drehte Kari sich um und ging davon. Sie hatte sehr wohl bemerkt, dass Larissa sie nicht nach einem angeblichen Motiv gefragt hatte. Das hieß, sie hätte eines gehabt. Und das konnte nach Lage der Dinge nur eines sein – Eifersucht.

Drei Stunden, nachdem sie das Haus verlassen hatte, schickte Bent Kari eine Nachricht:

Alles in Ordnung. Bring Olga heute Abend zu Ove. Sind jetzt unterwegs. Wir sehen uns morgen. B.

Über nichts rätselte Kari mehr als über die Frage, was *Sind jetzt unterwegs* wohl bedeuten mochte. Hatten sie die sterblichen Überreste des Mannes bei sich und wenn ja, wohin brachten sie sie? Was war überhaupt noch übrig nach über drei Monaten? Sie mochte nicht darüber nachdenken, was sie wiederum gegen sich selbst aufbrachte. Den Kopf in den Sand zu stecken war noch nie ihre Art gewesen. Im Gegenteil, sie fand, dass sich die Dinge auf diese Weise nie lösten, sondern verkomplizierten. Doch was diese Geschichte anging, die im Mai begonnen hatte und sich bis heute als nur scheinbar gelöst darstellte, war alles anders. Sie schickte Tanja nun ebenfalls eine Nachricht, bevor sie nach Utersum fuhr und dort im Supermarkt nicht nur Wein, Brot, Käse und Joghurt, sondern auch Hundefutter kaufte. Sie hatte keine Ahnung, was Olga normalerweise bekam und mochte, daher nahm sie einfach zwei Dosen mit und hoffte, eine der beiden Mahlzeiten würde dem Vierbeiner munden.

Zu ihrer Erleichterung schien Olga eine unkomplizierte Esserin zu sein. Sie machte sich mit gutem Appetit über irgendetwas mit Rind her, schlabberte danach eine Schale mit Wasser und legte sich in die Ecke, in der Kari eine alte Decke ausgebreitet hatte.

Sie selbst untersuchte erneut das Netz nach Hinweisen auf Heidrun Wolfram. Irgendetwas musste es doch geben über die Frau oder ihre Familie. So klickte sie sich durch jeden noch so dünnen Verweis, der sie weiterbringen konnte. Kurz bevor sie endgültig aufgeben wollte, entdeckte sie etwas. Ein Günther Wolfram hatte von der Fleischerinnung eine Medaille für eine besondere Dauerwurst erhalten. Das konnte kein Zufall sein. Es musste sich, dem Alter nach, um einen Sohn oder Neffen von Heidrun handeln. Kurz entschlossen suchte

Kari nach einer Telefonnummer und wurde in Nebel fündig. Die Stimme klang voll und jung, sie gehörte einem Mann, der Ende dreißig oder Anfang vierzig war.

»Wer sind Sie? Was wollen Sie von meiner Tante?«, fragte er. Mehr laut als misstrauisch.

»Es geht um ein ehemaliges Erholungsheim, in dem sie einmal gearbeitet hat.«

Weiter kam Kari gar nicht. Herr Wolfram gehörte zu der Kategorie Mensch, die bereits zu wissen glaubten, was andere sagen wollten, bevor diese es ausformuliert hatten.

»Ach so. Eine ehemalige Kollegin. Tja, ich weiß darüber nichts. Aber rufen Sie sie doch direkt an.« Und während Kari im Stillen dem Schicksal dankte, diktierte er ihr eine Nummer.

»Das ist welche Vorwahl?«, fragte sie perplex.

»Südafrika. Sie ist ausgewandert. Lebt mit ihrem Mann auf einem Weingut. Sie können dort direkt anrufen. Ist dieselbe Zeitzone und nachmittags ist Heidrun immer zu Hause und hütet die Enkel.«

Die Stimme der Frau, die bei Karis nächstem Telefonat am anderen Ende abhob, hörte sich so jung an, dass Kari sich erst einmal vergewissern musste, die richtige Person am Apparat zu haben.

»Ja«, bestätigte Heidrun, die jetzt Bishop mit Nachnamen hieß, sie habe einmal in einem Erholungsheim gearbeitet. »Die Erinnerungen sind nicht besonders gut. Aber das ist lange her. Was genau ist der Grund für Ihren Anruf?«

Kari hatte gehofft, dass ihre Gesprächspartnerin genauso unbekümmert wäre wie ihr Neffe Günther, wurde dahingehend aber enttäuscht. Sie wirkte offen,

dabei aber vorsichtig. Vielleicht fürchtete sie einen En-
keltrick oder Ähnliches.

»Ich interessiere mich konkret für den *Nordsee-Stern*.
Das Heim, das in den Neunzigern abgebrannt ist.«

»Ach, darum geht es«, murmelte die Frau am anderen
Ende. »Das ist ewig her. Ich weiß darüber gar nichts.«
Außerdem, so lautete ihre Ansage, würde sie mit einer
ihr unbekannten Anruferin nur über einen Videocall
sprechen. »Ich muss den Leuten in die Augen sehen
können.« Kari hatte nichts dagegen, daher setzten sie
ihr Gespräch kurz darauf an ihren Bildschirmen fort.
Heidrun Bishop war eine schmale, blonde Frau mit
jung gebliebener Ausstrahlung, die offen und interessiert in die Welt blickte.

»Sie haben sicherlich die Berichterstattung in den
deutschen Medien verfolgt. In letzter Zeit wurde häufig
darüber geschrieben, dass in einigen Erholungsheimen
recht streng mit den Kindern umgegangen wurde«, begann Kari das Gespräch. »Ich beschäftige mich ebenfalls mit dem Thema und habe erfahren, dass Sie damals nicht mit dieser Art der Erziehung einverstanden
waren und intervenieren wollten.«

»Sind Sie Journalistin?« Heidruns Stirn kräuselte
sich.

»Ich bin Polizistin«, antwortete Kari. Ihr Gegenüber
erschrak so heftig, dass sie sich vom Bildschirm weg
nach hinten bewegte. »Sie haben es vermutlich an Ihrem neuen Wohnort nicht erfahren, aber Bertha Franzen wurde ermordet.«

Heidrun Bishops Mund öffnete sich. Sie wirkte sekundenlang wie erstarrt in dieser Pose, bevor sie sich
dem Bildschirm wieder näherte. »Sie wollen mir aber

jetzt nicht sagen, dass Sie mich verdächtigen?« Ein raues Lachen folgte. »Ich habe ein bombensicheres Alibi. Ich war hier. Weit weg von der Nordsee. Sie verstehen?«

»Ich verdächtige Sie nicht«, antwortete Kari wahrheitsgemäß. »Die Tat geschah auch nicht gerade eben erst, sondern bereits vor eineinhalb Jahren.«

»Oh«, machte Frau Bishop. »Und Sie suchen noch immer nach dem Täter?«

»Oder der Täterin«, konkretisierte Kari.

»Egal wie«, entgegnete Heidrun unwirsch. »Ich habe Südafrika seit Jahren nicht verlassen.«

»Wie gesagt, Sie stehen gar nicht unter Verdacht«, beeilte Kari sich zu versichern. »Doch Sie kannten Frau Franzen. Wussten, wie sie tickt. Und das wiederum interessiert mich.« Sie sahen sich an und Kari entschied, dass ihr Gegenüber einen weiteren Stups brauchte. »Es muss alles gar nichts miteinander zu tun haben. Ich gehe in der Biografie von Mordopfern immer Schritt für Schritt in die Vergangenheit. Nur so kann ich Verbindungen und Motive ausschließen und andere aufspüren.« Kari hatte noch nicht richtig zu Ende gesprochen, da antwortete ihr Gegenüber ihr bereits.

»Bertha war ein Monster.« Heidrun Bishops Miene verzog sich für einen Augenblick vor Zorn. »Sie quälte die Kinder. Dabei war sie nicht mal als Erzieherin angestellt. Ich war das aber. Damals war ich noch ganz jung, voller Ideale. Ich wollte, dass die Kleinen, viele aus schwierigen sozialen und finanziellen Verhältnissen, ein paar Wochen unbeschwert ihren Aufenthalt genießen konnten. So habe ich mir meine Arbeit vorgestellt. Stattdessen mussten sie Schreckliches über sich ergehen lassen. Wurden gedrillt wie Soldaten. Beschimpft.« Sie brach ab, senkte die Lider und fuhr sich mit der Hand über die Stirn.

»Gab es auch körperliche Misshandlungen?«

»Durchaus. Nichts, was man damals nicht als normal angesehen hätte. Ein Klaps auf den Hinterkopf. Oder an den Ohren gezogen zu werden. Manchmal wurde ein Kind stundenlang in eine dunkle Kammer gesperrt. Solche Dinge.«

»Frau Franzen war gelernte Köchin. Wie passt es ins Bild, dass auch sie die Kinder mit erzogen hat?«

»Das ging damals Hand in Hand. Die Kinder mussten mithelfen. Im Gemüsegarten, beim Obstpflücken, manchmal auch in der Küche. Karotten putzen, Kartoffeln schälen.«

Kari nickte nachdenklich. Sie wusste nicht genau, wie sie die nächste Frage stellen sollte, ohne sich Bertha Franzen gegenüber posthum allzu indiskret zu verhalten.

»Sagen Sie, hatten Sie jemals den Eindruck, dass Frau Franzen Kinder peinigte, die, ihrer Meinung nach, Gewichtsprobleme hatten?«

»Das war eines ihrer Steckenpferde«, antwortete Heidrun Bishop wie aus der Pistole geschossen. »Sie hackte ständig auf diesen Kindern herum. Dachte sich gemeine Spitznamen für sie aus. Bestrafte sie besonders hart. Und dann ...«, wieder senkte Karis Gegenüber den Blick, bevor sie fortfuhr, »mussten manche von ihnen hungern. Sie bekamen schlichtweg nichts zu essen, weil, so Frau Franzens Meinung, nur diejenigen für die Härten des Lebens gewappnet waren, die von klein auf Disziplin lernten.«

Bingo, hätte Kari fast ausgerufen. Es war genau dasselbe Muster, wie es sie bei anderen kindlichen Traumata manchmal zu beobachten war. Bertha war erst das Opfer ihrer kaltherzigen Eltern gewesen, die ihr gegenüber eine unmenschliche Strenge an den Tag gelegt hatten. Und als Erwachsene war sie selbst zur Täterin geworden und hatte sich gegenüber kleinen Kindern ganz genauso verhalten.

»Als ich merkte, worauf das hinauslief, als es einmal besonders schlimm wurde, wollte ich einschreiten.« Heidrun Bishop redete weiter. »Bertha hatte eine Halbwüchsige, ich glaube, sie war zwölf, auf dem Kieker. Das Mädchen war übergewichtig und litt sowieso unter dem Spott der Gleichaltrigen. Bertha trieb es auf die Spitze. Sie stachelte die anderen Kinder an, sich noch weiter über das Mädchen lustig zu machen. *Dickmops* riefen sie und ähnlich schlimme Dinge. Das hörte ja dann nicht mehr auf, es ging auch nachts im Schlafsaal weiter. Die Kleine versteckte sich immer wieder vor lauter Angst. Einmal fand ich sie am Strand, als sie versuchte, ein Loch in eine Düne zu graben, um sich zu verstecken.« Kari lief es eiskalt den Rücken runter. »Ich habe sie mitgenommen, zu uns nach Hause. Sie hatte den ganzen Tag nichts gegessen. In der Metzgerei meiner Eltern gab es immer genug und ich bereitete ihr ein Wurstbrot zu. Sie hat geweint beim Essen. So dankbar war sie. Den ängstlichen Blick, den sie mir zuwarf, als ich sie in den *Nordsee-Stern* zurückbrachte, werde ich nie vergessen. Das Schlimmste war, dass die übergewichtigen Kinder bei einigen Mahlzeiten *aussetzen* mussten, wie es Bertha bezeichnete. Sie saßen dann inmitten all der anderen, die essen durften, die ganze Zeit über vor einem leeren Teller.« Heidrun hob den Blick gen Himmel. »Wenn es dort oben einen Gott geben sollte, dann frage ich mich, warum er nichts gegen die Grausamkeit unternimmt, die Menschen anderen Menschen zufügen.«

Kari, deren Glaube wenig ausgeprägt war, beschloss, ihrer Freundin Sesle diese Frage bei Gelegenheit weiterzureichen. Als Pfarrerin würde sie sicherlich eine Antwort kennen.

»Die Einzige, die zu Brigitte, so hieß das Mädchen, hielt, war ihre Schwester Agnes. Die war allerdings ein paar Jahre jünger und in einer anderen Gruppe und einem anderen Schlafraum untergebracht. Die beiden hingen extrem aneinander. Die Jüngere war furchtloser als die Ältere. Einmal rannte sie im Speisesaal zu Brigitte, legte ihr ein Brot auf den leeren Teller, stemmte die Hände in die Hüften und sah die Erzieherinnen, die vorne an einem eigenen Tisch ihre Mahlzeit einnahmen, herausfordernd an. Als Bertha sie zur Räson bringen wollte, biss sie ihr in die Hand.« Jetzt lachte Karis Gegenüber unfroh auf. »Das, was dann folgte, kann ich leider nicht vergessen. Aber ich will es auch nicht wiedergeben.« Sie schüttelte nachdrücklich den Kopf. »Frau Franzen hat die Heimleitung davon überzeugt, mir zu kündigen, nachdem ich Partei für die Kinder ergriffen habe. Danach habe ich diese Person nie wieder gesehen. Und das ist gut so.«

»Verstehe.« Kari war ganz kalt geworden. »Sie sagten, dass die Schwestern Brigitte und Agnes hießen?«

»Ja. Brigitte auf jeden Fall. Meine damalige beste Freundin hieß auch so, darum kann ich mich daran erinnern. Bei Agnes bin ich mir nicht hundertprozentig sicher, aber ich glaube, das war der Name der Jüngeren.« Heidrun Bishop nickte bekräftigend. »Die Kinder wurden uns Erzieherinnen nur mit Vornamen vorgestellt, daher kenne ich den Familiennamen nicht. Aber dem Dialekt nach kamen sie aus dem Rheinland.«

Noch lange nach dem Gespräch saß Kari vor dem dunklen Display ihres Laptops und versuchte das, was sie erfahren hatte, zusammenzukommen. Bertha Franzen war kein guter Mensch gewesen. Das war nicht neu. Aber das, was ihre ehemalige Kollegin geschildert hatte, machte Kari fassungslos. Gleichzeitig sprang in ihrem Kopf eine Erinnerung an. *Brigitte*. Hatte so nicht der Name von Frau Kahlenbergs Schwester gelautet? Kari erhob sich und lief unruhig auf und ab. Brigitte war ein häufiger Name, gerade in der Generation der jetzt, sie rechnete kurz nach, Anfang Sechzigjährigen. Und was bedeutete das überhaupt? Brigitte war tot, hatte Frau Kahlenberg ihr gesagt. Vorausgesetzt, die beiden Mädchen hätten nicht noch eine dritte Schwester gehabt, wäre sie selbst diese Agnes. Aber auch wenn es sich bei Frau Kahlenberg um eine der beiden handelte, die damals im *Nordsee-Stern* untergebracht gewesen waren – würde jemand nach einer so langen Zeit Rache üben an einer, zugegebenermaßen grausamen, alten Frau? Dazu noch an einer, neben der man bereits viele Jahre wohnte? Ihr schwirrte der Kopf. Gleichzeitig wusste Kari, dass sie diese Spur unbedingt weiterverfolgen musste. Es gab einen Weg, den sie dabei sofort beschreiten konnte.

»Komm, Olga, wir machen einen Ausflug«, rief sie den Hund. Wenige Minuten später befanden sie sich auf dem Weg nach Oevenum.

Kari hatte den Wagen am Anfang der Straße geparkt, die an diesem Nachmittag wie ausgestorben wirkte. Olga hüpfte vom Rücksitz und lief brav neben ihr her, als sie gemeinsam zu Bertha Franzens Haus gingen. Doch nicht dem galt ihr Besuch. Sondern dem daneben. Kari vergewisserte sich, dass niemand im Garten war, bevor sie sich zum Klingelschild, das sich rechterhand vom Gartentor befand, hinabbeugte. *Kahlenberg* stand darauf. Sie erhob sich und ging zum Briefkasten. Dort hatte man zusätzlich die Initialen angebracht. Sie lauteten *R* und *G Kahlenberg*. Ein A wie Agnes war nicht dabei. Kari erhob sich, als Olga einen leisen warnenden Ton ausstieß. Herr Kahlenberg stand nur wenige Meter entfernt von ihr. Eine Einkaufstasche in der Hand funkelte er sie böse an.

»Sie schon wieder«, es hörte sich an wie ein Knurren und wurde von Olga mit einem ebensolchen beantwortet.

»Ruhig«, bat Kari den Hund und legte eine Hand auf den Kopf des Vierbeiners.

»Was wollen Sie eigentlich von uns?« Herr Kahlenberg war näher gekommen. Mit seinem nach vorn gereckten Kopf wirkte er kampfbereit.

»Guten Tag Herr Kahlenberg.« Kari war sehr darum bemüht, die Situation zu deeskalieren. Sie hatte keine Ahnung, warum sich der Mann derart aggressiv ihr gegenüber verhielt. Wollte ihm jedoch keinen Anlass geben zu glauben, sie sei ihm ebenfalls feindlich gesinnt.

»Ich habe mich gefragt, wie Ihre Frau mit Vornamen heißt.«

»Wieso sollte Sie das etwas angehen?« Eine Ader schwoll an seinem Hals, sein Gesicht färbte sich dunkelrot. Kahlenberg schüttelte verständnislos den Kopf. »Aber bitte schön: Meine Frau heißt Gerda. Und jetzt verschwinden Sie mit Ihrem Köter.«

Olga, die die Unfreundlichkeit des Mannes spürte, gab ein warnendes *Wuff* von sich.

»Ihnen noch einen schönen Tag. Und grüßen Sie Ihre Frau«, antwortete Kari kühl, bevor sie Olga am Halsband nahm und mit ihr zum Wagen zurückging.

Auf dem Rückweg brachte Kari Olga zu Ove. Es war seine Schwester Ada, die den Hund in Empfang nahm.

»Ich wusste nicht, ob sie feste Fresszeiten hat, und habe ihr etwas gegeben«, meinte Kari. Olga sah sie an, ein bisschen strafend vielleicht, als habe sie sie verraten. Doch Ada lachte unkompliziert. »Sie ist nicht auf Diät und wenn sie mal eine Portion zu viel bekommt, läuft sie es wieder runter. Aber«, jetzt beugte sie sich zu Kari und fuhr im Flüsterton fort, »verraten Sie es Ove nicht. Der nimmt es mit den Fütterungszeiten sehr genau. Mit ihren und mit seinen.« Ein schelmisches Blinzeln untermalte ihre Worte und Kari fand ihr Gegenüber auf einmal sehr sympathisch.

Als Kari nach Hause kam, war Jette bereits da und starrte, die Fäuste in die Hüften gestemmt, in Richtung Kompost. *Verflixt*, dachte Kari, *das hätte ich besser timen müssen.* Denn es war klar, dass ihre Nachbarin sofort bemerkt hatte, dass in ihrem Garten etwas nicht stimmte. Tanja, die die Wahrheit nicht kannte, stand etwas hilflos daneben und wirkte extrem erleichtert, als sie Kari auf sich zukommen sah.

»Danke«, flüsterte die ihr im Vorbeigehen zu, bevor sie sich vor Jette stellte, ihr die Hände auf die Schultern legte und sagte, sie beide müssten jetzt mal ein paar Worte miteinander reden. Jettes Blick huschte zwischen Kari und Tanja hin und her.

»Tanja ist nicht involviert in das, was ich dir sagen will«, stellte Kari klar.

»Ich gehe dann mal«, rief die Heilpraktikerin, die die Unterhaltung mitangehört hatte. Kari wartete, bis sie außer Hörweite war.

»Jette, hast du einen Schnaps? Ich brauche nämlich einen.« Jette, immer noch offensichtlich beunruhigt, nickte und ging ins Haus. Kari bewegte sich auf die beiden Komposthaufen am Ende des Grundstücks zu. Ein Holunder- und seit Neuestem auch ein Haselnussstrauch sorgten dafür, dass diese Ecke im Schatten lag. Einer der Komposte wirkte aufgewühlt, obwohl sich Bent und Ove wohl alle Mühe gegeben hatten, alles wieder so herzurichten, wie es zuvor gewesen war. Aber Jette konnte man nicht hinters Licht führen. Sie kam aus dem Haus, setzte die Flasche mit einem Knall auf einem Gartentisch ab und füllte zwei Gläser mit dem klaren Gebräu.

Sie tranken, ohne etwas zu sagen und ohne eine Miene zu verziehen, den ersten Schnaps noch im Stehen. Jette füllte die Gläser erneut und endlich setzten sie sich beide hin. Kari fing an zu sprechen.

»Mir ist aufgefallen, dass es dir in letzter Zeit nicht so gut ging. Ich glaube, es hat mit den Geschehnissen im

Mai zu tun. Das, was wir alle vergessen wollen und müssen, hattest du die ganze Zeit vor Augen.« Sie deutete zum Kompost. »Jetzt nicht mehr. Ich will, dass du weißt, das da nichts mehr ist.« Weiter konnte sie nicht sprechen, weil ihr die Vorstellung von dem, was Bent und Ove ausgegraben hatten, Übelkeit verursachte. Sie setzte das Glas an, kippte und verzog den Mund, weil der Schnaps in ihrer Kehle brannte.

»Was? Wieso? Hast du ...? Nein.« Jette stieß ein Wort nach dem anderen aus, ohne einen zusammenhängenden Satz bilden zu können.

»Es ist besser, wenn du gar nichts weißt. Nur das. Es ist weg.«

Jette starrte hinüber. Dann trank auch sie, schluckte hart und senkte den Kopf. Eine Weile saßen sie so da. Schweigend.

»Du hast das nicht alleine gemacht«, stellte Jette irgendwann fest. Sie füllte die Gläser zum dritten Mal.

»Betrachte es, als wäre es so gewesen.«

Bent würde niemals ein Wort darüber verlieren. Zu niemandem. Dafür hätte Kari ihre Hand ins Feuer gelegt. Und Ove lebte in seiner eigenen Welt. Er kommunizierte kaum mit anderen Menschen. Mit Ausnahme von Bent. Und Kari wunderte das überhaupt nicht.

Kapitel 30

Der nächste Tag begann mit heftigem Regen. Schwarze Wolken verdunkelten den Himmel und es goss wie aus Eimern. Wasser und Himmel schienen ineinander überzugehen, kein Horizont war mehr erkennbar. Kari stand später auf als normal und beschloss, erst einmal im Haus zu bleiben. Nach ein paar Yogaübungen sprang sie unter die Dusche, kochte sich einen starken Tee und aß eine Portion Cornflakes mit Milch.

Anschließend checkte sie ihre Mails. Es gab keinerlei Neuigkeiten zu Cheyenne Probst, sie schien wie vom Erdboden verschluckt. Es gab noch eine Möglichkeit, eventuell mehr über sie zu erfahren und so schickte Kari eine Nachricht mit dem Betreff *Timos Freundin* an Emma Winterfort.

Wo hat Timo vor seiner Verhaftung gelebt? Könnten wir dort Hinweise auf die junge Frau, die mit ihm auf Föhr war, finden? Nach wie vor unklar, ob, und wenn ja wie sie in alles verwickelt sein könnte. Sie ist leider unauffindbar.

Danach versuchte Kari, etwas über die ehemaligen Betreiber des Erholungsheims *Nordsee-Stern* herauszufinden. Ein Anruf bei den Besitzern des Apartmenthauses, das jetzt auf dem Grundstück stand, brachte kein

Ergebnis. Ebenso wenig wie eine Anfrage bei der Wohl-
tätigkeitsorganisation, die damals die Kinder betreut
hatte.

»Es gibt keine Akten über die damaligen Betreuten
mehr«, erfuhr Kari bei einem Anruf. »Alles, was überhaupt noch aufbewahrt wurde, ist bei dem Brand zerstört worden.« Das war niederschmetternd, aber nicht
wirklich überraschend. Der Aufenthalt der Mädchen,
der Brand, es war zu lange her. Kari nagte an ihrem
Daumen. Zwei Schwestern. Brigitte und, wenn sich
Heidrun richtig erinnerte, Agnes. Aus dem Rheinland.
Sie schloss die Augen. Was war geschehen, nachdem
Heidrun entlassen worden war? Inzwischen wusste
Kari genug über Bertha Franzens Persönlichkeit, um
sich vorstellen zu können, wie das mit Brigitte weitergegangen war. Die einzige Betreuerin, die sich für das
Mädchen eingesetzt hatte, hatte das Heim verlassen.
Hatte Bertha das Kind danach noch schlechter behandelt? Weil sie ihm unterschwellig die Schuld für die
Auseinandersetzung mit ihrer Kollegin gab? Oder sich
sicher sein konnte, dass ihr Verhalten keine Konsequenzen haben würde? Es stand zu befürchten. Dennoch blieb alles vage. Es hatte mehr als ein übergewich-
tiges Kind in diesem Erholungsheim gegeben. Und die
lange Zeitspanne zwischen den Ereignissen von damals
und dem Mord an Bertha Franzen sprach gegen einen
Zusammenhang. Kari kniff sich in die Nasenwurzel
und schielte auf ihr Handy. Bent hatte sich bisher nicht
gemeldet. Das war nicht verwunderlich, stand er doch
bis spät abends in seiner Kneipe. Morgens ging er
schwimmen, wie sie inzwischen wusste, oder schlief

manchmal länger. Dennoch juckte es Kari in den Fingern, ihn anzurufen. Sie wollte zu gerne wissen, was am Vortag in Jettes Garten geschehen war. Jetzt, wo das Ding gelaufen war, beschlich Kari ein komisches Gefühl. Ob Jette sauer war? Hatte sie, Kari, im Wunsch, ihrer Nachbarin und Freundin etwas Gutes zu tun, eine Grenze überschritten? Statt Bent rief sie Tanja an.

»Endlich!«, rief die aus, als sie Karis Stimme hörte. »Ich bin total nervös. Lief alles gut?«

»Ja«, antwortete Kari verhalten. »Ich hoffe schon.« Ein sanftes *Dingdong* am anderen Ende der Leitung kündigte Besuch bei Tanja an.

»Ein Patient, ich muss leider Schluss machen. Komm doch heute Abend zum Essen zu mir, dann reden wir in Ruhe.«

Von Ruhe konnte bei Kari auch nach diesem Gespräch nicht die Rede sein. Sie war so nervös, dass sie es erneut bereute, hier auf Föhr keinen Sandsack im Haus zu haben.

Ihre Unruhe legte sich erst, als eine Stunde später Bent vor der Tür stand.

»Wie geht es dir?« Sein Blick war ernst. Er griff nach ihrer Hand. »Deine Finger sind eiskalt.«

Kari winkte ab. »Ich tigere schon den ganzen Tag auf und ab. Bin zu nichts zu gebrauchen. Das kenne ich von mir gar nicht. Normalerweise ...« Sie brach ab. Normalerweise war sie in ihrem Beruf pragmatisch und sah alles, was sie tat, als Job an. Mit Jette war das etwas Ungewohntes. »Du bist emotional dabei. Das ist anders als sonst«, ergänzte Bent ihre Gedanken. »Genau deshalb war es gut, dass ich mich darum gekümmert habe.«

»Wie lief es denn?«, wollte Kari wissen.

Bent hob den Kopf und blickte über sie hinweg ins Nichts.

»Wir haben es erledigt. Ihr müsst nie wieder daran denken. Sag Jette, dass es vorbei ist.«

Er senkte den Blick und sie sahen sich lange in die Augen. Er hatte ihr einfach geglaubt und auf dieser Grundlage gehandelt. Gab es einen größeren Beweis dafür, was er für sie empfand?

»Ich wollte persönlich vorbeikommen und es dir sagen. Bin aber schon auf dem Sprung nach Wyk.« Er zog sie kurz an sich und sie verlor sich einen Moment lang in der Wärme seines Körpers und seinem ihr jetzt bereits vertrauten Geruch.

»Tanja hat mich zum Abendessen eingeladen. Soll ich danach bei dir reinsehen?«, fragte sie.

Er sah sie unschlüssig an. »Weiß noch nicht«, antwortete er ausweichend. »Lass uns telefonieren.«

Als er gegangen war, fühlte Kari sich erleichtert darüber, dass am Vortag alles glattgegangen war, und gleichzeitig allein. Sie war es gewohnt, so zu arbeiten. Für sich. Aber in diesem Fall verwoben sich berufliche und private Dinge auf engem Raum, sodass sie sich schwer abgrenzen konnte.

Und wenn Larissa das Feuer in Karis Scheune gelegt hatte, stimmte zwar die Annahme, dass sie dadurch von der Insel hatte vertrieben werden sollen. Doch der Grund dafür war nicht der Fall, an dem sie arbeitete, sondern Eifersucht auf sie wegen ihrer Beziehung zu Bent. Aber tat man so etwas Schwerwiegendes aus einem so banalen Grund? Andererseits wusste Kari sehr wohl, zu welchen Verbrechen Menschen aus Eifersucht fähig waren. Mord zum Beispiel. War Larissa vielleicht auch die Reifenschlitzerin? Und weil sie damit nichts weiter bewirkt hatte, hatte sie schwerere Geschütze auffahren müssen? Ungeklärt war auch immer noch, wer versucht hatte, in Bertha Franzens Haus einzubrechen. Ob Göntje neue Informationen erhalten hatte? Kari beschloss, die Bildhauerin erneut aufzusuchen.

Göntje war ausnahmsweise mal nicht mit einer ihrer Holzschnitzereien beschäftigt, sondern saß im Garten ihres Hauses und las in einer Zeitschrift. Ihr Gesicht verzog sich bei Karis Anblick, als habe sie in eine Zitrone gebissen. Dessen ungeachtet zog sich Kari einen Stuhl heran und setzte sich der Hausherrin gegenüber.

»Das Gartentor stand offen«, begann Kari das Gespräch, um anschließend gleich zum Thema zu kommen. »Frau Petersen, ich habe die Erbin von Bertha Franzen ausfindig gemacht«, sagte sie. »Sie wird bemerken, dass Wertsachen, die im Testament detailliert genannt sind, fehlen.« Sie beobachtete die andere genau. Göntjes Blick wurde unstet. Sie suchte nach einem Ausweg. Fand keinen. Kari wusste wenig über Melissa Viering, aber sie konnte sich ausmalen, dass Berthas Patenkind sich nicht viel aus materiellen Dingen machte. Doch würde sie einen derartig dreisten Diebstahl tolerieren?

»Ich schlage vor, dass Sie der Erbin genau das erzählen, was Sie mir erzählt haben. Dass Bertha Ihnen die Münzen vermachen wollte. Sie dann den Schmuck entdeckten. Davon ausgingen, dass es keine Erben gibt. Wie viel haben Sie denn für die Stücke erhalten?« Göntje griff sich in einer nervösen Geste an den Hals. Dann nannte sie exakt die Summe, die Kari bereits von dem freundlichen Herrn Riewerts kannte. Der Juwelier hatte ihr nicht nur mitgeteilt, wann Göntje seinem Kollegen den Schmuck verkauft, sondern auch, was der dafür bezahlt hatte. Was das betraf, war Göntje ihr gegenüber also ehrlich.

»Gut«, sagte Kari. »Sie bieten der Erbin an, ihr diese Summe zu ersetzen. Dann kommen Sie vielleicht um eine Anzeige herum.«

»Weiß die Frau denn schon Bescheid?«

Kari schüttelte den Kopf. »Noch nicht. Aber ich werde ihr eine entsprechende Nachricht zukommen lassen. Schon in meinem eigenen Interesse, denn ich war ja auch im Haus. Ich sage ihr, dass Sie sich mit Ihnen in Verbindung setzen soll, so schnell es geht.« Sie beugte sich zu Göntje vor. »Muss sie ja sowieso, denn Sie haben immer noch die Schlüssel. Da können Sie gleich Ihre Beichte ablegen.«

Göntje schluckte heftig. Ihr Blick erfasste ihr eigenes Anwesen. Den weitläufigen Garten. Das Haus mit dem Wintergarten. Ihre Holzkunstwerke, wenn man das Grauen so nennen wollte. Sie senkte den Kopf. Kari musste daran denken, dass die Frau womöglich ihr Heim verlieren würde. Aber das durfte sie jetzt nicht kümmern.

»Kann ich mich auf Sie verlassen?«, wollte sie wissen.

»Ja.« Göntjes Stimme klang belegt. Sie räusperte sich, bevor sie fortfuhr. »Ich mache es. Sobald die Frau sich bei mir meldet.«

Kari würde Margot Viering bitten, sie zu kontaktieren, nachdem Göntje sich gemeldet hatte.

»Wissen Sie, was ich mich die ganze Zeit gefragt habe? Warum Sie sich immer noch um Bertha Franzens Haus kümmern. Jetzt, wo sie nicht mehr lebt. Sie beide haben sich nie gut verstanden. Frau Franzen hat Sie gehänselt und ihre finanzielle Situation ausgenutzt. Da wundert man sich schon, wenn jemand auch über den Tod hinaus seine Pflicht erfüllt.«

Göntje schniefte, sie sagte nichts. Aber Kari wusste auch so, dass ihr Gegenüber aus Scham und schlechtem Gewissen heraus gehandelt hatte.

Sie erhob sich. »Alles Gute«, sagte sie. Sie meinte es so, trotz aller Merkwürdigkeiten und Differenzen, die sie mit Göntje erlebt hatte.

»Schön, dass du da bist.« Tanja zog Kari am Abend in ihre Arme und hielt sie länger fest als sonst, bevor die beiden Frauen sich in Tanjas Wohnzimmer begaben.

»Jette hat der Bingo-Nachmittag gut gefallen«, begann die Heilpraktikerin das Gespräch. »Sie hat das nie zuvor gespielt, aber ich glaube, es war der Anfang einer wunderbaren Spiel-Leidenschaft.«

Tanja hatte ein, wie sie sagte, einfaches Gericht zubereitet. Eine Vorspeise aus Fisch und frittierten Kartoffelscheiben mit Remouladensauce. Der Hauptgang bestand aus Gemüse und knusprigem Tofu. Das Dessert aus einer Karamellcreme. Dazu gab es einen kräftigen Weißwein aus Spanien, Espresso und zum Abschluss einen Whisky aus der Destillerie ganz in der Nähe.

Die ganze Zeit über hatte Kari versucht, der direkten Frage nach dem Grund der Aktion aus dem Weg zu gehen. Tanja machte es ihr einfach. Sie fragte nicht danach, wollte lediglich wissen, ob sie mit dem, was sie gemacht hatten, erfolgreich gewesen waren.

»Wenn Jette ihr Trauma dadurch überwindet, wäre ich froh. Das käme zwar einem seltenen Glücksfall gleich, aber auch das gibt es ja.« Niemand konnte sagen, ob das so war, aber immerhin waren sie auf einem guten Weg.

Am Ende umarmten sie einander fest und Kari verließ Tanja in dem widersprüchlichen Gefühl, eine wirkliche Freundin gefunden, und dem blöden Beigeschmack, diese zumindest in Teilen belogen zu haben.

Sie hatte keine Lust, nach Hause zu fahren, und schickte Bent bevor sie losfuhr eine Nachricht. »Soll ich kommen?«, die er weder las noch beantwortete. Kari hockte grübelnd im Wagen und entschied, erst einmal nach Utersum zurückzufahren. Dort stellte sie den Wagen am Strandparkplatz ab. Ihre Jacke war zu dünn für den Wind, daher legte sie sich ihr wollenes Schultertuch über und lief zu den Dünen hinauf. Der Wind hatte zugenommen. Dunkle Wolken verdeckten Mond und Sterne. Der Geruch nach Regen lag in der Luft. Dennoch hatte sie Lust, zum Wasser zu laufen, bevor sie nach Hause fahren würde. Sie passierte das kleine Kurmittelhaus, das völlig im Dunkeln lag, und die neue Massagepraxis direkt daneben, in der ebenfalls gerade das Licht ausging. Ein Umstand, der der Umgebung eine verlassene und leicht unheimliche Atmosphäre verlieh. Kari ging in Richtung Strand. Außer ihr war niemand unterwegs. Sie lief ein paar Schritte durch den weichen Sand. Die Wellen schlugen unruhig an, der Wind blies heftig und unangenehm kühl. Es war kein Wetter für einen nächtlichen Spaziergang am Wasser. Kari wollte schon umkehren, als sie zwei weitere Personen entdeckte. Sie standen unterhalb des

Restaurants, das sich oben am Deich befand. Es war zu dunkel, um viel zu erkennen. Die Frau wirkte aufgebracht, was durch das heftige Zerren des Windes an ihrem Haar unterstrichen wurde. Der Mann schien ruhiger zu sein, obwohl spürbar war, dass die beiden stritten. Kari zögerte. Wenn es zu einer körperlichen Auseinandersetzung kam, würde sie einschreiten.

» ... kannst du nicht machen!«, hörte sie die durch die Geräusche des Meeres verzerrte Stimme des Mannes. Er griff nach dem Arm der Frau.

»... bin dir ... nichts schuldig«, trug der Wind ihre Antwort an Karis Ohr.

»... völlig durchgeknallt«, antwortete er in lautem Tonfall. Jetzt erkannte Kari die Stimme. Es war Bent.

»Du ... alles ... geht nicht!«, lautete Larissas Antwort.

Karis Blut gefror zu Eis. Was hatte das zu bedeuten? Offensichtlich war die Trennung nicht wirklich einvernehmlich erfolgt. Hatte sie überhaupt stattgefunden? Es wirkte nicht so. Sie starrte durch die Dunkelheit auf das Paar, das sie bisher nicht bemerkt hatte. Jetzt ergriff Bent Larissas Arme und zog sie an sich. Was er ihr sagte, konnte Kari nicht verstehen. Ihre Antwort jedoch war eindeutig. Sie riss sich von ihm los und rannte die Düne hinauf in Richtung Restaurant. Bent folgte ihr sofort, er rief ihr etwas zu, das Kari nicht hörte. Sie stand noch immer am Strand. Inzwischen hatte der Wind zugenommen. Ihr Haar flatterte um ihr Gesicht und in ihre Augen und eine Böe erfasste ihre Jacke. Sie blickte hinauf zum Lokal. Sie würde mit beiden reden müssen. Aber sicher nicht heute Abend. Dazu waren die Gemüter viel zu erhitzt gewesen. Sie wandte sich dem Meer zu. Alles nur schwarz und dunkel. Die

Gischt wurde durch den Wind über den Sand geblasen und fand sich als Salz auf ihrem Gesicht und ihren Lippen wieder.

»Scheiße!«, schrie sie in den zunehmenden Tumult, der vom Meer her immer lauter wurde. Und dann noch einmal: »Scheiße!« Was war das nur für ein blödes Spiel mit Bent, Larissa und ihr selbst. Das eben, das hatte wie eine aufgeladene Beziehungsdiskussion gewirkt. Morgen würde sie die Sache klären. Endgültig, wie sie hoffte. Doch sie kam nicht mehr dazu, den Rückweg anzutreten. Plötzlich spürte sie die Anwesenheit eines anderen Menschen in ihrem Rücken. Wer es war, konnte sie nicht mehr erkennen. Etwas Schweres sauste auf ihren Kopf und das Letzte, was Kari wahrnahm, war der feuchte, kalte Sand, auf dem sie aufschlug.

Kapitel 31

Ihr war übel und kalt. Mühsam öffnete Kari die Augen.
Über ihr war alles schwarz, ein Himmel ohne Sterne
und ohne Mond. Der Boden unter ihren Füßen
schwankte. Nur, dass da kein Boden war und sie auf der
Seite in einer Pfütze lag, wie sie sogleich feststellen
musste. Karis verwirrter Blick erfasste eine Plastikpalme, die wie wild über ihr schaukelte. Das Nächste,
was sie sah, war eine Welle, die über den Rand der Spie-
linsel schwappte, auf der sie lag. Sie wurde heftig her-
umgewirbelt und Kari hatte Mühe zu verstehen, was
los war. Ihre Klamotten klebten nass am Körper. Um
sie herum Dunkelheit. Bis ein gezackter Blitz, der mit
seinen Verästelungen den ganzen Himmel durchzog,
die Szenerie sekundenlang taghell erleuchtete. Dunk-
les Donnergrollen verstärkte gleich darauf die unwirk-
liche Atmosphäre. Sie befand sich inmitten der aufge-
wühlten Nordsee. Angst ergriff sie, presste ihr Herz zusammen, als läge es in einem Schraubstock.

»Hilfe!«, schrie sie. Es war Instinkt. Bevor sie die Lage
wirklich begriffen hatte. Wasser. Gewitter. Das war
keine gute Kombination. Mühsam hob sie den Kopf.
Und erschrak. Das Ufer war nur noch ein schmaler,
kaum erkennbarer heller Streifen. Und sie lag auf einer
Badeinsel. Sie war aufgeblasen und schwamm, aber es

handelte sich um ein Kinderspielzeug, keineswegs dazu gedacht, sich damit längere Zeit auf wild bewegtem Wasser aufzuhalten. Ganz zu schweigen von dem Gewitter, das den Horizont in ein Inferno aus Blau, Schwarz und weißglühenden Blitzen verwandelte. Trotz der Situation reagierte sie so, wie sie es bei ihren Einsätzen gelernt hatte. *Stop. Breathe. Think. Act.* Die Panik stoppte man, indem man bewusst atmete, ruhig nachdachte, dann erst handelte. Ein Grundsatz, den sie von Tauchern kannte. Langsam klärten sich ihre Gedanken. Jemand hatte sie am Strand niedergeschlagen. Auf diesen schwankenden Untergrund verfrachtet. Der sie, das wurde ihr in diesem Moment erschreckend klar, bei ablaufendem Wasser auf die See hinauszog. Kari war niemals wirklich gerne im Meer gewesen. Aber natürlich konnte sie schwimmen. Sie versuchte, die Entfernung zum Strand abzumessen. Es war schwierig bei diesen Lichtverhältnissen. Es wäre nicht unmöglich gewesen, das Ufer zu erreichen. Wobei sie den Kraftaufwand, sich voll bekleidet gegen die Strömung zu stemmen, nicht wirklich einschätzen konnte. Doch schon der nächste Blitz brachte sie zur Besinnung. Jetzt ins Wasser zu gehen war mehr als gefährlich. Sofort besann sie sich. Auf einer Planschinsel zu bleiben, die inzwischen zur Hälfte unter Wasser stand und demnächst absaufen würde, war auch keine Lösung. Noch während sie darüber nachdachte, was das Sinnvollste wäre, bemerkte sie einen Umstand, der ihre Situation maßgeblich beeinflusste. Sie war an Armen und Beinen gefesselt. Dann setzte die Erkenntnis ein. Sie würde sterben. So oder so.

Ein erneuter Blitz riss sie aus ihrer Erstarrung. Sie zählte bis zwölf, bevor der Donner das Wasser und die Planschinsel aus den Angeln zu heben schien. Zwölf Kilometer war das Gewitter entfernt, so hieß es doch. Aber nützte ihr das etwas? Was auf dem Land galt, musste auf See nicht gelten. Sie blickte zum Himmel. Die blasse Mondsichel, eben noch dort zu sehen, war jetzt durch dunkle Wolken verborgen. Wohin trieb der Wind? Konnte sie darauf hoffen, dass das Gewitter abdrehte? Beim nächsten Mal zählte sie erneut nach dem Blitz. Elf. Das Unwetter kam näher. In ihrer Hilflosigkeit schrie Kari wie am Spieß. Niemand konnte sie hören. Der Strand war verwaist. Kein Mensch, der bei Verstand war, würde jetzt noch zum Meer herunterkommen. Schon gleich gar nicht nahe genug, um sie zu hören. Wie wild wand sie sich, brachte das aufgeblasene Plastikteil unter sich zum Schlingern. Ein neuer Schlag hoher Wellen gegen die Planschinsel ließ diese beinahe kentern. Wenn sie nicht gefesselt gewesen wäre, hätte sie sich spätestens in diesem Moment dafür entschieden, zurück an Land zu schwimmen. Aber so hatte sie keine Chance. Zwei, drei hohe Wellen und es wäre um die Plastikinsel und ihre menschliche Fracht geschehen. Sie war viel zu groß für dieses Kinderspielzeug, das sich nun heftig um sich selbst drehte. Dann mit einem heftigen Ruck aufsetzte. Im selben Moment legte sich der Wind. Für einen kurzen Augenblick lag Totenstille über dem Meer. Genau jetzt hörte sie es. Das aufgeregte Bellen eines Hundes.

»Hilfe!«, schrie Kari. Wo ein Hund, da ein Herrchen oder Frauchen. Ob man sie dort am Strand gehört hatte, konnte sie nur raten, denn jetzt setzte der Wind erneut ein, heftiger und lauter als zuvor. Die Insel ruckelte erneut und Kari wurde übel beim Gedanken an die gefährlichen Strudel der See. Der nächste Blitz teilte den Himmel wie ein riesiger weißer Riss. Sie zählte bis neun, bevor der Donner einsetzte. Egal, selbst, wenn jemand sie bemerkt hatte. Niemand würde zu ihrer Rettung ins Wasser gehen, das wäre glatter Selbstmord. Wobei ... jetzt erst bemerkte sie, dass die Planschinsel nicht mehr auf den Wellen tanzte, sondern festsaß. Auf dem Schlick aufgesetzt hatte. Gab ihr das eine Chance? Sie warf sich herum. Der nächste Blitz erleuchtete das Szenario. Die Insel schwankte nur noch leicht. Sie saß zwischen dem ins offene Meer ablaufenden Wasser hinter ihr und einer Wassermasse vor ihr auf Sand. In fieberhafter Eile durchforstete Kari ihr Hirn. Vor Utersum war die Situation besonders. Es gab hier einen Priel, der selbst bei Ebbe gefüllt war. Das musste das Wasser sein, das sich zwischen ihr und dem Strand befand. Wenn sie auf der Plastikinsel blieb und diese sich doch noch löste und weiter aufs offene Meer hinaustrieb, hätte sie keine Chance. Wenn sie sich herunterwälzte, auf der Sandbank liegenblieb, wäre es zumindest theoretisch möglich, dass sie gefunden wurde, bis erneut die Flut einsetzte. Wenn die kam, während sie noch gefesselt am Boden lag, wäre alles zu spät. Die Entscheidung fiel nur Sekunden später. Am Strand, der jetzt schrecklich weit entfernt schien, tauchten Lichter auf und tanzten einen aufgeregten Tanz. Kari schrie so laut sie konnte. Der Wind kam vom Meer, wenn sie Glück hatte, trug er die Töne bis an Land. Die Lichter bewegten sich immer noch. Kari biss sich auf die Lippen und wälzte sich herum. Auf einmal konnte es ihr nicht schnell genug gehen, von der Plastikmatratze herunterzukommen. Doch der straff aufgeblasene Rand war so hoch, dass sie es erst beim dritten Mal schaffte. Schwer atmend lag sie im nassen Sand, etwas bewegte sich unter ihrem Bein. Ein Krebs vermutlich. Ein Blitz tauchte alles in gleißendes Licht. Eine blau-schimmernde Qualle, ihres Lebensraums beraubt, zuckte direkt vor ihren Augen. Mühsam kam Kari auf die Knie. Die Fesseln um ihre Knöchel waren so fest, dass sie sich nicht aufstellen konnte. Sie zog die Hand-gelenke heran. Man hatte Stoffstreifen wie eine Acht mehrfach darumgebunden. So fest, dass es unmöglich war, sie zu lockern. Die einzige Möglichkeit für sie, sich zum Strand zu bewegen, wäre, sich zu rollen. Doch das ging nur bis zu dem Punkt, an dem das Wasser begann. Trotz ihrer körperlichen Erschöpfung strengte Kari er-neut ihr Hirn an. Wie lang war dieser Priel? Hätte sie eine Chance, ihn zu umgehen? Vorsichtig ließ sie sich fallen, rollte probeweise in Richtung Land. Es ging mühsamer als gedacht. Ihre Kleidung war komplett durchnässt und dementsprechend schwer. Dennoch drehte sie sich mehrfach, wobei sie darauf achten musste, dass ihr Gesicht nicht im Feuchten landete. Ihr Atem ging stoßweise. Jetzt spürte sie auch die Kälte, die durch den heftigen Wind noch verstärkt wurde. Und dann nahm sie etwas wahr. Laute, die sie nicht zuord-nen konnte. Sie wusste nur, dass sich ihr jemand nä-herte. Es war zu dunkel, um etwas zu erkennen. Erst als sie das Schnaufen hörte und das typische Geräusch, das entstand, wenn Hunde ihr nasses Fell schüttelten, er-kannte sie, dass kein Mensch zu ihr gekommen war. Sondern ein Tier.

»Olga«, stieß sie hervor. Der Hund tanzte aufgeregt um sie herum. Gerade so, als spürte er, in welcher Situation sich die Frau vor ihm befand. Dann bellte Olga, nein, sie heulte gleich darauf in einem Ton, der Kari das Blut in den Adern gefrieren ließ. Hatte das Tier erkannt, wie gefährlich die Lage war? Kari lag auf dem Rücken und auf einmal übermannte sie die Verzweiflung. Wenn Ove am Strand stand, dann hoffte sie inständig, dass er die Situation deuten konnte. Olga bellte erneut. Wieder legte sich für einen Moment der Wind und im selben Augenblick fiel Kari auf, dass der Blitz, der über den Himmel zuckte, weniger hell schien als die vor ihm. Auch das Donnergrollen setzte später ein und hörte sich nicht mehr ganz so bedrohlich an. Sollte das Gewitter weitergezogen sein? Sie presste die Lider zusammen, weil sich dahinter Tränen angesammelt hatten. Als sie sie wieder öffnete, war Olga verschwunden.

Kari rief nach dem Hund, erhielt jedoch keine Antwort. Schwamm das Tier zurück und wenn ja, würde es jemanden finden, der Kari suchen und sie aus ihrer Lage befreien konnte?

Bis sie die Antwort erhielt, wollte sie näher zum Priel kommen, daher rollte sie nun erneut über den Sandboden, der an dieser Stelle inzwischen fast trocken war. Das eigene Keuchen in ihren Ohren war so laut, dass sie die Stimmen erst hörte, als sie das Wasser fast erreicht hatte. Jemand schrie ihren Namen.

»Hier!«, brüllte sie mit der letzten Kraft, die ihr noch geblieben war

»Ich liege hinter dem Priel im Sand. Bin gefesselt.«

Sie schrie diesen Satz zwei Mal und lauschte in das Tosen von Wind und Wellen hinein, die keine Antwort brachten. Sie musste darauf vertrauen, dass man sie gehört hatte. Wenn nicht, sah es schlecht für sie aus. Wenigstens der Donner entfernte sich. Dann, auf einmal, legte sich der Wind erneut. Stille umgab sie. Als die durch eindeutige Geräusche durchbrochen wurde, hob Kari matt den Kopf. Sie fror entsetzlich, ihr ganzer Körper schmerzte. Ihr Kopf dröhnte. Das Schlimmste aber war eine heftige Müdigkeit, die sie ergriffen hatte. Dann war Olga wieder bei ihr. Sie fiepte und stupste Kari an, als fordere sie sie auf, sich zu erheben. Tränen der Erleichterung strömten über Karis Gesicht. Das Gefühl verstärkte sich, als sie noch jemanden hörte.

»Kari!« Bents Stimme zitterte vor Bestürzung. Gleich darauf lag er neben ihr auf den Knien. Er trug nur eine Unterhose und ein T-Shirt. »Was ist geschehen?« Er wartete die Antwort nicht ab, sondern versuchte verzweifelt, die Knoten um ihre Handgelenke und Knöchel zu lösen. »Verdammt!«, hörte sie ihn fluchen, als es ihm zunächst nicht gelang. »Die Knoten sind zu fest.« Seine Finger zitterten so stark, dass sie Angst bekam, er würde es nie schaffen. Doch dann endlich waren ihre Hände frei, gleich darauf auch ihre Füße.

»Steh auf«, er zog sie mit nach oben. Sie konnte nichts sagen, weil ihre Zähne vor Kälte heftig aufeinanderschlugen und sich ihr Kiefer anfühlte, als habe man ihn eingegipst. Bent sah zum Himmel, die dunkle Wolkendecke war aufgerissen und ließ bleiches Mondlicht durchsickern.

»Wir müssen durch das Wasser des Priels. Es steht nicht wirklich hoch, aber es gibt eine Strömung, gegen die man sich stemmen muss. Geht das?« Seine Hände lagen warm um Karis Gesicht. Sie schluckte, ihr Speichel schmeckte nach Salz und Tang, ihr wurde schon wieder übel, aber sie nickte. Er rieb ihre Arme und Beine, um die Durchblutung anzuregen, bis sie ihm bedeutete, es sei gut.

»Dann los!« Er verlor jetzt keine Zeit mehr. Während Olga die beiden Menschen aufgeregt umtänzelte, führte Bent Kari zum Priel. »Okay?« Er sah ihr fest in die Augen.

»Okay«, antwortete sie mit bebender Stimme.

»Dann los.« Er schob sie regelrecht in das eiskalte Wasser, das ihr für einen Moment den Atem raubte. Sie war so ausgekühlt, dass sie ihre Beine nicht mehr spürte. Dennoch lief sie einfach, wie ein Roboter, ließ sich von ihm vorwärts schieben, setzte einen Fuß vor den anderen im immer tiefer werdenden Wasser. Bent war direkt hinter ihr, sie konnte seinen warmen Atem in ihrem Nacken fühlen. Olga schwamm schneller als sie beide und strebte energisch dem Ufer zu, wurde jedoch durch die Strömung immer weiter von ihnen entfernt. Dann kam der tiefste Teil des Priels, einen Moment lang befürchtete Kari, schwimmen zu müssen, doch da waren sie auch schon hindurch gewatet und das Wasser wurde flacher. Sie schaffte es gerade noch an Land. Als sie am Ufer angekommen waren, sank Kari auf die Knie. Ihr Kopf hing vornüber, sie konnte keinen Schritt mehr tun. Weiter entfernt hörte sie den Hund bellen, auch er hatte das Wasser durchquert und kam jetzt über den Strand zu ihnen gerannt. Ada war schon bei ihr, legte ihr eine Decke über die Schulter und sagte Worte, die Kari nicht mehr erreichten. Das Entsetzen darüber, dass sie beinahe gestorben wäre, war so groß, dass sie nichts mehr wahrnahm. Fast nichts mehr. Als Bent sie hochzog, sie sich über die Schulter warf und mit ihr durch den Sand die Düne hinaufstapfte, kam sie sich vor wie in einem Film, den sie einmal gesehen hatte. Marilyn Monroe war die Frau gewesen und Robert Mitchum der Mann. Mit diesem Bild vor Augen musste sie trotz der entsetzlichen Situation hysterisch kichern. Dann schlang sie die Arme von hinten um Bents Körper und ergab sich dem Gefühl, nach Hause getragen zu werden.

Kapitel 32

Halblaut gemurmelte Worte holten Kari am nächsten Morgen aus dem Schlaf. Sie öffnete die Augen und musterte die Decke ihres eigenen Schlafzimmers. Es musste Tag sein, Lichtstreifen fielen durch die nicht ganz geschlossenen Vorhänge.

Bent hatte einen Sessel aus dem Wohnzimmer zum Bett gezogen. Er schien dort geschlafen zu haben. Jette stand neben ihm. Sie hielt eine Tasse mit einer dampfenden Flüssigkeit in Händen.

»Sie ist wach«, sagte Bent nun in normaler Lautstärke.

Jette drehte sich zu Kari um. Ihr Gesicht war von Kummer zerfurcht.

»Lütte, was machst du denn für Sachen?«

»Das wüsste ich auch gern«, knurrte Bent. Kari setzte sich stöhnend auf. Es gab keine Stelle ihres Körpers, die nicht wehtat.

»Ich brauche eine Schmerztablette«, lauteten daher ihre ersten Worte. »Und einen starken Kaffee.«

»Den mache ich«, erbot sich Bent.

Jette wirkte verunsichert. »Weiß nicht, ob ich Schmerztabletten habe«, stellte sie klar. »Aber einen Tee kann ich dir zubereiten.«

»Sei mir nicht böse, aber ich glaube, ich brauche jetzt etwas Stärkeres«, meinte Kari. Sie schob die Beine aus dem Bett und bewegte die Schultern. Verzog das Gesicht vor Schmerz. »Im Schränkchen im Badezimmer müssten noch welche sein.« Jette stellte den Tee ab, ging hinaus und kam wenig später mit einer Packung Ibuprofen und einem Glas Wasser zurück. Kari schluckte eines der Dragees, trank das Glas Wasser und anschließend den Kaffee, den Bent ihr brachte. Er war heiß und ein bisschen stärker als sonst, aber mit genau der richtigen Menge Zucker.

Dann saß sie einige Momente nur so da, während Bent und Jette sie vor dem Bett stehend ansahen.

»Ich war gestern Abend am Strand«, begann sie. »Unterhalb des Restaurants an der Düne. Du hast dich mit Larissa gestritten.« Sie blickte Bent kurz direkt an, bevor sie fortfuhr. »Sie ist weggelaufen. Du hinterher.« Jettes missbilligendes Schnaufen war leise, aber nicht zu überhören. Empört starrte sie Bent an. Der wiederum konzentrierte sich auf Kari. »Auf einmal war jemand hinter mir. Ich kam nicht mehr dazu, mich umzudrehen. Man hat mir eins übergebraten.« Sie hob die Hand und betastete die Beule an ihrem Kopf. »Den Schmerzen nach zu urteilen wurde genau die Stelle getroffen, die kürzlich schon Bekanntschaft mit einem Baseballschläger gemacht hat.« Sie schluckte heftig. »Als ich aus meiner Ohnmacht erwacht bin, lag ich mitten auf einer Kinder-Badeinsel. Im Wasser. Gefesselt an Händen und Füßen. Ein Gewitter zog auf und ich dachte, mein letztes Stündlein hätte geschlagen. Bis die Insel nicht mehr mit dem Wasser hinausgezogen wurde, sondern aufsetzte. Ich mich herausrollen konnte. Den Rest kennst du.« Erschöpft fuhr sie sich mit der Hand über die Stirn. »Wie habt ihr mich gefunden?«

Den Gedanken, der ihr als Erstes durch den Kopf geschossen war, nämlich dass Larissa sie niedergeschlagen und auf die Plastikinsel verfrachtet hatte, dass sie sich danach schuldbewusst an Bent gewandt hatte, hatte sie bereits verworfen. Vom zeitlichen Ablauf her schien es undenkbar. Nur – wer war es dann gewesen?

»Ada war noch mit Olga unterwegs. Du weißt ja, dass der Hund viel laufen muss.« Olga war ein Deutsch-Drahthaar. Ein klassischer Jagdhund, der bewegt werden musste.

Kari nickte matt.

»Und Olga riss derartig an ihrer Leine, dass Ada ihr folgte. Am Strand lagen ein wollenes Tuch und deine Tasche mit dem Handy. Als Olga dem ablaufenden Wasser hinterherlief und dabei ununterbrochen bellte, war Ada klar, dass etwas nicht stimmte. Sie rief mich an. Ich war …« Er hielt kurz inne, bevor er fortfuhr. »Ich war ganz in der Nähe, wie du weißt. Im Restaurant oben am Deich. Ich kam sofort runter. Niemand konnte sich einen Reim auf Olgas Verhalten und deine Sachen am Strand machen. Aber dass du dich nicht in die Fluten gestürzt hast in einer solchen Nacht, war mir klar. Dann legte sich der Wind einen Moment lang und wir hörten deine Hilferufe. Olga war nicht mehr zu halten, sie sprang ins Wasser. Als sie zurückkam war sie aufgeregter als zuvor. Da beschloss ich, durch den Priel zu gehen.« »Du hast mir das Leben gerettet«, sagte Kari leise. »Ohne dich und Olga wäre ich spätestens bei einsetzender Flut elendiglich ertrunken.«

»Der Hund liebt dich.« Bents Stimme war alarmierend flach bei diesen Worten. Kari starrte ihn an.

Und du?, hätte sie ihn am liebsten gefragt. *Wen liebst du?*

Jette gab einen Laut von sich, der die aufgeladene Atmosphäre durchbrach.

»Erst die aufgeschlitzten Reifen. Dann der Brand. Jetzt das. Warum?«

Alle drei starrten sich an. Die Antwort lag auf der Hand, nur wollte sie niemand aussprechen. Man hatte versucht, Kari einzuschüchtern, immer schwerere Geschütze aufgefahren, bis hin zu einem Mordversuch.

»Es hat mit diesem alten Mordfall zu tun«, konstatierte Kari. »Jemand will mich vergraulen, damit ich nicht weitersuche.«

Dieser Jemand hatte nun allerdings genau das Gegenteil erreicht. Denn jetzt wusste Kari sicher, dass etwas nicht stimmte. Timo Knaup mochte wehleidig und lebensunfähig sein, lügen und tricksen. Aber ein Mörder war er nach Lage der Dinge vermutlich nicht. Nur – wer hatte Bertha Franzen dann getötet?

Bent und Jette waren gegangen, nachdem Kari den beiden mehrfach nachdrücklich versichert hatte, es gehe ihr gut. Das stimmte nicht, aber Kari musste jetzt einfach eine Zeit lang allein sein. Sie quälte sich unter Schmerzen aus dem Bett, stand eine halbe Ewigkeit unter der heißen Dusche, aß den Obstsalat, den Jette ihr auf den Tisch gestellt hatte, und dachte nach. Bent hatte sich nicht dazu geäußert, was er im Restaurant gemacht hatte, auch nicht zum Grund des Streits zwischen ihm und Larissa. Vielleicht, weil Jette ihnen nicht von der Seite gewichen war. Larissa konnte jedoch auf keinen Fall diejenige Person sein, die sie niedergeschlagen hatte.

Göntje Petersen schied ebenfalls aus. Selbst wenn sie Kari etwas antat, würde sie das nicht davor bewahren, dass die Wahrheit über den gestohlenen Schmuck ans Tageslicht kam. So viel war wohl selbst ihr klar.

Blieb Andreas Hansen. Der junge Polizist hatte, wenn man Timo Knaup Glauben schenken durfte, den Verdächtigen auf nicht gerechtfertigte Weise bedrängt, ja, sogar körperlich, dabei aber nicht bemerkt, dass Timo unter Drogen stand. Hansen musste befürchten, dass ein erneuter Verstoß gegen die Dienstvorschriften ernste Konsequenzen für ihn nach sich ziehen würde. Aber rechtfertigte das einen Mord?

Alle drei Personen einte darüber hinaus eine Sache: Keiner von ihnen konnte, nach Karis derzeitigem Wissensstand, der oder die Mörderin von Bertha Franzen sein. Hatten also all diese Dinge nichts mit dem Fall zu tun? Gleich schloss sich eine weitere Frage an: Wer hätte wissen können, dass sich Kari an diesem Abend am Strand aufhielt? Niemand, denn sie hatte diesen Entschluss ganz spontan gefasst. Plötzlich wurde ihr kalt. Hatte sie jemand verfolgt? Diese Person müsste sich dann spätestens in Dunsum, bei Tanja Sievers' Haus an ihre Fersen geheftet haben.

Karis Kopf war ein Karussell aus unbeantworteten Fragen und immer noch heftigen Schmerzen. Dazu kam ein starkes Kratzen im Hals. Als sie mehrfach hintereinander niesen musste und dabei erneut die verhärteten Muskeln schmerzten, beschloss sie, eine

Schmerzsalbe aufzutragen. Sie wühlte eine halbe Ewigkeit in ihrem Kulturbeutel herum, fand dabei nichts, was helfen konnte. Eine Apotheke gab es in Utersum nicht. Ihr fiel die Massagepraxis am Deich ein. Sie musste sowieso dorthin, um ihren Wagen vom Parkplatz abzuholen. Da würde sie sich gleich einen Termin buchen und vielleicht eine Salbe mitnehmen, die etwas stärker war als das, was Jette in ihrer Kräuterapotheke vorrätig hatte.

Doch noch bevor sie sich darum kümmern konnte, meldete sich Emma Winterfort auf Karis Handy. Die musste die Nachricht zweimal lesen, um sie zu verstehen.

Timos Wohnung in Hamburg können wir derzeit nicht nach Hinweisen durchsuchen. Die hat er untervermietet, schrieb sie. *Die Mieterin heißt Melanie Böhme.*

»Das gibt es doch nicht«, fauchte Kari und fuhr sich durchs Haar. »Dieser Blödmann!«, stieß sie dann aus. Es fiel Kari schwer, diese neue Information einzuordnen. Ging Timo Knaup etwa davon aus, dass er durch die von seiner Tante in Auftrag gegebenen Nachforschungen entlastet würde und er seine Freundin dennoch weiterhin schützen konnte? Immerhin hatte er mit Trento bereits eine falsche Spur gelegt, die Zeit gekostet hatte. Wenn er und Cheyenne, die sich für den Untermietvertrag mit Timos Wissen und Einverständnis einfach wieder Melanies Identität geliehen hatte, auf diese Weise versuchten, Cheyenne aus der Sache rauszuhalten, wäre ihnen das beinahe gelungen. Timo jedenfalls schien nicht willens zu sein, seine Freundin auffliegen zu lassen. Egal, was sie womöglich getan hatte. Durch diesen Untermietvertrag, den er nach seiner Verhaftung mit ihr geschlossen haben musste, stand aber auch fest, dass die beiden nach dem Mord an Bertha Franzen noch Kontakt gehalten hatten. Ob persönlich oder über Timos Anwalt, war fraglich. Jedenfalls hatten weder Timos fragile Mutter noch Emma Winterfort irgendeinen Grund gesehen, das Mietverhältnis anzuzweifeln. Zumal es Timo rein theoretisch die Möglichkeit geboten hätte, nach Verbüßung seiner Haftstrafe in seine Wohnung zurückzukehren.

»Die Untermieterin heißt nicht Melanie Böhme, sondern Cheyenne Probst. Sie war mit Timo auf Föhr, vermutlich ist sie drogenabhängig«, textete Kari zurück.

Sie würde selbst mit Cheyenne Probst sprechen müssen. Aber erst einmal wollte sie etwas für ihre körperliche Verfassung tun. Doch gerade, als sie aus dem Haus gehen wollte, erlebte sie die zweite Überraschung des Tages.

»Hallo«, sagte Larissa. Sie stand direkt vor Karis Haustür, die Hand erhoben, um anzuklopfen.

»Moin«, erwiderte Kari. Einen Moment lang musterten sie sich, dann bat Kari die andere, ums Haus in den Garten zu gehen. Sie folgte ihr. Als Larissa die Schäden des Brandes sah, wurde sie blass.

»Das sieht schlimm aus«, hauchte sie.

»Tut es.« Kari blieb neben ihr stehen, die Arme vor der Brust verschränkt.

»Du denkst, dass ich das war?« Larissa drehte sich zu Kari um. Die sagte nichts. Es würde schon seinen Grund haben, warum die andere zu ihr gekommen war.

»So etwas würde ich nie tun!«, stellte Larissa mit Nachdruck klar.

»Okay«, meinte Kari gedehnt. »Dann erkläre mir doch bitte mal, wie deine Haarnadel in meinen Garten kommt.«

»Ich war hier«, gab die andere zu. »Weil ich eine Wut auf dich hatte. Wegen Bent. Er hat dir ja alles erzählt. Und mir gestern Abend die Hölle heißgemacht. Wir haben uns heftig gestritten.«

»Wegen dem Brand.« Es war keine Frage, sondern eine Feststellung.

»Er wollte wissen, was es mit der Haarnadel auf sich hat. Ob ich aus Eifersucht gehandelt habe.« Sie atmete hörbar aus und starrte zu Boden. »Habe ich. Das zwischen uns war schon vorbei. Na ja. Für mich nicht ganz. Ich hätte gerne gehabt, dass da mehr draus wird. Hat nicht sollen sein.« Ihre Mundwinkel rutschten nach unten und sie hob die Schultern. »Als ich euch beide dann gesehen habe, sind die Gefühle mit mir durchgegangen.«

Kari war verblüfft über die rationale Art, mit der Larissa sprach. Es gab kein Zögern, kein Zaudern, keine Ausflüchte. Sie wirkte absolut ehrlich. So, als habe sie innerlich aufgeräumt.

»Und dann bist du hierhergekommen und hast was genau getan?«

»Ich habe die Reifen deines Autos zerstochen.«

»Was?« Karis Brauen schossen nach oben. »Du warst das?«

»Ja. Und ich bezahle natürlich den Schaden. Aber deswegen bin ich heute nicht gekommen. Jedenfalls nicht nur deswegen.« Sie wandte sich Kari zu und sah ihr fest in die Augen. »Ich entschuldige mich bei dir für das, was ich getan habe. Es war dumm und kindisch. Es tut mir leid.«

Sie streckte die Hand aus. Kari ergriff sie nach kurzem Zögern.

»Und das mit Bent. Ich hab's kapiert«, fuhr Larissa fort. »Er hat mir nie falsche Hoffnungen gemacht, er steht nicht wirklich auf mich, sondern ist in eine andere verliebt. In dich. Das hat er mir gestern Abend deutlich gemacht und das muss ich wohl akzeptieren.«

Nachdem Larissa gegangen war, saß Kari noch eine Weile im Garten. Es war kühl geworden und sie war froh, ein Sweatshirt übergezogen zu haben. Die Worte ihrer ehemaligen Rivalin hatten sie berührt und zum Nachdenken gebracht. Larissa war diejenige gewesen, die die Reifen von Jettes Volvo aufgeschlitzt hatte. Sie hatte nichts mit dem Brand zu tun. Ihre Motivation war Eifersucht gewesen. Kari sprang auf und ging hin und her. Jemand hatte versucht, sie von der Insel zu vertreiben oder zumindest ihre Energie zu binden, indem er oder sie Feuer auf ihrem Grundstück gelegt hatte. Handelte es sich um dieselbe Person, die sie am Strand niedergeschlagen und gefesselt hatte aufs Meer hinaustreiben lassen? In den sicheren Tod? Sie musste genau davon ausgehen. Eine Eskalation, die darauf zurückzuführen war, dass Kari nicht aufgehört hatte, in dem alten Fall von Bertha Franzens Tod zu stöbern. Eine andere Erklärung fiel ihr beim besten Willen nicht ein.

Sie hatte nur einen Anhaltspunkt, dem Mordversuch an ihr selbst nachzugehen. Der Weg führte zurück an die Düne vor Utersum.

Kapitel 33

Als Kari den Vorraum der Massagepraxis betrat, stach ihr als Erstes ein intensiver Geruch in die Nase. Auf einmal stellten sich ihr die Nackenhaare auf, denn schlagartig setzte die Erinnerung ein.

»Wonach riecht es denn hier?«, fragte sie die Empfangsmitarbeiterin.

»Massageöl«, gab die lächelnd zur Antwort. Kari stand wie angewurzelt. Es war wie einer der Blitze vom Vorabend. Bent hatte sie mehrfach gefragt, was sie wahrgenommen hatte, bevor man sie niederschlug. »Nichts«, hatte sie stets geantwortet. Nun wusste sie, dass das nicht stimmte. Sie hatte sehr wohl etwas bemerkt. Einen Geruch, der ihr fremd gewesen war. So wie Timo Knaup es beschrieben hatte. Kari konnte seine Worte in ihrer Erinnerung genau abrufen.

Es hat merkwürdig gerochen in der Diele. Ein Geruch, den er nicht einordnen konnte.

Wie ein Film lief jetzt der Vorabend vor Karis innerem Auge ab. Sie war hier vorbeigekommen. War zum Strand weitergegangen. War ihr von hier aus jemand gefolgt? Mit dem Duft von Massageöl noch am Körper? Nur, wer sollte das gewesen sein? Denn wenn es sich so verhielt, wäre sie ein Zufallsopfer gewesen. Was sie anhand der Gesamtumstände für fast ausgeschlossen hielt.

»Ich bin gestern Abend spät hier entlanggelaufen«, sie deutete nach draußen. »Und am Strand überfallen worden.«

Die Augen von Karis Gegenüber wurden groß. »Hier?«, sagte sie ungläubig. Dann schüttelte sie den Kopf. »Um welche Uhrzeit war das denn?« Schnell stellte sich heraus, dass sich am Vorabend um die fragliche Zeit niemand mehr im Gebäude befunden hatte. »Sämtliche Behandlungen waren abgeschlossen.« Sie zuckte bedauernd mit den Schultern. Kari erinnerte sich jedoch genau, dass sie noch Licht gesehen hatte, und bat die Mitarbeiterin, bei ihrer Chefin nachzufragen. Nach kurzem Zögern drehte sich die Frau um und verschwand in einem Nebenraum. Kari zögerte nicht lange und ergriff die Gelegenheit. Sie ging blitzschnell um den Anmeldetresen herum und warf einen Blick in das Terminbuch. Als die Mitarbeiterin zurückkehrte, stand sie bereits wieder an ihrem alten Platz. Die Frau bemerkte erfreulicherweise nicht, wie aufgeregt Kari war.

»Es tut mir leid. Aber wir haben gestern Abend keine Behandlungen mehr durchgeführt.« Kari, die inzwischen herausbekommen hatte, was sie wollte, hatte nur noch eine Frage.

»Arbeiten Sie mit Mullbinden?«

Die Frau bekam große Augen. »Normalerweise nicht. Wir führen hier zwar medizinische Massagen durch, aber dass wir Mullbinden benötigen, kommt so gut wie nie vor.«

Kari bedankte sich und ging hinaus. Sie wusste nun, wohin sie sich wenden musste. Gerda hin oder her. Frau Kahlenbergs Name war der letzte gewesen, der im Terminbuch gestanden hatte. Und wenn Kari richtig lag, war sie es auch, die allen Grund hatte, Nachforschungen zu Bertha Franzens Tod zu torpedieren. Weil sie selbst die Mörderin war. Es passte alles. Gerda Kahlenberg hatte eine Schwester namens Brigitte, die von Bertha Franzen einst im Kinderheim *Nordsee-Stern* drangsaliert und gedemütigt worden war. Heidrun Wolfram hatte sich mit dem Namen Agnes geirrt, sie war sich beim Namen der Jüngeren sowieso nicht mehr sicher gewesen. Frau Kahlenberg wohnte neben Bertha, sie hätte sich ohne Weiteres Zutritt zum Haus verschaffen können. Sie war am Vorabend als die letzte Patientin in der Massagepraxis eingetragen gewesen. Kari hatte den Duft ihres Massageöls wahrgenommen, kurz bevor sie niedergeschlagen worden war. Auch wenn die Mitarbeiterin in der Praxis meinte, dass Mullbinden nicht oft verwendet würden, konnte Frau Kahlenberg eine Rolle gemopst haben. Als sie Kari draußen hatte vorübergehen sehen. Ihr gefolgt war. Das Tosen von Wind und Wellen ausgenutzt hatte, um nahe genug an sie heranzutreten. Womit sie zugeschlagen hatte, war letztlich egal. Sie war es gewesen, die neue Ermittlungen um jeden Preis verhindern wollte, um nicht in den Fokus der Polizei zu geraten. Grimmig dachte Kari an ihren unfreundlichen Mann. Ob er alles wusste? Vielleicht sogar mitgeholfen hatte dabei, Feuer in Karis Scheune zu legen? Sie zu fesseln und in einer Planschinsel aufs Meer zu schieben? Sie würde dem Ganzen jetzt ein Ende bereiten.

Bevor Kari nach Oevenum aufbrach, schickte sie Jo eine Nachricht, in der sie sowohl die Adresse, zu der sie fuhr, als auch ihre Annahme, was die Person dort mit dem Mord an Bertha Franzen zu tun haben könnte, nannte und ihm ankündigte, sich halbstündlich zu melden. Die Ministerpräsidentin hatte zwar darauf bestanden, die erste Ansprechpartnerin zu sein. Doch Kari vertraute in diesem Fall mehr auf die fachliche Expertise ihres Chefs. Sie wusste, dass Jo Himmel und Hölle in Bewegung setzen würde, sollte sie in eine brenzlige Situation geraten.

Am Haus der Kahlenbergs in Oevenum war alles ruhig. Niemand befand sich im Garten, nichts ließ irgendwelche Unruhe erkennen. Als Kari auf den Klingelknopf drückte, spürte sie dennoch eine starke innere Anspannung. Sie wusste, sie würde gleich derjenigen Person gegenüberstehen, die nicht nur Bertha Franzen ermordet hatte, sondern auch versucht hatte, sie selbst zu töten. Die einzige Frage, die offenblieb, war die, warum sie mit Ersterem so lange gewartet hatte.

Nichts rührte sich im Haus und Kari drückte erneut die Klingel. Kurz darauf ertönte aus einer Sprechanlage, die Kari bisher nicht bemerkt hatte, eine verzerrt klingende Frauenstimme.

»Moin. Kari Lürsen hier. Ich möchte Sie gerne sprechen.«

»Ach so?«, sagte die Stimme. »Dann kommen Sie doch herein.« Gerade so, als wäre nichts gewesen! Kari betrat das Grundstück und ging direkt auf den Hauseingang zu. Sie war auf alles gefasst, hatte die Hand auf ihre

Dienstwaffe gelegt, um sie im Notfall schnell ziehen zu können. So näherte sie sich vorsichtig der Tür, die nun weit geöffnet wurde. Als sie die Person sah, die sich dahinter verbarg, blieb sie überrascht stehen.

»Guten Tag«, begrüßte sie eine Frau, die ihr völlig fremd war.

»Ich wollte zu Frau Kahlenberg. Ist sie da?«, antwortete Kari und blickte die Rollstuhlfahrerin unsicher an.

Die Frau lächelte leicht. »Da sind Sie richtig. Ich bin Frau Kahlenberg. Was genau wollen Sie denn von mir?«

Kari brauchte einen Moment, um ihre Fassung wieder zu gewinnen.

»Sie sind Frau Kahlenberg?«

»Ja.« Die Frau runzelte die Stirn. »Warum überrascht Sie das?«

»Weil ich dachte, Sie seien jemand anderes.« Sie fuhr sich mit den Fingern über die Stirn. »Verzeihung. Ich dachte, jemand anderes sei Sie. So herum ist es richtig.«

»Ach ja?« Frau Kahlenberg war ihre Verwirrung anzusehen.

»Entschuldigen Sie die Frage: Sind Sie immer auf den Rollstuhl angewiesen?«

Frau Kahlenberg starrte Kari einige Sekunden lang irritiert an. »Ja«, antwortete sie dann gedehnt. »Seit zwei Jahren ununterbrochen.« Sie hob die Hand, als winke sie ihrer Vergangenheit zu. »Ich habe MS. Eine tückische Krankheit. Inzwischen geht es nicht mehr ohne.« Sie klopfte leicht auf ihren Rollstuhl. »Wer glaubten Sie denn, dass ich sei?«

»Die Frau, die ich hier zwei oder drei Mal am Haus und im Garten gesehen habe. Mit Ihrem Mann zusammen.«

»Ach so. Das ist Agnes Klinker. Meine Physiotherapeutin.« Frau Kahlenbergs müdes Gesicht hellte sich auf. »Ein Schatz. Sie hilft ab und zu auch im Haushalt.«

Dann wurde sie wieder ernst. »Wollen Sie zu ihr?«

»Ja«, erklärte Kari, die auf einmal das Gefühl hatte, dass etwas unter ihren Nägeln brannte, heiser. »Können Sie mir ihre Adresse geben?«

Frau Kahlenbergs Blick löste sich von Kari und wanderte zu einem Punkt hinter ihr. »Das wird gar nicht nötig sein. Da kommt sie ja.«

Agnes Klinker war am Tor stehen geblieben. Sie starrte die beiden Frauen an. Kari bemerkte sofort, wie sich die Körperspannung der anderen veränderte. Sah die Tasche, die sie dabeihatte, fallen und rannte bereits los, noch bevor Agnes Klinker sich richtig umgedreht hatte. Frau Kahlenbergs Physiotherapeutin mochte kräftig genug sein, um eine ohnmächtige Frau auf eine Planschinsel zu zerren und sie aufs Wasser hinauszuschieben, aber schnell war sie nicht. Kari hatte sie nach wenigen Metern eingeholt. Als sie sie an der Schulter packte und stoppte, fiel die Frau hin. Jetzt stieg Kari derselbe Geruch in die Nase, den sie in der Nacht am Strand bemerkt hatte. Hinter ihnen begann Frau Kahlenberg panisch zu kreischen.

»Loslassen«, knurrte Agnes. Doch Kari dachte gar nicht daran. Sie drehte ihrer Widersacherin die Arme auf den Rücken und legte ihr die Handfesseln an, die sie vorsorglich mitgenommen hatte. Dann zerrte sie sie auf die Beine.

»Sie haben bei mir Feuer gelegt und gestern versucht mich zu ermorden. Ich werde sie jetzt der örtlichen Polizei und der Kripo übergeben. Aber zuvor will ich wissen, was das alles zu bedeuten hat. Insbesondere, warum Sie Bertha Franzen umgebracht haben.«

Weil Frau Kahlenberg nicht aufhörte zu schreien, brachte Kari Agnes Klinker zurück zum Haus und zeigte der Frau im Rollstuhl ihren Dienstausweis.

»Können Frau Klinker und ich uns hier mal kurz in Ruhe unterhalten?«, fragte sie die völlig aufgelöste Hausherrin.

Wenig später saßen Kari und Frau Klinker sich im Wohnzimmer der Kahlenbergs gegenüber. Als Kari die andere mit ihren Erkenntnissen konfrontierte, brach die regelrecht zusammen. »Es stimmt«, schluchzte sie. Gleich darauf bahnte sich die Wahrheit um Bertha Franzens Tod ihren Weg.

Brigitte, so erzählte es ihre Schwester, war nach dem Aufenthalt auf Amrum völlig verändert gewesen. Verängstigt und gedemütigt von dem, was ihr mit Bertha Franzen widerfahren war, war sie in den Jahren darauf in eine Essstörung gerutscht. »Erst konnte sie es verheimlichen. Hat viel Sport getrieben, wir waren ja in der Familie alle froh, dass sie ein bisschen Speck verlor. Doch dann konnte sie es nicht mehr stoppen.« Agnes musste hilflos dabei zusehen, wie ihre geliebte Schwester abmagerte, bis sie buchstäblich nur noch Haut und Knochen war. Ihre Regel blieb aus, die Zähne wurden schlecht, die Nieren funktionierten nicht mehr richtig.

Am schlimmsten für Agnes aber waren die psychischen Veränderungen ihrer Schwester, die sich von ihr zurückzog und an depressiven Schüben litt. »Als unser Hausarzt vorschlug, sie zur Kur zu schicken, um sie wieder aufzupäppeln, drehte sie durch.« Nie mehr wollte sie eine solche Tortur wie unter Berthas Regiment über sich ergehen lassen. Lieber schied sie freiwillig aus dem Leben. Agnes weinte haltlos, als sie über Brigittes Suizid sprach. Das Ganze habe sie nie losgelassen.

»Vor etwas über zwei Jahren zog ich aus dem Ruhrgebiet nach Föhr. Man hatte mir eine gute Stelle angeboten. Von der Frau, die meine Schwester so geplagt hatte, kannte ich nicht einmal mehr den Namen und dachte darüber hinaus, sie lebe auf Amrum.« Als Frau Kahlenberg Agnes' Patientin wurde, kam diese regelmäßig ins Haus – und begegnete dabei auch der Nachbarin der Kahlenbergs. Der Frau, die der Auslöser für das größte Trauma ihres Lebens gewesen war.

»Als ich sie das erste Mal sah, dachte ich, es sei ein Irrtum. So viele Jahrzehnte waren vergangen. Es war nicht ihr Aussehen, sondern ihre Ausstrahlung, die mich sicher machte, dass ich der richtigen Person gegenüberstand. Frau Kahlenberg erzählte mir dann ein bisschen etwas über ihre Nachbarin und es passte alles.« Daher war Agnes eines Abends zu Bertha gegangen, um mit ihr zu reden. »Sie sollte wissen, was sie angerichtet hatte. Ich bin zu ihr rüber und habe ihr gesagt, wer ich bin. Sie hat mich nur komisch angesehen, wollte mich abwimmeln. Als ich ihr vom Selbstmord meiner Schwester erzählte, verhöhnte sie sie. *Das kommt davon, wenn man keine Disziplin besitzt* und *Wer nicht stark genug ist zum Leben hat kein Mitleid verdient,* hat sie gesagt und noch mehr solche schlimmen Dinge.« Agnes schluckte heftig. »Da habe ich Rot gesehen, habe den Schal gepackt, den sie um den Hals trug, sie fiel sofort zu Boden und …« Sie brach ab, senkte den Kopf und fuhr sich mit der Hand übers Gesicht. »Ich bin erst wieder zu mir gekommen, als sie sich nicht mehr rührte. Habe vor Schreck sogar geschrien.« Das war also der Schrei, der die Kahlenbergs dazu veranlasst hatte, die Polizei zu rufen.

»Dann bin ich davongerannt.«

Gleich danach musste Timo Knaup vorbeigekommen sein, hatte die offene Tür, die Handtasche auf dem Boden liegen gesehen und das Geld klauen wollen, um seine Freundin zufriedenzustellen. Das Einzige, was er von Agnes mitbekam, war der Geruch nach Massageöl, der noch in der Luft lag.

»Hat es Sie nie gestört, dass ein Unschuldiger für dieses Verbrechen ins Gefängnis ging?«

Agnes sah Kari mit verständnislosem Blick an. Dann schüttelte sie stumm den Kopf.

»Frau Klinker. Sie wussten, dass der junge Mann Bertha nicht getötet hatte!«

»Ja. Ja, ich wusste es. Sie war definitiv tot, als ich weglief. Natürlich habe ich mich gefragt, warum er die Tat gestanden hat. Irgendetwas muss ihn doch dazu veranlasst haben!«

Weil er auf einem LSD-Trip war, einen Blackout hatte und unter Druck gesetzt wurde, dachte Kari, sprach es aber nicht aus.

»Ich hatte immer Angst, dass es rauskommen könnte«, fügte Agnes hinzu.

»Haben Sie deshalb meine Scheune angezündet?«

»Ich wollte das nicht. Nur Sie erschrecken. Wollte, dass Sie die Insel verlassen oder zumindest abgelenkt sind, bis ich einen Ausweg gefunden hätte. In Ihrem Fahrradkorb lag ein Sweatshirt, das habe ich mit einer alkoholhaltigen Tinktur getränkt und angezündet. Ich wollte nur das Rad zerstören. Aber dann ist alles aus dem Ruder gelaufen. Die Scheune brannte auf einmal lichterloh. Ich hatte die Wirkung des Alkohols unterschätzt.« Sie barg ihr Gesicht in den Händen. Ihre Schultern zuckten.

»Der Einbruchsversuch neulich in Bertha Franzens Haus. Waren das auch Sie?«

Agnes Klinker senkte mit einem Stöhnen den Kopf. »Ich dachte mir, wenn Sie herumschnüffeln – vielleicht finden Sie in Berthas Haus etwas aus der Zeit auf Amrum. Etwas, das auf Brigitte und mich hinweist. Ich wusste ja nicht, dass es eine Alarmanlage gibt.«

»Und gestern, der Mordversuch an mir?«

»Sie hatten das Foto von Brigitte in meinem Portemonnaie gesehen. Als Herr Kahlenberg mir dann noch erzählte, dass Sie nach dem Namen seiner Frau gefragt haben, wusste ich, dass Sie mir ganz dicht auf der Spur sind.«

»War Frau Kahlenberg noch in der Praxis, als Sie mir gefolgt sind?«

»Nein. Gestern Abend war ich hier bei ihr. Die Termine werden im Terminbuch der Praxis dennoch eingetragen, damit man sehen kann, wer von den Angestellten beschäftigt ist. Ich musste in die Praxis zurück, um meinen Einsatzplan für den nächsten Tag zu schreiben. Da habe ich Sie beim Hinausgehen zum

Strand hinunterlaufen sehen. Alleine. Es war dunkel ich dachte ...« Sie brach ab. Agnes Klinker hatte Kari gesehen und die Gelegenheit beim Schopf gepackt.

»Ich wollte Sie eigentlich nur niederschlagen. Ihnen Angst einflößen. Sie loswerden. Aber dann sah ich diese runde Luftmatratze hinter einem Strandkorb liegen.«

»Beinahe hätte es eine zweite Tote gegeben. Mich.«

Kari erhob sich. Sie hatte das blinkende Blaulicht vor dem Haus bereits gesehen. Frau Kahlenberg hatte nicht gezögert, die Polizei zu verständigen. Die Zimmertür öffnete sich und herein kamen zwei Polizisten. Einer davon war Andreas Hansen. Kari und er sahen sich schweigend an. Er senkte als Erster den Blick. Gleich darauf wurde er zum zweiten Mal damit konfrontiert, dass jemand ein Geständnis im Fall Bertha Franzen ablegte.

»Ich war's«, sagte Agnes Klinker, die völlig ruhig und gleichzeitig völlig neben sich wirkte. »Ich habe Bertha Franzen umgebracht. Und bei Frau Lürsen Feuer gelegt.«

Im selben Moment vibrierte Karis Handy. Im Glauben, dass es wohl Jo sei, der auf das halbstündliche Update wartete, holte sie es hervor. Als sie aber sah, was man ihr geschickt hatte, flog ein Lächeln über ihr Gesicht.

»Kommen Sie mit auf die Wache nach Wyk?«, wollte Andreas Hansen wissen. Er wirkte angespannt, wusste vermutlich, was die heutige Wendung im Fall Bertha Franzen für ihn bedeutete. Ob er seinen Kopf erneut aus der Schlinge ziehen konnte, wenn Timo Knaup seine Aussage erst einmal gemacht und dabei über die damalige Behandlung durch den Polizisten geredet hatte? Kari wagte es zu bezweifeln.

»Ich mache meine Aussage später«, antwortete sie ihm. »Jetzt muss ich erst einmal nach Husum. Mein Patenkind begrüßen.«

Kapitel 34

Sesle wirkte erschöpft, aber glücklich. Sie strahlte, als Kari ihr Zimmer in der Klinik betrat. »Schön, dass du da bist.«, begrüßte sie ihre alte Freundin. Kari näherte sich Mutter und Kind vorsichtig.

»Hej«, sagte sie und streckte eine Hand aus. Das Neugeborene sah sie mit hellen, klaren Augen an. Als sich die kleine Hand um Karis Zeigefinger schloss, durchflutete sie eine Welle von Wärme und Glück. »Du bist also meine Patentochter«, sagte sie.

»Wir wollen sie Smilla nennen«, verkündete Sesle und blickte ihre Tochter strahlend an.

»Ein schöner Name«, bestätigte Kari.

Hinter ihr öffnete sich die Tür. Sesles Mann Magnus betrat mit dem gemeinsamen Sohn Lars das Zimmer. Der demnächst Vierjährige stürmte auf seine Mutter und die kleine Schwester zu. Magnus strich Kari zur Begrüßung kurz über die Schulter. »Alles klar bei dir?«, wollte er wissen. Kari nickte und erhob sich.

»Bleib doch«, bat Sesle.

»Ich besuche dich, sobald du wieder zu Hause bist. Muss etwas erledigen.« Kari ignorierte die fragenden Blicke. Sie wollte nicht über den Fall sprechen, den sie gerade abgeschlossen hatte. Nicht hier und in diese wundervolle Situation hinein. Sie beugte sich über

Sesle, küsste sie auf die Wange und strich der kleinen Smilla zart über die Wange. »Sie ist wunderschön. Ich kann es kaum erwarten, mehr Zeit mit ihr zu verbringen«, sagte sie leise, bevor sie ging.

Als Kari zu Hause ankam, sah sie Tanjas Wagen vor Jettes Haus stehen. Sie ging hinüber und staunte nicht schlecht. Die beiden Frauen werkelten in Jettes blitzblanker Küche herum.

»Wir stellen gemeinsam eine Teemischung aus Kräutern her«, verkündete Jette. »Für Tanjas Yogaleute.«

»Meditation«, korrigierte die gutmütig. Sie zwinkerte Kari zu. Als Jette kurz den Raum verließ, flüsterte sie: »Was immer ihr getan habt, es scheint zu wirken. Noch ist es zu früh, um aufzuatmen, aber ich denke ...«, weiter kam sie nicht, weil Jette zurückkam. Kari drückte Tanjas Arm. »Danke«, formte sie mit den Lippen. Sie konnte nur hoffen, dass Bents und Oves Aktion dazu beitrug, dass ihre Nachbarin wieder ganz die Alte wurde.

Emma Winterfort kam noch am Abend persönlich nach Föhr. Auch dieses Mal traf sie sich mit Kari in der Kneipe *Zur blauen Möwe*. Bent hatte draußen kurzerhand ein Schild mit der Aufschrift *Geschlossene Gesellschaft* aufgehängt.

»Sie haben es tatsächlich geschafft, Timos Unschuld zu beweisen«, sagte die Ministerpräsidentin. »Wir sind Ihnen sehr dankbar, ich und meine Familie.« Sie saßen sich am selben Tisch gegenüber wie bei ihrem ersten Treffen. Kari zuckte verlegen mit den Schultern.

»Im Grunde ist es doch unsere Aufgabe, Unschuldige vor einer Strafe zu beschützen und die wahre Schuldigen zu finden. Egal, in welcher Mission wir unterwegs sind. Allerdings rate ich Ihnen dringend, mit Ihrem Neffen zu sprechen.« Kari legte die Arme auf den Tisch und beugte sich vor. Sie senkte ihre Stimme, als sie fortfuhr. »Wegen Cheyenne.«

Emma Winterfort sah mit einem seltsamen Lächeln auf. »Ich danke Ihnen für die Information. Aber ich kann Sie in diesem Punkt beruhigen. Ich habe die Untermieterin nach Erhalt Ihrer Nachricht sofort überprüfen lassen. Cheyenne hat durch Timos Verhaftung einen Schock erlitten. Einen heilsamen, möchte ich meinen. Sie ist inzwischen clean und arbeitet in einem sozialen Projekt.«

Das waren ja mal gute Nachrichten.

Zum Abschied war es Emma Winterfort, die die Hand ausstreckte. »Und jetzt? Geht es zurück nach Berlin?« Etwas in Karis Miene schien sie verraten zu haben. Die Ministerpräsidentin gab ihren Bodyguards an der Tür ein Zeichen und setzte sich wieder.

»Lassen Sie uns mal reden«, schlug sie vor.

»Und? Worüber habt ihr euch unterhalten?«, wollte Bent eine halbe Stunde später von Kari wissen.

Emma Winterfort war gefahren, die Kneipentür stand offen, bisher hatten sich aber keine weiteren Gäste eingefunden. Kari saß immer noch am Tisch, drehte eine Tasse mit inzwischen erkaltetem Kaffee zwischen den Händen und starrte darauf.

»Sie hat mir ein Angebot gemacht«, sagte sie schließlich. Sie hob den Kopf und sah Bent lächelnd an.

»Ein Angebot? Soso«, meinte er, lehnte sich zurück und kniff die Augen leicht zusammen. »Willst du mehr darüber erzählen?«

»Frag mich doch mal das, was du mich das letzte Mal gefragt hast«, gab Kari zurück.

»Hm. Lass mal überlegen.« Er tat so, als erinnere er sich nicht mehr und Kari stupste ihn scheinbar ungeduldig an.

»Dann wird es wohl nicht so wichtig gewesen sein«, verkündete sie mit gespieltem Ernst.

Bent stand auf, griff nach ihren Händen und zog sie hoch.

»Kari Lürsen. Bleibst du hier? Bei mir?«

Sie sahen sich an. Kari legte die Finger ihrer Rechten auf seine Brust. Genau dahin, wo sein Herz schlug.

»Erst einmal muss ich zurück nach Berlin. Mit Jo, meinem Vorgesetzten, sprechen.«

»Was wirst du ihm sagen?«

»Dass ich ein Angebot erhalten habe, das ich nicht ausschlagen möchte. Im Fachbereich Polizei bei der Fachhochschule für Verwaltung und Dienstleistung in der Nähe von Kiel wird demnächst eine Sondereinheit eingerichtet. Es geht darum, angehende Ermittler und Ermittlerinnen in laufenden Einsätzen zu schulen.«

»Eine Art Lehrauftrag? Alle Achtung. Du traust dir viel zu.«

»Tue ich«, sagte sie ohne jede Koketterie. »Mein Wissen weiterzugeben macht mir ganz sicher Spaß. Aber noch viel mehr Spaß macht es mir, ganz nah dran zu sein.«

»Nah dran woran?«

»Nah an allem, was mir wichtig ist.«

Danksagung

Moin liebe Leserinnen und Leser,
Kari Lürsens dritte Ermittlung stellte mich vor einige
Herausforderungen. Gut, dass ich auch in diesem Fall
Ansprechpartner*innen hatte, die mir bei den Recherchen und im Schreibprozess zur Seite standen. Dafür
bedanke ich mich ganz herzlich. Und eines gleich vor-
neweg: Abweichungen von der Realität sind der Dra-
maturgie der Geschichte geschuldet und fallen unter
die bei Autor*innen beliebte künstlerische Freiheit.
Eventuelle Patzer bei der Interpretation des mir Ver-
mittelten gehen allein auf meine Kappe.
Gabriele Scholtz gab mir als Erstleserin auf angenehme
Art wertvolle Hinweise und brachte mich da weiter, wo
ich blinde Flecken hatte.
Der Austausch mit meiner Autorenkollegin Britt Älling
lenkte auch dieses Mal meinen Blick immer wieder auf
scheinbare Kleinigkeiten, die aber so wichtig sind.
Holger Frädrich aus Wyk teilte sein Wissen über alles,
was mit Ebbe und Flut zusammenhängt, mit mir. Er redete mir etwas aus, das so nicht funktioniert hätte, das
Gespräch mit ihm brachte mich aber erfreulicherweise
auf eine andere Idee.

Von Gaby Brandt erfuhr ich viel über die Föhrer Tracht und die Kunst, diese traditionsreichen Kleidungsstücke stolz zu tragen.

Michael Lorenzen von der Polizeistation Wyk durfte ich mit Fragen zur Polizeiarbeit löchern. Es war ein sehr aufschlussreiches Gespräch.

Die Ortskundigen Udo und Margit Holstein halfen mir mit ihrem Wissen über die Insel.

Mein Mann Wolf-Ingo begleitete mich nicht nur auf einer Recherchereise, sondern half mir auch auf die Sprünge, wenn es beim Schreiben mal hakte.

Die Arbeit mit meiner Lektorin Mona Dertinger und den Mitarbeiter*innen beim dp Verlag, allen voran Alexandra Fölker, war auch bei diesem Buch wieder sehr angenehm.

Last but not least gilt mein Dank meinen Leserinnen und Lesern, die mir auf so vielfältige Art zurückmelden, wie gut ihnen die Föhr-Krimis gefallen. Ich hoffe, sie haben auch bei dieser Geschichte wieder mitgefiebert.